앉은뱅이꽃
그 향기

앉은뱅이꽃
그 향기

펴 낸 날 2024년 09월 13일

지 은 이 이흥렬
펴 낸 이 이기성
기획편집 서해주, 윤가영, 이지희
표지디자인 권영미
책임마케팅 강보현, 김성욱
펴 낸 곳 도서출판 생각나눔
출판등록 제 2018-000288호
주   소 경기도 고양시 덕양구 청초로 66, 덕은리버워크 B동 1708호, 1709호
전   화 02-325-5100
팩   스 02-325-5101
홈페이지 www. 생각나눔.kr
이 메 일 bookmain@think-book.com

• 책값은 표지 뒷면에 표기되어 있습니다.
  ISBN 979-11-7048-750-0 (03810)

앉은뱅이꽃
그 향기

이흥렬 지음

'발가락 시인' 이흥렬의 인생 이야기

생각나눔

죽음의 늪에서도
일어서는 문학의 향기

◇◆◇

사단법인 세로토닌문화

이시형 원장

　이흥렬 작가는 후천성 중증 장애인이 되어 유년기는 가족과 함께 생활하면서 다양한 삶의 애환 속에서 고뇌하는 모습을 이 책에 고스란히 담았다. 장애인에 대한 인식이 부족하고 다양한 차별과 편견이 난무하는 시기였지만, 작가는 긍정적인 사고와 내면 철학으로 새로운 삶에 대한 열정과 희망의 불씨를 마음속에 늘 피우고 살아왔다.

　독립적인 삶이 불가능한 중증 장애인으로 이 땅에 살아간다는 것이 얼마나 힘들고 고통스러운지는 그의 글 속에서 쉽게 찾을 수 있다. 작가는 불편한 몸으로 생활면서 때론 넘어지고 깨져서 상처가 아물지 않아도 홀로서기를 절대 포기하지 않고 오뚜기처럼 다시 일어나 묵묵히 자신이 추구하는 삶을 지금도 살아가고 있다. 그의 삶 면면에는 자신만을 위한 삶이 아니라 누구도 가지 않은 이 땅의 척박한 장애인 문학

발전을 위해서 평생을 노력해온 이타적이고 헌신적인 삶에 존경을 표한다.

작가는 '앉은뱅이꽃'이다. 홀씨가 날아가 앉은 자리가 아무리 척박한 땅이라 해도 뿌리를 내리고 꽃을 피워 홀씨를 퍼뜨리는 민들레처럼 자신이 처한 환경이 어떠하든지 간에 자기만의 방식으로 향기로운 삶을 피워 주변을 환하게 밝히는 사람이다. 가슴에 크나큰 멍울로 자리 잡은 자식을 끝까지 놓지 못하고 기적을 바라는 엄마의 이야기는 되레 이흥렬의 엄마 사랑이 극진함을, 고통과 고뇌의 시간으로 점철되었고 창조자의 절대적인 신앙심으로 극복의 과정은 끈질긴 생명력을, 사랑과 헌신으로 대변되는 아내의 이야기는 가장으로서 무게감을 지탱해내는 작가의 힘을 느끼게 한다.

다른 이의 도움이 없이는 살아내기가 힘든 중증 장애인이면서도 오히려 아주 작은 자신의 것도 나누지 못해 안달하고 있는 몸서리치도록 치열한 이흥렬의 일상, 그 행동의 행간이 경외롭다. 삶이 고달프고 힘겹지만 포기하거나 안주하지 않고 자신의 희망과 목표를 위해 도전하고 사회의 편견과 차별을 깨기 위해서 온몸으로 투쟁한 당신의 삶에 경의를 표하고 싶다.

이토록 치열한 '이흥렬'을 읽으며 이흥렬의 늪에 빠진다. 그의 늪은 죽음의 늪에서도 일어서는 문학의 향기로 일어서기에 그를 집고서 나의 삶을 세울 힘을 얻는다.

우리 자신의
본질을 들여다보는 길

◇◆◇

기록학자 김익한

　대구에서 작은 강연회를 마쳤을 때다. 이흥렬 시인이 휠체어를 타고
내게 다가왔다. "저희들, 청송에서 왔어요". 함께 온 부인이 건넨 첫 마
디였다. 농사일로 검게 탄 얼굴이 그렇게 건강하고 맑을 수가 없었다.
이어서 이흥렬 시인이 온몸에 힘을 주며 "주… 관… 적…" 하고 말을
시작했다. 나는 전혀 알아들을 수 없었다. 얼굴을 뒤로 제쳐가며 일그
러진 표정으로 버둥거리듯 말을 이어가는 그를 보고 난 당황하고 말았
다. 너무 힘들어 보여 그만 말씀하시라고 하고 싶을 정도였다.

　"교수님 강연 내용 중에, 주관적인 해석과 생각이 모이면 그것이 실
제 존재하는 객관이라는 말씀에 크게 공감했다고 하네요". 태연하고 편
안한 표정으로 부인이 그의 말을 '통역'해 주었다. 이흥렬 시인은 그 뒤
에서도 온몸을 써가며 내가 알아들을 수 없는 말들을 계속했다. 물론

부인의 '통역'이 없었다면 난 그의 말을 끝내 알아듣지 못했을 것이다.

그의 애씀과 부인의 편안함, 그리고 나의 어색함. 일정을 마치고 숙소에 혼자 앉아 몸서리치게 느껴지는 부끄러움에 난 눈물이 글썽해졌다. 차이의 존재와 공감하는 것이 세상을 대하는 근본 윤리라 역설해 오지 않았던가. 장애인을 비롯해 소수자를 환대하는 삶을 살아가야 한다고 이곳저곳에서 강연하지 않았던가. 말만 번드르르하게 했던 난, 내 말을 실천하지 못했다. 너무 미안하고 부끄러워 사진을 찍을 때 애써 시인의 손을 꼭 잡았다. 그런다고 내 몸에 덕지덕지 붙어있는 비곗덩어리가 떨어지지는 않겠지만 말이다.

시인의 자서전에 추천사를 쓰는 건 장애인들에게 반성문을 제출하고 싶어서다. 장애의 일상과 인생에 무지한 자가 이제는 우리 그러지 말자고 말하고 싶어서이다. 이흥렬 시인의 삶을 한 오라기 한 오라기 읽어가며 부끄러움은 더해만 갔다. 우리 모두가 이흥렬 시인의 삶을 더 경험하고, 더 읽고 해야 하는 이유다. 부끄러움에서 출발해 진심으로 함께 살아가는 최소한의 윤리를 깨닫고 실천하기 위해서이다. 그의 자서전은 한 인간의 인생 이야기 그 이상이다. 모든 인간이 자신의 숨겨진 부끄러운 내면을 들여다보게 하는 힘 있는 철학서이다.

'병신'이란 말이 나쁜지도 모르고 어린 시절을 보냈다는 대목에서 눈물이 그렁그렁해졌다. 검정고시를 거쳐 사회복지 학사를 취득한 시인의 노력을 접하고는 저절로 고개가 숙여졌다. 움직이지 않는 손가락 대신 발가락에 펜을 끼고 글을 써내려가는 시인의 모습을 상상하며 처절한 그 고투에 어느새 뜨거운 박수를 보내고 있었다. 그 이후 펼쳐진 장애인과 세상을 향한 그의 이타적 실천들은 내게 존경심을 불러일으키기에 충분했다. 장애 예술인 공동체를 만들겠다는 시인의 아름다운 꿈은 어느새 내 마음을 사로잡았다.

이 추천사로 이흥렬 시인을 다 말할 수 없다. 이 책이 주는 감동을 그대로 표현할 길이 없기도 하지만 그가 온몸으로 하고 있는 말을 생생하게 전할 방법은 더더욱 없다. 마음을 열고 직접 그와 대화하기를 권한다. 더 나은 세상을 위해 작게나마 뭔가 실천하려는 마음으로 그를 만나기 바란다. 이흥렬 시인과의 만남은 우리 자신의 본질을 들여다보는 길이 될 것이다.

우리의 인생은
'각본' 없는 삶

◆◇◆

나의 인생은 각본이 주어지지 않았다.

지금까지 살며, 하루를 이렇게 살라는 '각본', 한 달을 이렇게 살라는 '각본', 1년을 이렇게 살라는 '각본'을 받은 적이 없이 살고 있다. 실제로는 예측할 수 없는 수많은 일을 만나며 살아가는 것이다. 그래서 어떨 때는 기뻐하며 활기 있게 살다가, 어떤 어려움을 만나면 낙심하고 절망하며 방황하기도 한다.

하지만 한번 장애인이 되면 어떤 특별한 기적 없는 한 이 땅에서는 영원히 그 멍에를 지고 가야 하는 것이 슬픈 현실이고 언제나 연습이 없는 실전 상황이라 더 힘들다.

스포츠 경기와 같이 충분한 연습 시간이 주어진다면 실패의 확률을 줄일 수 있고 한 번쯤 실패해도 목숨을 버릴 만큼 압박감은 느끼지 않아도 되겠지만, 지금 이 시간에도 실전 상황이라 긴장과 불안이 생긴다.

한때는 내가 남의 인생을 대신 사는 것 같아 너무 억울했다. 왜 내가 이런 무대에서 이런 역할을 맡아야 하는지 이해되지 않았지만, 믿음

생활을 하면서 나이를 먹어가면서 이해가 되고 이 몸으로도 할 수 있음에 감사하게 되었다.

　나는 약한 존재지만 강하신 하나님이 이대로 사용하셨기에 순종할 따름이다. 마지막 종점에서 흔적을 남기게 기회를 주신 하나님께 찬미와 영광을 올려 드리며 자서전을 쓰도록 재촉하고 앞장서서 출판비 펀딩 모금의 선두주자가 되어 준 장성태 아우님과 펀딩 모금에 참여해 주신 박종안 한국민들레장애인문학협회 후원회장님을 비롯하여 도움을 주신 여러분과 바쁜 중에도 원고를 교정 해 주신 김학조 선생님, 무엇보다 나의 원고를 추천해 주신 이시형 박사님과 김익한 기록학자님께 감사드리며 나를 수발해 준 아내에게 고맙다는 말과 함께 고생한 보람을 안긴다.

제4부 인생 제4막　　　　　　　211

***

제1부

내가 왜?

생과 사의 고비

　　나의 아버지는 소작 농사에 늘 고생하시다가 대식구를 먹여 살리느라 전전긍긍하셨지만, 그래도 새 생명의 탄생은 그때나 지금이나 하나님이 주관하시니 귀하고 소중했다.

　하지만 나의 운명을 바꿔놓는 중대한 사고가 생겼다고 어머니가 말씀하셨다. 농번기에는 고양이 손이라도 빌린다는 말이 무색할 만큼 바쁜 시기였고 나의 첫돌이 음력 9월 12일이라 돌을 두세 달 남겨둔 어느 날, 내가 혼자 울고 있는 것이 안쓰러우셨던지 친척이 오셔서 나를 업어 주려다가 뒤로 떨어트리는 바람에 놀라 경기가 들었는데 그분도 너무 놀라고 무서워 어른들에게 말을 못 한 것이 불행의 시작되었다.

　첫날은 보채고 울기에 젖이 부족해 우는 줄 알았다. 왜냐하면, 아침에 논밭에 가기 전에 한 번 먹이고 점심 먹으러 와서 주고 저녁에 와서 먹였으니 배가 고파 우는 줄 알았다고 했다.

　원래 영아는 하루에 엄마의 젖을 여섯, 일곱 번 정도 먹고 자라는 것이 정상인데 나는 기껏 서너 번밖에 못 먹어 배가 고픈 줄로만 알았고 경기 때문에 운다고는 꿈에도 생각 못 했다고 했다. 이튿날도 역시 젖을 먹일 때만 잠시 그쳤다가 젖을 **빼면** 다시 보채고 울었다고 했다.

그래도 일은 해야 하기에 우는 애를 두고 논밭에서 일하고 저녁에 돌아와 젖을 물리니 그때부터는 젖도 먹지 않고 울었고, 열이 나기 시작하더니 자정 넘어가니 온몸이 불덩이 같이 달아오르고 젖도 먹지 않고 잠도 자지 않고 울기만 하기에 아침이 되자 급기야는 눈동자까지 뒤집히는 것을 보며 어머니는 아뿔싸 하여 가슴이 철렁 내려앉아 부랴부랴 손을 썼지만 이미 때는 늦은 후라 아침도 먹지 않고 나가 이 병원 저 의원을 찾아다니며 저녁 무렵까지 시골 병원, 한의원 여섯 곳을 밥도 먹지 못한 채 다니셨지만, 허탕만 치고 몸도 마음도 지쳐 울며 기진맥진하여 집으로 돌아오는데 동네 아주머니가 자기 자녀도 경기로 다 죽어갔는데 용하다는 한의원에 가서 나았다는 말에 다급히 달려가는 중에도 어머니 생각에 그 의원 역시 NO라고 하면 어쩌나 하는 조바심을 내며 어머니는 더 이상 가망이 없다고 하면 생때같은 한 생명이 꽃도 피워보지 못하고 보내야 한다면 평생 못이 박힐 것 같아 다급한 마음에 달려갔지만, 상황은 역시 변하지 않았다.

그 의원 역시 나를 안아 보고 상태를 살펴보고는 이미 늦었다는 말에 어머니는 지푸라기라도 잡을 심경으로 애원하듯 살려 달라고 하자, 의원은 마지막 처방으로 주사 하나 놔주고 가루약 세 포를 주면서 말했다.

"이 약을 집에 가서 젖 먹이고 한 포 먹이고 자정쯤 한 번 더 먹여서 잘 자거든 내일 아침에 다시 오고 계속 울거든 천명이라 생각하고 따뜻하게 이불이나 덮어 주세요."

어머니는 기가 막혀 울면서 집에 돌아와 저녁도 먹는 둥 마는 둥 하고 내게 젖을 물리고 약을 먹였더니 너무 곤히 자서 자정에 먹여야 할 약을 새벽에 먹이고 아침 일찍 어머니는 기쁜 마음으로 그 의원을 찾아가서 "간밤에 잘 자더라." 했더니 의원 왈, "이제 살기는 했는데 장차 후환이 올 터이니 약을 한 제를 먹이세요. 하루에 한 첩씩 달여 종일 먹이면 괜찮아질 겁니다."

그 말을 듣고 집으로 와서 다음 날 아침 일찍 가족들 몰래 쌀 소두(다섯 되) 한 말을 들고 나서는데 가족들에게 들켜 할머니와 삼촌들이 쌀자루를 빼앗고 온 집이 발칵 뒤집어지고 난리가 나서 결국 약을 먹이는 것을 포기했다고 한다.

"애 하나 살리자고 온 식구 굶겨 죽이려고 작정했냐?" 하며 불호령만 맞았다. 소작농으로는 대식구가 먹고살기도 어려워 아버지는 대구 제일모직에서 일하셨고 고향 집에는 할머니와 삼촌과 고모들 그리고 우리 형제까지 11명이 세끼 밥 먹고 사는 것도 힘겨운데 한약을 먹이는 것은 엄두가 나지 않았지만, 어머니는 울며 애절하게 할머니께 말씀을 드렸더니 화를 내며 "애들은 단불만 끄면 산다." 하셔서 못 먹이고 말았다고 했다.

시작, 그 비극

동네 어르신들이 우리 집에 올 적마다 나보고 순하고 잘 생겼다고 한마디씩 하고 갔다고 했다. 하지만 순한 것이 진짜 순한 게 아니었다. 추석이 지나고 돌을 지나도록 아프기 전에는 엎드려 배밀이도 하고 손으로 사물을 잡으려고 하던 아이가 돌이 지난 지 몇 달이 되어도 엎드리지도 못하고 무엇을 줘도 잡지를 못했다고 했다.

어머니는 걱정되어 할머니께 물었다.

"애가 왜 이래요, 어머님?"

"애가 늦될 수도 있지 뭘 그리 호들갑 뜨노. 마, 일이나 하거라. 고마."

날이 갈수록 나는 식물인간처럼 동작이 없었고 엎드리지도 못하고 일어날 생각도 하지 않고 어머니가 일으켜 앉혀 놓아도 금방 넘어졌고, 나중에는 손이 조금씩 틀어지자 그제야 어머니는 '아차!' 싶어 그 의원을 찾아갔지만 이미 한 달 전에 이사를 가고 없었다.

나의 몸은 장애가 나타나 말은 물론 손가락 하나 제대로 움직일 수 없는 장애인이 되고 말았다. 이 무슨 운명의 장난인가? 어린 시절에는 아무것도 모르고 모든 아이들은 다 나와 같이 그렇게 커 가는 줄 알았다. 가족이나 친척들이 병신이라는 말을 해도 그 뜻이 나쁜 말이라는 것만 무의식적으로 느꼈을 뿐, 얼마나 비극적인 인생이라는 것을 전혀 생각하지 못했다. 그렇게 보내고 있는 사이에 어머니는 그 의원을 찾기 위해 보따리 장사꾼이 올 적마다 수소문하려고 물어보기도 하고 오는 장사치들마다 밥도 먹여 보내면서 찾아봐 달라고 했지만 허사였다.

결국, 땅을 치고 후회하며 할머니에게 원망도 했지만, 나의 몸을 고칠 수는 없었다고 했다.

내가 네 살 때 아버지를 따라 대구로 이사 오는 날 차 안에서 아버지가 어머니를 보고 나를 버릴 수만 있다면 버리고 오고 싶다고 했단다.

어머니의 정성

나의 가정은 불화가 잦았다. 엄한 아버지였고 술도 많이 마셔서 술 한 말을 지고 가라면 못 가는 아버지였지만, 먹고 가라면 먹고 오는 분이었고 우리가 시골에 있을 때 아버지 혼자 외롭게 회사를 다니다 보니 다른 여자와 이미 살게 된 것을 어머니가 알고 대구로 왔지만 그때 막 살림을 차려놓고 있었던 터라 월급봉투를 어머니께 맡기지 않으셨다.

누나들은 그나마 나았는지 몰라도 형들은 학교 공납금이나 필요한 것이 있어도 좀처럼 돈을 내주지 않다가 임박해서야 겨우 주시곤 했고, 어머니께도 꼭 필요한 것이 있다 할 때만 최소의 돈을 주시고 어지간해서는 돈을 주시지 않아 어머니는 제일모직 사택에서 살면서 앞마당 한편에는 채소밭을 가꾸고 또 한편에는 아버지가 닭장을 지어 닭을 백 마리 넘게 키우셨다. 사택 인근에 빈터가 많아 채소밭을 많이 일구고 사시면서 그 채소를 조금 팔아 모으고 달걀도 아버지 몰래 팔아 조금씩 모은 돈으로 알뜰하게 생활하시면서 살았다. 늦가을부터 겨울 내내 부업으로 건빵봉투 만드는 종이를 받아와서 접어서 풀로 붙이는 작업을 하셨고, 1,000장 만들면 30원~50원을 벌기 위해 온 가족이 다

매달려 할머니와 어머니는 풀을 발라 붙여주면 우리는 양쪽과 밑을 접어 봉지가 되도록 만들었는데 잘 만들면 3일에 1,000장을 접기도 했고 아니면 4~5일 정도 걸렸다.

그렇게 번 돈으로 가끔 빵 공장에서 정품이 아닌 빵을 100원어치를 사면 마대자루에 한 자루를 가져와 온 가족이 둘러앉아 빵 파티를 하며 2~3일을 푸짐하게 즐겁게 먹어도 남았다. 그때는 먹을 것이 귀한 시대라 부서진 빵, 너무 많이 굽다가 태운 빵이라도 그렇게 맛있었다.

그리고 모은 적은 돈으로 할머니 용돈도 조금 드렸고 형 누나 학용품도 사주고 남은 것을 모아놓았다가 이웃 아주머니에게서 용한 의원이 있다고 들으면 나를 들쳐 업고 가서 침도 맞히고 민간요법 약초를 구해 먹였지만 빠듯한 돈으로는 오래가지 못했다. 또 몇 달 걸려 모은 돈으로 다른 곳에 가서 그렇게 하신 그 정성이 하늘에 닿았는지 다섯 살 되어 겨우 앉기는 했지만, 내 주위에는 이불이나 포대기가 둘러 쳐져 있었다. 하도 잘 넘어지고 넘어지면 그대로 땅바닥에 얼굴이 부딪혀 피가 나거나 멍이 들고 뒤로 넘어지면 혹이 생기고 멍도 들어 형들과 할머니도 나의 모습을 보면서 뿌리 없는 나무토막이라고 놀리기도 했고 밥만 먹고 똥만 싼다고 비료 공장 사장이라고 놀리기도 했다. 여섯 살이 다 되어서야 겨우 앉아 엉덩이를 질질 끌고 다니는 바람에 위에 형제들이 입었던 옷을 물려 입긴 했지만, 무명옷이라 엉덩이와 무릎이 너무 잘 떨어졌고, 어머니는 떨어진 곳에 다른 천을 덧붙여 바느질하여 입혀 주셨다.

다행히 사택은 화장실이 재래식이기는 했지만 대청마루 옆에 있어 때로는 어머니나 형들이 되려다 주면 볼일을 보고 오고 아니면 혼자 갈 때도 있었다.

일고여덟 살에야 나도 서툴기는 했지만, 발로 건빵 봉투 접는 일도 도왔고 걸레를 빨아주면 왼발로 방을 닦았다. 지극하신 어머니의 사랑과 정성에 힘입어 열 살이 다 되어서는 무릎으로 다니기 시작했다. 그때는 운동화가 귀한 시절이라 운동화를 신는 애들은 아주 부자가 아니면 못 신었고 고무신이 전부였다. 나는 형제들의 검정 고무신을 한 번씩 신어 보면서 부럽기도 했고, 나는 언제쯤 이런 신을 신고 걸을 수 있을까 꿈같은 생각을 했다.

평상의 추억

　　　　우리 집 마당에는 장정이 열댓 명이 앉아도 충분한 큰 평상이 하나 있었다. 봄부터 가을까지 요긴하고 다양하게 사용했다. 여기저기 옮겨가면서 때로는 여름밤에 가족들이 옹기종기 앉아 도란도란 얘기도 나누고 모깃불을 피워놓고 서로 부채도 부쳐주고 밭에서 따온 수박을 잘라 먹기도 했다. 그 시절에는 도시에 살아도 환경 공해가 없는 시대라 공기가 깨끗하여 밤하늘에 별이 엄청 많아 쏟아져 내릴 것 같이 보여 별자리 찾는 재미가 쏠쏠했다. 서로 자기 별이라 우겨대며 꿈도 키워가고 있었지만, 나는 가끔 형들이나 어머니가 데려다줘야 어울렸고 때로는 맑은 아침 햇살을 화사하게 받으며 예쁜 꽃밭 옆에서 가족끼리 둘러앉아 밥을 먹으면서 나도 어쩌다가 한번씩 같이 먹으면 따로 소풍을 가지 않아도 소풍 나온 느낌이라 밥맛도 좋았다.

　가을에는 고추도 말리고 깨도 쪄서 자연 그대로 말려도 깨끗해서 태양초가 따로 없었던 그 평상이 나에게는 가장 아름답고 추억 많은 자리였지만, 그 자리가 또한 가장 아픔의 자리이기도 했다.

　어머니는 한 번씩 마당에 있는 평상에 데려다주시곤 했고, 나는 나무그늘 아래서 발로 화초도 만져보고 작은 돌도 집어 올려 평상에서 가지고 놀다가 보면 어느새 그늘졌던 자리에 햇볕을 받아 뜨거워 살이 델 정도였는데도 나 혼자 현관으로 들어갈 수 없어 그 아름다운 자리가 고통의 자리, 눈물을 쏟았던 자리가 되고 말기도 했다.

또 하루는 집안이 너무 더워 마당에 있는 평상에서 산들바람을 쐬고 더위를 식히고 있다가 갑자기 먹구름이 몰려오더니 빗방울이 떨어지기 시작하더니 금방 소나기가 쏟아져 그대로 옴팍 비를 맞아도 그 비를 피할 수 없어 한없이 울고 말았다. 그때마다 조금씩 나의 몸이 장애를 느끼며 언제까지 이렇게 살아야 하나 하는 생각을 하며 울었다. 어머니는 울고 있는 나를 안고 대청마루로 데려가시며 말하셨다.

"불쌍한 내 새끼야 우찌 살꼬! 우쨰야 니를 고치것노? 복장이 터져 죽것다. 마, 그때 약을 묵었으몬 올매나 좋았을 낀데."

추억 속 그날들 1

어린 시절을 돌아보면 나에게도 추억이 전혀 없지는 않았던 것 같다. 다른 아이들처럼 들판을 뛰놀고 또래 친구들이랑 어울려 놀지는 못했어도 형, 누나들은 학교에 가고 어머니는 채소밭에 가시면 나는 혼자 발가락으로 종이를 접어 배도 만들고, 바지 저고리도 접고 사람 얼굴 모양도 접어 놀기도 했고, 혼자 1인 2역을 하면서 백목이라는 돌이 있었는데 그것으로 바닥에 줄을 그으면 하얀 줄이 생기고 잘 지워지기도 했다.

그때는 지금처럼 카펫이 아니고 재래식 노란 종이 장판이었다. 거기서 장기알 두 개로 작은 원 두 개를 큰 방 이쪽저쪽에 그려놓고 청색 홍색 장기 알 하나로 세 번을 튕겨서 그 원 안에 들어가면 그만큼 땅이 넓어지고 못 들어가면 아무리 넓게 그렸다 해도 무효가 되고 남의 땅을 침범해도 안 되는 것이 규칙을 세워 놀이를 했다.

나는 처음에는 무턱대고 하다가 나중에는 재미가 없어 나름대로 전략을 짜서 홍색이 땅을 많이 차지하고 싶으면 청색 쪽으로 땅을 야금야금 넓혀 갔고 청색이 땅을 많이 차지하고 싶어도 그렇게 했다.

엉덩이로 다니면서 이쪽에서 저쪽으로, 저쪽에서 이쪽으로 혼자서 바쁘게 설쳐대다가 넘어지면 그대로 이마가 방바닥과 키스를 하면 눈에는 번갯불이 번쩍였고 머리에나 이마에는 혹불이 몇 개나 생기는 일상이었다.

　그러잖아도 낡은 옷을 물려 입는데 그렇게 설쳐대니 몇 달 못 가 옷이 해졌다. 무료한 하루 시간을 나름대로 즐기려 하다가 혼도 많이 났다. 그때부터 내가 장애인의 굴레가 얼마나 슬픈 인생인가를 조금씩 뼈저리게 느끼게 되었다.

추억 속 그날들 2

　　요즘 아이들의 놀이 문화는 너무 단순하다. 도시에서 아이들이 뛰어놀 공간이라야 공원, 아니면 놀이터, 키즈카페 그리고 인터넷 게임이 전부이지만, 그때 그 시절은 어디서나 놀이터가 되었고 누구라도 또래라면 거리낌 없는 친구였다. 따돌림 같은 것을 모르는 시절이라 그때 아이들의 정서가 가장 좋았다고 생각할 때가 많다.

　　그때는 온 동네가 놀이터였고 집안에서도 어떤 놀이도 가능했다. 제기차기, 자치기, 팽이치기 구슬놀이, 딱지놀이, 물총싸움, 딱총 놀이, 여자들은 고무줄놀이, 공기놀이, 오재바닥놀이, 소꿉놀이, 멀리 돌을 세워놓고 이쪽에서 돌을 던져 맞추어 넘어뜨리면 이기는 비사치기 등 많은 놀이가 있어 두세 아이가 모여도 재미있었다.

　　도시라 해도 자동차들이 많이 다니지 않았고 차도나 거리나 모두가 비포장 길이라 차가 한번 지나가면 흙먼지를 뒤집어쓰는 것은 보통이었고, 골목마다 아이들이 뛰노는 소리가 여기저기서 들려와 정겨웠지만, 나는 현관 밖에도 스스로 나가지 못해서 창밖을 내다보면서 구경만 하는 처지였다.

　　제일모직 사택 집은 대지는 50평이 넘었는데 우리가 살았던 사택은 방 두 개에 부엌 하나 대청마루 하나가 전부이고 앞마당과 뒷마당이 있었다.

우리 형제들은 머리도 좋고 끼도 많은 형제였고, 특히 작은 형과 남동생은 구슬치기를 기가 막히게 잘했고 구슬을 치면 백발백중으로 맞추어 동네 구슬을 쓸어오다시피 했고, 구슬 주먹 쥐기에서 홀짝도 잘 알아맞추기도 하였고 구멍 넣기 놀이도 다 잘하여 미제 우유 깡통이 꽤 큰데도 항상 반 이상 채워져 있었다. 오죽하면 신주머니에도 가득 채워 다녔다. 나는 그것을 가지고 놀기도 했고 팽이도 왼쪽 발가락에 끈을 잡고 팽이를 잘 돌렸다. 공부하다가 놀고 싶은 저녁이나 노는 날이 되면 형제들이 방에서 구슬을 한곳에 몰아두고 스스로 구슬 따먹기 놀이도 하고 딱지 따먹기 놀이도 하며 때로는 져주기도 하고 짓궂은 장난도 쳐주는 그 자체가 재미있었다. 누나랑 여동생이 방에서 고무줄놀이를 할 때면 나는 고무줄을 잡아 주는 역할도 많이 했다.

유년기를 보내면서 왜 장애인이라 하는지 내가 왜 장애인으로 살아야 하는지 아무것도 모르고 이유를 생각하지 못하며 살았다.

추억, 그 아픔의 날

아내와 결혼하고 1년 뒤, 2007년 여름, 서울 솟대 문학에서 솟대 문학을 빛낸 얼굴 공로패를 받고 행사를 마치고 또 문학 모임인 밀알 문학 캠프에 참석하기 위해 아내와 둘이서 장마철인데도 불구하고 밤 9시 넘어 서울에서 평창으로 출발했다. 여름 장마가 끝나지 않아 비가 지역마다 폭우가 쏟아졌다가 적게 내렸다가 했고, 평창으로 갈수록 산길과 들길이 번갈아 나타나며 내비게이션이 인도해 줬다.

가로등 하나 없는 들길을 가도 멀리 드문드문 집들은 보여도 불빛은 보이지 않았고, 산길이 깊어 갈수록 운무가 짙어 앞이 보이지 않았다.

헤드라이트를 켜도 전방 20미터도 안보이고 전조등을 켜고 시속 30키로도 달리지 못해 겨우 내비게이션 친절한 아가씨가 목적지를 종료한다고 한 곳은 허허벌판이었다. 황당하기 그지없어 아내는 왔던 길을 되돌아가며 이정표를 따라 모임 장소로 무사히 갔다.

그때 나는 차 안에서 이렇게 캄캄했던 순간을 떠올렸다. 약 40년도 훨씬 전에는 도시에 전기가 있다 하여도 하루에도 몇 번 정전되는 게 일상이었다.

집집이 필수적으로 갖춰놓고 있었던 것은 양초와 성냥이었다. 거의

매일 밤 정전이 되면 촛불을 켜놓고 어머니는 바느질을 하셨다. 형제들
은 공부를 하다가 초가 다 타기 전에 새것으로 갈아 켜곤 해서 언제나
자투리 초는 여기저기 어디서나 발견되었다.

　하루는 지루하고 심심해 양은 재떨이 뚜껑을 열고 자투리 초를 몇
개 넣고 그나마 자유롭게 움직이는 왼쪽 발가락으로 성냥개비를 붙잡
고 불을 켜니 '피~' 하고 성냥개비에 불이 붙었다. 재떨이 안에 초에
불을 지르니 너무 신기하고 재미가 있어 불장난을 하다가 아래를 보니
양은 재떨이 밑에 장판이 새카맣게 타는 것이었다. 계속 불장난을 하
다가 밑에 장판에서 연기가 조금씩 나기에 보니 장판을 까맣게 태웠고,
이를 발견한 온 식구들한테 혼이 나고 아버지한테 호되게 맞기도 했던
기억이었다. 전등의 소중함을 다시 한 번 느끼는 시간이었다. 앞이 보
이지 않으니 낭떠러지가 있는지 뭐가 있는지도 모르는 그 길이 지난날
의 내 인생길 같았다.

> "대저 그는 정의의 길을 보호하시며 그의 성도들의 길을 보전하려 하
> 심이니라 그런즉 네가 공의와 정의와 정직 곧 모든 선한 길을 깨달을 것
> 이라."
>
> [잠] 2:8~9절

어머니의 한숨

내가 나이를 먹어감에 따라 몸집도 조금씩 자라가고 있는 반면 어머니는 중년 후반으로 넘어가면서 예전과는 다르게 나를 업고 다니시며 힘겨워하시는 것이 조금씩 느껴졌다. 열 살이 되기 전에는 나를 엎고 펄펄 날듯이 했는데 열 살 이후로는 먼 거리는 못 다녀 잠시 앉았다가 다시 일어나시면서 늘 한숨을 푹~ 내쉬며 입버릇처럼 하시는 말씀이 있었다.

"만열아(집에서 부르는 이름), 불쌍한 내 새끼야! 네만 고칠 수 있서모 에미 몸이 가루가 되도 원이 없것데이. 뭐시 아깝것노. 마, 그때 약 한제 못 머긴 게 이리도 한이데이."

또 두 눈에 닭똥 같은 눈물을 주르르 흘리셨고 나도 등에 업혀 가면서 간절했던 것은 한 발자국이라도 걸어 봤으면, 아니 일어서기라도 했으면 원이 없겠다는 생각을 했다. 그날도 성서에 어느 골짜기에 있는 도사가 병을 잘 고친다는 소문을 어머니가 듣고 버스를 두 번이나 갈아타고 두 시간이나 걸려서 갔지만 별 뾰족한 수는 없었다. 그 후로 나는 등을 벽에 기대고 일어서려고 몇 번을 시도해봤지만 손을 못 쓰니 땅을 짚지 못해 더 심하게 넘어져 이마 이쪽저쪽이 다 상처가 나고 혹이 생겼다. 손으로 뭔가 잡아야겠다는 생각이 들어 꿇어앉아 양쪽 무릎 사이에 퍼지지 않는 오른

손을 넣어 손가락 하나 펴기를 시작했다. 처음에는 손가락 하나 펴는 게 너무 힘들고 아프고 힘줄도 당겨서 그 고통이 이로 말할 수 없었지만, 내 손으로 작은 물건이라도 잡아 보고 싶은 그 일념이 너무 커서 하루에 수십 번씩 손가락을 폈다 오므렸다가 그렇게 몇 달을 하자 조금씩 손가락이 펴지기 시작했다. 팔은 어깨까지도 못 올려 먹을 것이 있어도 옆에서 안 먹여 주면 발가락으로 먹거나 아니면 짐승처럼 입을 대고 먹었다.

그렇게 먹는 것이 자연스럽기는 하지만 당연하다고는 생각되지는 않았다. 일 년에 몇 번 안 되지만 큰 누나와 형이 업고 나가거나 어머니가 업고 나가도 사람들이 자유롭게 다니는 것을 보고 오면 왜 나만 이렇게 되었을까 하는 마음이 한이 되고 나이가 들어갈수록 더 깊은 슬픔에 잠기기도 했다. 나는 어려서부터 아이들이 좋아서 이웃집 아주머니가 아이를 데리고 와도 그랬고 일가 친척들의 아이들이 한 번씩 와도 나를 보곤 기겁을 하고 우는 바람에 나는 졸지에 동물원의 호랑이나 사자가 되어버려 더 슬퍼지곤 했다. 그럴 때마다 나는 더욱 간절히 온전한 몸을 가지고 싶었다. 1년 넘게 손가락 펴는 훈련을 하니까 물건을 어설프게나마 잡을 수 있게 되었고, 팔에 힘도 생겨 사택의 창문틀을 잡고 잠시나마 일어서게 되었다. 앉은뱅이책상 위로 올라가 창문 밖에 방범 철을 잡고 서보니 무섭기도 했지만 마냥 신기했다. 마당을 내려다보니 내 키가 엄청 커 보였고, 사택 담은 그리 높지 않아 담 넘어 보이는 세상이 너무 넓고 신비로워 무서운 줄도 몰랐다.

방바닥에만 있다가 몇 년 사이에 창문에 올라갈 수 있게 되자 매일같이 오르다가 때로는 넘어지기도 하고 미끄러져 다치기도 했지만 멈출 수가 없었다. 그것이 유일한 낙이기도 했고 막연하나마 먼 훗날에 내가 네 발로 누비고 다녀야 할 꿈이 있었기 때문이다.

긴 하루를 보내면서

매화가 피기를 이레를
인간의 모습이 되기를 일 년을 앓았건만
어미야!
피우지 못할 꽃망울을 피우려
닦고 닦은 공덕은 한여름 햇발처럼 빛나는데
짙어가는 퇴색은 어이할꼬

누이야!
가뭄에 이슬 내려 방울방울 괸 정수에
목욕하고 머리 감은 정성이
내를 이루고
강을 이루건만
시들어가는 내 몸은 풀잎 같아라

아비야!
병든 자식 걱정에 늙었건만
내 평온의 불은 꺼져만 가는가
삶의 바람을 쐬게 해다오
그 고운 마음에
이 노래의 의미를 알게 해다오

아버지의 부업

아버지는 회사에 다니시면서도 다양한 취미가 있었고 호기심도 많으셨다. 회사에서도 염색과 기계 기술을 인정받아 상도 여러 번 받으시고 집에서도 부업으로 사택 앞마당에서 양계장을 꽤 크게 지어 닭을 150여 마리나 키우셔서 그 뒤치다꺼리는 어머니랑 형들이 했다. 사료는 쌀겨와 밭에 채소를 잘라 섞어 주기도 하고 일주일에 한 번씩 닭똥 치우고 톱밥과 모래를 섞어 깔아주는 일도 하면서 유정란 하나 톡 따서 먹으면 고소한 맛에 재미있어 하던 그 모습이 아직도 기억이 난다. 금방 한 보리밥 가운데 푹 파내고 거기에 달걀 하나랑 버터와 간장을 넣고 비벼 먹으면 아무 반찬이 없어도 꿀맛같이 먹었던 기억도 엊그제 일같이 생생하다.

달걀 두 개에 1원 하다가 나중에는 한 개에 1원 했고, 닭 한 마리에 십몇 원 하던 시절이라 제법 쏠쏠한 벌이가 되었지만, 한해에 전염병이 걸려 많이 죽기도 하고 이웃 사람들이 닭 우는 소리와 똥 냄새 때문에 다툼이 생겨 모두 처분하였다. 다시 얼마 안 있어 열대어를 취미 삼아 키우시다 물 두 말 넘게 들어가는 어항 6개에 수십 종의 고기를 키우셨다. 큰형과 작은형이 시간만 나면 도랑에 가서 실지렁이를 잡아 고기

밥으로 주고 부화한 새끼는 따로 작은 부화 통에 넣어 달걀을 삶아 노른자를 으깨어 주며 키워서 팔기도 했다.

당시에는 사료가 귀하고 없음에도 고기들이 잘 자랐다. 그때는 강화 유리도 없었고 철로 만든 각에 유리를 부쳐놓은 어항이라 하루는 아버지와 형들이랑 어항에 물을 갈아 넣다가 세숫대야 같은 양푼을 유리에 부딪혀 유리가 깨지는 바람에 온 방바닥이 한강이 되고 고기들이 다 쏟아져 여기저기서 고기들이 풀쩍풀쩍 뛰어오르고 푸드덕거려 난리가 날 때도 있었다.

나는 열 살이 되도록 강이나 바다를 가 본 적이 없었다. 형들과 아버지 어머니까지 바닥에 널브러진 유리 파편을 줍고 한쪽으로 쓸어 내면서 물을 담아온 대야에 푸드덕거리는 고기를 잡아 담는 모습을 마루에서 보면서 한 번도 본 적 없는 바다나 강을 연상해 보기도 했다.

직접 가 보지는 않았지만, 가족들의 부산함 속에서 잠시나마 어부를 보는 듯 상상도 하였다. 그리고 몇 달 못 가서 잘 팔렸던 열대어가 내리막길로 접어들자 아버지는 도매금으로 다 처분해버려 그 하늘거리는 지느러미들을 못 보게 된 것이 마냥 아쉽기도 했다.

아버지 마음속에는 놀고먹어서는 안 된다는 생각이 깔려 있었던지 몇 달 뒤에는 압정 만드는 기계를 세 대를 구입하셨다. 지금이야 자동으로 1초에 몇 개라도 만들어 나오지만, 당시는 미군 부대에서 나오는 통조림 깡통을 싸게 사와 하나하나 분해하여 씻어서 밑판 따로 찍어 작은 못을 꽂고 위에 뚜껑 따로 찍어 다른 기계에 넣어 뚜껑을 씌워 한 번 더 찍어내야 비로소 압정 하나가 완성되는 시대였다.

나는 밑판에 작은 못을 꽂는 작업을 거들면서 발가락으로 하는 작업이 다른 사람이 5~6개를 꽂을 동안 나는 하나를 겨우 끼웠지만 그렇게 했던 것이 섬세하게 발가락으로 하는 계기가 되었다.

그렇게 만든 압정을 극장에도 팔고 문구점과 학교에도 단골이 되어 쏠쏠한 수입이 되었고, 형들은 한 번씩 영화도 공짜로 봤다고 했다. 그러던 어느 날 작은 형이 달력 뒷장에 바둑판을 그려놓고 압정 뚜껑은 백으로 하고 밑판은 흑으로 하여 시간만 나면 나랑 바둑을 두게 되었다. 나는 당연히 몇 점 접고 두어도 이길까 말까 했지만 흥미는 있었고 알면 알수록 호감이 생겼다.

그러고 있는 사이에 압정도 자동화 기계가 하나둘 생기자 우리가 만드는 압정이 인기도 없고 가격도 떨어져 현상 유지가 어려워 결국 압정 만드는 기계도 팔아 끝이 나고 말았다.

하지만 작은 형은 압축 널빤지를 잘라 조각칼로 홈을 파서 줄을 그어 바둑판과 장기판을 만들어 바둑돌과 장기알만 구입하여 바둑을 두었다. 명절 때는 사촌들끼리 바둑 붐이 일어나 한쪽 방에서는 사촌들이 모여 바둑 두고 또 한쪽 방에는 아버지 형제가 모여 장기를 두고 어머니는 동서끼리 음식을 장만하면서 그간에 있었던 집안 이야기로 웃음꽃을 피우며 지냈던 시절이라 지금도 명절이 오면 그때가 그리워진다.

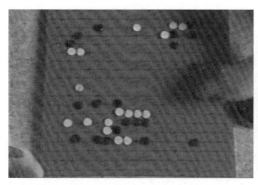

이사를 하다

　　제일모직 사택은 보통 8년, 길어도 10년을 살면 이사를 해야 하는데 우리는 12년을 살고 아버지가 집을 사셔서 이사를 하게 되었다. 지금은 사라지고 없지만, 침산동에 있었던 코리아 극장 뒤에 있는 집은 대지가 사택보다 평수가 많이 작은 반양옥 집이었다.

　거기서 새로운 생활이 시작되었다. 내게는 사택에서 한 번도 겪지 못한 일 중 걱정하지 않았던 걱정거리가 생겨났다. 그것은 화장실 가는 것이었다. 소변은 요강에 누면 됐지만 대변은 재래식 화장실이 마당 건너편 대문 옆에 있었고 높기도 높아 무릎으로 기어 화장실 한번 가는 게 너무 힘들어서 참고 참다가 2~3일에 한 번 가게 되는 게 보통이었다. 마루에서 한 단계 내려가면 타일이 깔려 있고 그 밑에 신 벗는 계단이 있고 그다음이 마당이지만 마당은 그리 넓지 않았다.

　긴~바지를 입고 있다가 화장실 한 번 가려면 바지를 무릎 위에까지 동동 걷어 올려 거기에 고무줄로 동여매고 가야 바지가 내려오지 않았다. 한번씩 화장실에 가면 깨끗할 때도 있지만 때때로 변기 가에 뭐가 묻어 있거나 비가 오는 날에는 화장실 타일 바닥이 마당보다 더 지저분할 때도 있었다. 이럴 때는 어머니나 할머니한테 화장실 좀 씻어 달라고 부탁해서 들어가 변을 보고 나와서는 대야에 물을 떠 달라 해서 씻든지 아니면 부엌에서 호스로 씻고 방으로 가곤 했다.

어머니는 말이 없으셨는데 할머니는 한번씩 혀를 차셨다.

"변소도 못 가는 저 병신, 어디다 써먹을꼬."

그 말이 늘 들어오던 말인데도 가끔은 그 한마디가 비수같이 꽂혀 나의 가슴을 쥐어짜 아프게 했다. 그렇잖아도, 조금씩 나이를 먹을수록 몸은 장애를 가졌지만 정신은 멀쩡해서 때로는 차라리 반대가 되었으면 더 났지 않을까 하는 생각도 해봤다. 아무것도 모르면 구박을 받아도 견딜 수 있고 이런 고민 저런 고민 하지 않고 어디든지 다니며 무엇이든지 내 손으로 할 수 있으니까 이런 고통당하지 않아도 살 텐데. 나이가 들어가면서 마음과 정신은 더 또렷한데 몸은 아무것도 할 수 없다는 사실을 느끼게 되었다.

사춘기에 접어들어 더 고민도 늘어가고 예민하고 민감한 감정이 생겨 날 때인데 그런 말 한마디씩 들을 때마다 그 아픔이 굉장히 크게 다가왔다. 나이가 먹어가고 마음이 심란하고 삶에 대해 고민이 생겨 어찌할 바를 모르고 있을 때면 그 말이 더 뼈저리게 아픔으로 다가오기도 했다.

하지만 어린 내 마음속에서는 이렇게 살지는 않을 것이라는 알 수 없는 것이 꿈틀거림이 늘 있었고, 뭔가 해야 한다는 욕망이 생겨 상상의 나래를 펼쳐봐도 현실적으로 아무 변화가 없고 변할 수도 없다는 것을 느낄 적마다 그 좌절감은 너무나 컸다.

어떤 의미

마음마다 한 송이 꽃을 가꾸자
언제고 기억하면 그 체취에
미소를 담을 만한 그런 꽃을

마음마다 한 소절의 노래를 간직하자
어느 때고 부르면
열린 가슴으로 들려줄 그런 노래를

마음마다 창을 달아두자
날마다 찾아드는
새 바람 같은 생을 선사할 만한 그런 마음의 창을

언제고 찾아올 그 날을 위해
우린 어떤 의미를 담아야 한다

아버지에 대한 환상이 깨지다

　　제일모직 사택에 살 적만 해도 우리 아버지가 가장 좋은 아버지라고 생각하며 살았다. 왜냐하면, 나 혼자 대문 밖 출입을 못하고 다른 가정의 아버지의 모습을 보지 못하고 살았다. 그래도 회사에서 1년에 두 번 정도 나오는 과자 봉지도 갖다 주고 겨울밤에 찹쌀떡 외치는 상인들이 지나가면 한 번씩 사주기도 하고 멍게나 해삼 같은 것도 가끔 출출한 밤에 상인이 외치는 소리가 들리면 불러 사 주시기도 하여 늘 참 좋은 아버지라고 생각했다. 하지만 내가 16살 때 침산동으로 이사를 와서 살면서 그 생각은 조금씩 바뀌기 시작했다. 바로 앞집에 나와 같은 뇌성마비 장애인 여자아이가 있었다. 그 아이는 아직 열 살도 안 되었고 그 애 아버지가 빵 공장에 다니셨는데 아침마다 출근하기 전에 그 아이의 두 손을 잡고 아버지는 뒷걸음으로 걷고 아이는 뒤뚱거리며 따라가며 밝게 웃는 소리를 듣고 보며 부럽기도 했다. 그때까지 한 번도 아버지의 품에 안겨본 적이 없었던 아버지에 대해 원망도 조금씩 생겼다. 막내 삼촌이 정이 많으셔서 우리 집에만 오시면 이런 말을 하셨다.

　　"우리 만열이(집에서 부르는 이름 만열)가 많이 컸나 보자." 하시면서 덜렁 안아 얼러 주시고 부산 삼촌도 명절 때나 제사 때 오시면 나를 안아

주셨지만, 아버지는 단 한 번도 안아주신 적이 없고, 나와 제일 가까이할 때가 바리깡으로 머리 깎아 줄 때뿐이었다. 그런 아버지였지만 나는 참 착하고 잘하신다고 믿어왔고 세상에서 우리 아버지만 한 분이 없다고 생각하며 살아왔다. 하지만 서운함이 조금씩 쌓이고 아버지에 대한 환상이 조금씩 무너질 무렵, 막내 삼촌이 2년 넘게 허리 디스크로 고통을 겪다가 건강이 악화돼 사경을 헤매고 있던 그 시기에 할아버지 제사 때 한 친척이 와서 막내 삼촌의 딱한 사정을 들어보시고는 나에게 말했다.

"만열아, 삼촌이 죽을 것 같으니까 네가 삼촌 대신 죽고 네 삼촌 살리자. 네 이리 살면 뭐 하노? 네가 약을 사다 줄 끼니 묵고 죽어라." 하시기에 나는 어이가 없고 기가 막혔지만, 정말 그럴까? 하는 생각도 들었고, 그때부터 내 마음 한구석에서 죽음에 대한 물음표가 끊임없이 생기게 되었다. 그러고 있는 중 어느 날 아버지는 무엇 때문에 화가 나셨는지 저녁을 먹고 있는 나에게 "무슨 밥을 그렇게 많이 먹노? 고만 무라." 하면서 그릇을 빼앗았고 나는 얼마나 서러웠던지 그대로 무릎으로 기어도 얼마나 빠르게 집을 나왔다. 우리 집 골목 끝까지 나가서야 동네 아주머니 두 사람하고 어머니가 팔다리를 붙잡혀 들어왔다. 나는 작은 방 할머니 계시는 방에서 펑펑 울고 있는데 아버지는 빗자루를 거꾸로 잡고 들어와 사정없이 등짝을 한번 후려치고는 나가버렸다. 등을 맞는 순간, 정신 차리고 살라는 아버지의 가슴 아픈 사랑이 느껴졌고 지금까지 당한 서운함도 파도처럼 밀려왔다.

그리고 다음 날은 밥 한술도 못 먹었고 일주일 넘게 트라우마에 시달려 밥 먹는 게 두려웠다. 그러잖아도 앞집 아저씨를 보면서 우리 아버진 너무 무관심하다고 느껴져 원망하던 차라 그런 일을 당하고 나니 더 큰 충격이 되었다.

어머니의 마지막 소망

하루는 앞집 아주머니가 우리 어머니하고 얘기하던 중에 대신동 가면 유명한 의원이 있는데 내일 자기 딸을 데리고 가는데 같이 가보자고 말을 하셨다. 어머니는 돈 걱정을 하면서도 나의 병이 낫게만 된다면 무슨 일인들 못 하겠냐는 말을 남기면서 나의 등을 어루만져 주셨다.

아버지가 어머니 마음의 반만 하였어도 나의 몸이 많이 좋아졌을 텐데 하면서 그래도 내일 의원한테 가게 된다는 부푼 기대감 때문에 밤에는 잠이 오지 않았다. 내가 나으면 제일 먼저 무엇부터 할까 신을 사달라고 하여 신고는 저 넓은 들판을 뛰어다녀 볼까 아니면 다른 아이들과 책가방 메고 학교를 다니고 싶었다. '공부도 하고 여름 방학이면 잠자리채 매미채 들고 다니면서 곤충 채집도 해야지.' 이런저런 생각에 신이 나서 어둡기만 하던 마음속에 한줄기 새벽빛이 드리워지고 있어 먼동이 트면 나는 비상의 나래를 펼 수 있으리라는 기대 때문에 뜬눈으로 밤을 세웠다. 어머니는 아침부터 분주히 오가며 식구를 챙겨 주고 나서 나에게 옷도 갈아 입혀서 나를 업고 앞집으로 달려가서 아주머니가 나오기를 기다리면서 말하셨다.

"만열아, 네가 나을 수만 있다면 무슨 짓을 못 하겠노."

"어서 나오이소. 뭐하요?"

내 마음보다 어머니가 더 조바심을 내셨다.

봄 햇살에 피어난 아지랑이가 우리의 발길을 재촉하는 듯 손짓하고 있었고, 차창 가로 봄꽃들이 하나둘씩 피어 우리의 길을 향기롭게 해 주는 듯했다. 버스에서 내린 우리 일행은 골목으로 접어들어 2층 양옥집으로 들어가게 되었다.

중년의 나이로 보이는 의원 앞에서 차례를 기다리며 긴장하고 있었다. 이내 우리 차례가 돌아왔고, 앞집 아주머니 딸도 나도 심판을 기다리는 죄수처럼 숨죽이며 진찰이 끝나도록 기다렸다. 그리곤 의원의 입에서 나올 한마디 말을 기대하고 있었다.

"잘 왔습니다만. 아주머니 딸은 나이가 어려 신경과 근육이 아직 굳지 않아 치료가 가능한데 아주머니 아들은 너무 오래되어 치료를 해도 별 효과를 못 보겠네요."

어머니와 나는 잘못 들었을 것이라고 귀를 의심하며 한 번 더 말해 달라 했지만 대답은 같았다. 어머니 등에 업혀 나오는 길이 무덤으로 가는 길보다 더 괴롭고 힘들었다. 의원의 말은 사형 선고보다 더 견디기 힘들었다. 어머니 역시 나를 업은 다리가 힘이 풀려 걷지를 못하고 몇 발자국 가다 쉬고 앞집 아주머니가 붙잡아 일으켜 주면 또 몇 발자국 걷다 주저앉고 말았다.

"엄마 나는 어떡해? 엄마 나는 어떡해…" 절망적인 절규의 눈물을 쏟으며 몸부림쳐 봤지만 달라질 건 없었다. 오히려 슬픔만 더할 뿐, 평생 내 손으로 숟가락질 한번 못하고 자기 발로 화장실 한 번 못 가고 나무 토막처럼 살아야 한다는 사실이 죽기보다 더한 고통으로 다가왔다.

살아있음에 아름답고 살아있어 나 자신에게뿐만 아니라 다른 사람에게 의미가 되는 그런 순간을 단 한 번이라도 맞이하고 싶었는데 오히려 걸림돌로 생을 마쳐야 하다니….

어머니와 나는 집으로 돌아와 울고 또 울었다. 그럴수록 막막한 나의 앞날은 길이 보이지 않았다. 언젠가 병원에서 내 병을 치료받으면 나을 수 있다는 기대는 막연하나마 희망의 빛이었는데 이제는 그 빛마저 사라져 버렸고, 열일곱의 나이로 감당하기 어려운 시련과 좌절만이 나의 몫으로 남아 내 마음을 무겁게 했다.

그렇게 며칠이 지나고 밥도 먹는 둥 마는 둥 하면서 끝없이 밀려오는 절망과 힘겨운 싸움은 더 이상 삶에 대해 구차스럽다는 결론을 내리게 했다. 이제 나에게 남아 있는 길은 오직 죽음으로 향하는 외길뿐이라 느꼈다. 날마다 죽음을 준비하며 어떻게 하면 쉽게 그리고 신속하게 죽을 수 있을까를 궁리하는 데 온 신경을 쏟았다. 그 외길은 오히려 나에게 평화로웠다. 모든 것을 포기하고 삶의 짐을 벗어 놓고 나니 홀가분한 기분마저 들었다.

내가 예수님의 사랑을 진작 알고 깨달았다면 그처럼 엄청난 수렁에 빠지지 않았을 텐데 그때는 그랬다. 나는 결국 죽는 길이야말로 나에게 가장 정직한 길이라고 생각했고, 온 가족을 위해 최고의 선물이라고 믿었다. 날마다 죽을 연구를 해나가기를 며칠이 지나고 또 몇 주가 지나도 더욱 확실해져 오는 건 죽어도 후회가 없을 것 같다는 생각이었다.

그래서 죽는 방법을 연구하고 찾았지만, 몸이 불편하여 밖에도 못 나가고 돈도 없어 약을 산다는 건 엄두도 못 냈다. 목을 매는 일도 혼자 아무리 기를 써도 높은 곳에 끈을 묶을 수가 없었고, 또 하나 방법은 동맥을 끊는 일인데 손을 쓸 수 없으니 그것마저 안 되는 일이었다.

죽는 것도 중증 장애인에게는 마음대로 못하는 일임을 알게 되자 더 절망과 좌절감을 갖게 되었다. 그리고 그런 나날을 보내면서 마른 나뭇잎처럼 마음이 메말라 갔다. 그렇게 허송세월을 보내던 중 나에게 다시 한 번 기회가 찾아 왔고- 하나님이 죽음까지 막으신 그 사랑 정말 그 사랑을 철저하게 외면하고 결사적으로 죽음을 굳히고 -이번에는 가장 쉬운 방법을 찾았다.

그것은 생명을 놓고 하나님과 힘 겨루기라도 하듯 야곱이 얍복강가에서 사투를 벌이듯이- 야곱은 살려고 하나님과 사투를 벌였지만 -나는 죽으려고 사투를 벌였다. 틈만 있으면 생명의 끈을 끊기 위해 연구를 하던 여름 어느 날, 결국 일을 저지르고 말았다.

어머니에게 미숫가루가 먹고 싶다고 물 안 탄 가루 한 숟갈을 입에 넣어 달래서 입에 머금고는 이윽고 숨을 들이마셨다. 입속에 있던 가루가 호흡기를 막는 순간 기침과 발버둥을 칠 수밖에 없었다. 고통과 답답함을 느끼는 순간, '아! 이것이 죽는 것이구나. 이제는 죽었구나.' 하며 온 몸은 본능적인 몸부림에 소동을 벌였고, 숨을 못 쉬고 있을 때 어머니와 형이 달려왔다. 그리고 등도 두드리고 물도 주는 바람에 다시 살아나게 되었다. 어머니와 형을 원망하며 왜 살아나게 했냐고 앙탈을 부리며 하염없이 울었다. 그렇게 하면 할수록 마음의 상처는 더 깊어져 갔고 우울증도 생겨 종일 말 한마디 안 하고 생활한 게 수개월. 사람은 너무 오래 혼자 고민에 빠지게 되면 정신까지 망가지게 되는 것일까? 나는 자신도 모르게 이상한 말을 중얼거리고 의미 없이 혼자 웃기도 하였다. 그렇게 나의 삶은 날이 갈수록 헤어날 수 없는 수렁 속으로 빠져들어 갔다.

날마다 그런 생활이 반복되는 가운데 나는 또 다른 의식 속에는 막연하나마 뭔가를 갈구하며 삶의 의미를 느껴 보고 싶은 간절함이 있었다. 이중인격일까?

옆방 아저씨 덕분에

　　우리 집은 기역 자 집으로 큰방 앞에 대청마루가 있고 그 옆에 작은 방과 마루가 대청마루와 연결되어 있었다. 그 옆에 문간방이 있고 큰방 옆에 부엌이 있고 부엌 위에는 다락이 있었다.

　중간 작은 방에 할머니와 동생이 지냈는데 작은 형은 제일합섬 기숙사에서 생활하면서 왔다 갔다 했다. 큰방에는 큰형님과 작은 누나와 나와 막내 여동생과 어머니와 함께 생활하면서 문간방은 세를 놓고 살았는데, 월세 아니면 사글세를 놓다가 보니 짧게는 몇 달 만에 다른 사람으로 교체되어 살았고 길면 1년 정도 살았다. 그때 옆방에 경찰관으로 입사한 지 얼마 되지 않은 부부와 초등학교 1학년 아이가 1년을 살게 되었고, 아저씨는 시간이 되면 나와 바둑을 두었다.

　물론 내가 네다섯 점을 접고 뒀지만 내가 질 때가 많았는데 몇 달이 지나자 내가 이겨서 한 점씩 감해져 가면서 두었다. 그렇게 바둑에 푹 빠지게 되었고 좀 더 알고 배우고 싶어졌다. 작은형이 사다 놓은 바둑책이 있었지만 글자를 모르니 답답하기 그지없었다.

　그때부터 글을 배워야겠다는 생각을 했다. 하지만 아무도 나에게 글을 가르쳐주지 않았고, 예전부터 형들이 글 읽는 소리가 귀에 익은 말이 생각나 옆방 아이의 어머니께 그 아이가 다 배운 책을 내게 팔라고 했더니 공짜로 주셨다. 나는 그 책을 가지고 "어머니, 어머니, 우리 어머니.", "아가, 아가, 우리 아가.", "바둑아, 바둑아, 이리와. 나하고 놀자." 그렇게 기억을 더듬어가며 글을 배우기 시작했다. 눈으로만 익히는 것보다 쓰면서 배우는 것이 효과가 좋았겠지만, 손으로 연필을 잡을 수 없어 궁여지책으로 왼쪽 발가락에 연필을 끼우고 글을 쓰는 흉내를 냈다. 처음에는 밀가루 포대를 뜯어 형, 동생들이 쓰고 남은 몽당연필로 글자를 썼다. 하지만 몇 자 못 쓰고 엄지발가락에 물집이 생겼다. 발가락이 아파 하루 목표한 양을 다 채우지 못할 때가 많았지만, 글을 알게 되는 재미로 신이 났다.

어머니는 좋아하셨다. 어쩌다가 연필도 한 자루씩 사다 주셨는데 매일같이 몽당연필만 쓰다가 새 연필을 받을 때 그 기분은 말로 다 표현할 수 없었다. 기다란 연필에 지우개까지 달려 있는 모습은 너무 신비롭기까지 했다. 도루코 칼을 이용해 연필을 발로 깎다가 약한 심이 부러질 때면 그 비통한 마음을 감추지 못할 정도로 가슴 아팠다. 또 가끔은 고부간의 갈등으로 할머니와 어머니가 다투다가 그 불똥이 내게 돌아오기도 했다.

할머니는 내가 글을 쓰고 있는 것을 보시고 다가오셔서 말하셨다.

"네가 글을 배워 뭐 할 끼고? 변호사 나갈래, 국회의원 나갈래?"

하시며 연필을 빼앗아 마당에 던져버리자 연필은 두 동강이 돼 버렸다. 나는 울면서 대들기도 했지만, 마음속에서 연필은 부러졌어도 나의 의지는 꺾일 수 없다는 생각이 은연중에 들었다.

그렇게 다섯 달 정도 오로지 글을 배우는 데 몰입을 하고 나니 웬만한 글자는 다 눈에 들어왔지만, 발음이 어려운 글자에 한번씩 애를 먹었다.

'홰', '웬', '쵈' 등 그렇게 글을 배워 책을 조금씩 읽기 시작할 때가 18살에 봄이었다. 혼자 쓰고 혼자 읽으며 한글을 다 배웠다.

바둑도 수를 보는 눈과 사고력도 조금씩 늘어 흑백 텔레비전에서 일주일에 한 번씩 나오는 바둑기사들의 대국을 보면서 나도 막연하나마 저런 기사가 되고 싶다는 생각도 하면서 꿈을 꾸기도 했다. 그러는 사이 우리 가족은 산격초등학교가 있는 쪽으로 이사를 했다.

멈춰버린 질풍노도의 꿈

먼 길을 떠나든 짧은 길을 떠나든 새 행선지로 떠나는 것은 설렘이고 두려움이다. 그렇기에 동물도 자기 둥지나 그의 영역을 벗어나지 않으려 하는 것이 본능이고, 익숙하지 않은 곳은 선호하지 않는다. 특별한 동기가 없으면 모험을 걸지 않는 것이 동물의 습성이다. 하지만 사람은 어떤 동기가 없어도 모험을 걸어야 삶의 의미와 살아 있는 맛과 가치관을 갖게 한다. 그렇지만 몸에 장애를 안고 사는 사람은 작은 변화에도 힘들고 적응하는 데 오랜 시간이 걸린다.

기존에 살았던 집은 대지도 30여 평에 건평이 좁고 답답했다. 하지만 산격초등학교 뒤로 이사한 집은 꽤 큰 집이었다. 대지가 50평이 넘었고, 방이 4개, 부엌이 2개, 대청마루가 있었다. 방 두 개는 12자에 9자였고, 안방이 정사각형인 가로세로가 9자였고, 마당이 넓어 화단도 있고 대문 옆에 화장실과 목욕실 겸 창고가 있었다. 그때 막 동네가 들어서는 중이라 우리 집은 골목 끝이고 뒤와 옆은 허허벌판이었다.

마당이 넓으니 화장실도 그만큼 멀었다. 소변은 요강에 누면 되는데 대변은 3일에 한 번 가는 편이었지만 한여름에는 맨살로 마당을 가다 보면 시멘트 바닥이 햇볕을 받아 뜨거워 살이 델 정도였고, 겨울에는 얼음 바닥 같은 시멘트 바닥을 맨살로 기어 화장실 가기가 무서웠다. 한번 다녀오면 무릎 아래쪽이 얼어 감각이 없었다. 발가락이 동상이 걸려 퉁퉁 부어 겨울 내내 고통을 겪어야 했다.

그때는 우리 가족이 큰누나는 사택에 살 때 결혼해서 시집으로 들어갔고, 작은 형은 경산에 있는 제일합섬에 근무하면서 기숙사로 들어갔다. 작은누나도 제일모직에 취업하여 기숙사로 들어갔고 큰형님은 염색공단에 다니면서 자전거로 출퇴근했다. 아버지는 집에서 주무시지 않으시고 적은 집에서 생활하셨다. 처음에는 부엌 하나에 방 두 개를 세를 놓고 살았다.

나는 이미 한글은 다 배운 터라 어머니께 천자문 습작 필기할 수 있는 책을 사달라고 했더니 여동생에게 시켜 사 왔다. 그것을 가지고 1페이지에 12자의 한자가 쓰여 있었는데 天, 地, 玄, 黃을 한글을 아니까 하늘 천 땅 지를 마음으로 외우고 발가락으로 쓰면서 익혀갔다. 처음에는 연필로 써가다가 펜 대와 펜촉을 사고 잉크병에 스펀지를 넣어 병이 넘어져도 잉크가 쏟기지 않게 사용하면서 잉크를 찍어 쓰기 시작했지만 힘을 너무 주는 바람에 종이가 구멍이 나고 찢어지기도 했다. 처음 연습한 것들은 한자가 아니라 지렁이 몇 마리 기어가는 듯했어도 마음은 기쁨에 차 매일 즐거웠다. 날이 갈수록 한문을 아는 실력도 늘어가고 필체도 점점 좋아져 어느 정도의 글자 모양도 갖추어갔다.

왼쪽 엄지발가락과 검지발가락 사이에 펜을 잡고 몇 달을 써 나가는 동안 검지발가락이 짓무르고 뼈마디도 아팠지만 아픈 만큼 성장하는 기쁨이 더 컸기에 이겨낼 수 있었다. 6개월이 조금 넘어 천자문을 다 배우고 상용문자나 사자성어를 배워갔다. 또한, 우리 집에 세 들어온 아저씨가 목공수 일을 하는데 일이 없는 날에는 나하고 바둑을 두곤 했다. 하루는 자기 친구를 데리고 와서 나랑 바둑을 둬보라고 권해 작은 형이 조각한 바둑판을 펴놓고 몇십 수를 두는 중에 그 친구가 말도 없이 슬그머니 나갔다. 화장실에 간 줄 알고 기다려도 오지 않아서 두다 만 바둑판을 치웠는데, 나중에 소문이 들려오기를 내가 발로 두는 것이 기분 나쁘더라는 소리를 듣게 되었다.

프로 기사의 꿈을 꾸며 그렇게 공부도 열심히 해왔건만 기가 막히는 이야기를 듣고 너무 큰 충격을 받았다. 그때부터 또다시 절망하고 낙심에 빠졌다. 무엇을 하며 어떻게 살아야 하는가에 고민하며 그냥 죽고 싶다는 생각을 또 할 뿐이었다. 그리고 몇 달 뒤에 깨달은 것은 바둑이든 어떤 경기이든 상대가 있어야 하고 아무리 실력이 뛰어나도 상대가 응하지 않으면 못하는 것임을 알게 되었다.

평범한 사람 같으면 열아홉 스무 살이면 고등학교 졸업하고 직장생활 할 나이인데 장애인 그것도 중증 장애를 가지고 산다는 것을 느낄 때마다 얼마나 슬픈 현실인지, 살아 있다는 것 그 자체가 죽음보다 더 큰 고통이었다.

* * *

제2부

청년의 삶

걸림돌의 인생

　　예나 지금이나 어느 가정이든지 어느 사회이든지 강점이 있는 반면 약한 면도 있는 것이 어쩌면 평범한 가정의 모습이고 사회다. 비가 오면 우산을 써야 하고 바람이 불어도 가야 할 길은 가야 하는 것이 인생이다. 내가 그렇게 고통스러운 생활을 해도 여전히 변하는 것은 아무것도 없었지만, 글을 깨치고 나니 큰형이 사다 놓은 책들이 눈에 들어왔다. 몸과 마음의 괴로움을 조금이라도 잊기 위해 책을 읽기 시작했다. 무료한 시간이 왜 그리도 안 가는지…. 지금 생각해보면, 그때 하루가 너무 지루했던 것은 할 일이 없어서가 아니었을까 하는 생각이 든다. 지금은 하루가 지나가는 것이 너무너무 아까우리만치 바쁘기 때문이다.

　　암튼, 이제 겨우 글을 깨친 지 일 년 남짓하고 글을 읽는 습성이 어릴 때부터 습관화되지 않아 책을 더듬더듬 읽어갔다. 내용은 대충 짐작하면서도 깊은 이해력은 없었다. 당시 읽은 책 중에는 『서울은 25시』, 『인간시장』, 『삼국지』가 기억에 많이 남는다. 『삼국지』는 총 다섯 권짜리였는데 정말 흥미진진하게 읽은 책이다. 유비, 관우, 장비가 술잔에 서로의 피를 타서 마시며 한날한시에 죽자고 결의하는 장면과 의형제의 활약성, 여포의 잔꾀라든가 제갈공명의 초자연을 꿰뚫는 전략전술로 보여주는 전쟁의 힘이라든지, 결국 조조가 삼국을 통일하는 중국 역사와 문학적 의미를 많이 배웠다. 또 세계 2차대전 35권 전집을 읽으면서 세계 역사를 간접적으로 체험하는 등 다른 세상에 한 걸음씩 발을 딛는 즐거움은 무엇과도 견줄 수 없었다. 다른 사람은 한 권 읽는 기간이 일주일이 걸린다면 나는 한 달이 넘게 걸렸다. 그래도 책을 보는 것이 너무 좋았고, 한 권 두 권 읽어갈수록 무엇인지는 몰라도 사물을 보는 눈과 어떤 일에 대해 생각하는 마음이 다르게 보이기 시작했다. 하지만 아무도 알아주지 않고 들어주는 사람이 없어 그저 나는 여전히 장애인일 뿐 그 이상도 그 이하도 아니었다. 어쩌다 내 의견을 말하면 "네가 뭘 아노?" 핀잔만 돌아올 뿐, 의미 없는 메아리에 지나지 않았다.

그 와중에 큰형의 혼사 이야기가 나오면서 큰누님 혼사 때도 그러했듯이 이번에도 가장 큰 걸림의 화두는 나였다. 내가 있기 때문에 누가 시집오겠느냐는 거였다. 큰누님 같은 경우는 시집을 가면 그래도 나은데 형 같은 경우는 늘 함께 살며 부대껴야 하니 '어떤 아가씨가 시집을 오겠으며, 어떤 부모가 우리 집에 시집보낼 사람이 있겠는가?' 하는 것이 온 가족들의 큰 고민거리였다. 게다가 큰형 역시 6·25 전쟁 때 우리 집 마당에 포탄이 떨어지는 바람에 놀라서 경기로 말도 더듬고 몸도 손놀림도 100% 온전하지 않아 결국 고향에 있는 이모의 아는 분의 중매로 부모 없는 아가씨를 찾아 수소문하여 형의 결혼은 성사되었다. 지금도 이런 일들이 장애인이 있는 가족에게 일어나고 있는 것이 얼마나 슬픈 현실인가? 나인들 장애인이 되고 싶어 된 것도 아닌데 집안에 대소사가 있을 때마다 나는 걸림돌이 되었다. 형은 아버지의 강권으로 결혼을 했고 예식하는 날 북적대던 일가친척들은 예식장으로 다 가고 텅 빈 집에 고요함만 남아 나를 위로했다.

고마운 형수님

형수님은 새 식구로 들어오셔서 한동안 시집 식구들과 환경에 적응하느라 긴장도 되고, 나 같은 장애인을 대하는 것이 쉽지 않았을 텐데 오히려 자연스럽게 대해 주셨다. 그리고 어머니가 미처 챙기지 못한 것까지도 갖다 주기도 하고, 얘기도 형제들보다 더 잘 들어 주시고, 자기가 살아온 얘기도 많이 들려주셨다. 또, 형과 결혼한 지 몇 달도 되지 않아 남의 밭에 가서서 품삯을 받고 일을 다니셨다. 할머니와 어머니는 부업으로 명주실을 감아주고 용돈을 버셨다.

그런 환경에서 시집살이를 하다 보니 자연적으로 고부간의 갈등이 점점 심해졌다. 아직도 이해가 안 되는 것은 아버지가 제일모직에 다니고 계셔서 월급도 많았을 텐데 왜 그렇게 살아야 했을까? 어쩌면 가족들 마음속에 놀고먹어서는 안 된다는 인식이 뿌리 박혀 있어서일까?

새색시가 온종일 들에 나가서 일하고 오면 지친 몸으로 돌아와도 쉴 시간이 없었다. 그리고 대가족을 위해 식구들 챙긴다고 한 번씩 투정을 부리다가 고부간에 많이 다투기도 했다. 그 와중에 내가 목욕탕을 갈 수 없어 겨울에는 한 달에 한두 번 정도 목욕을 했는데, 어머니가 가마솥에 물을 데워 찬물과 섞어 고무 대야에 받아 씻겨 주거나 아니면 형수님이 펜티만 입혀 물에 들어가게 하여 등과 가슴과 머리를 감겨주고 나머지는 내가 씻고 나오라 하고는 나가셨다. 처음에는 그것이 창피하고 부끄러워 피하고 싶었지만, 몸이 가렵고 냄새도 나서 도저히 못 견뎌 몇 번을 망설이다 씻겨달라고 하면 아기 다루듯이 씻겨 주셨다.

온 가족이 지레 걱정하고 염려했던 것들이 하나도 문제가 되지 않았다.

고독한 진피

책을 읽으면서 지속적인 반문이 내 안에서 일어났다. '인간은 무엇이며 나는 왜 살아야 하는가?' 철없던 어린 시절에는 누구나 다 나와 같은 과정을 겪는 줄 알았는데 나이를 먹고 철이 들어갈수록 내가 장애인이기 때문이라는 것이 더 뼈저리게 와 닿고 작은 일상 속에서나 큰일(경조사)이 있을 때마다 나는 죄인 아닌 죄인이 되었다.

큰누님 혼사 때도 그러했고, 큰형님 결혼식 때나 제일모직 사택에 살 때도 아버지 회사 친구들이 한 번씩 오시면 나는 부엌 옆 골방에 숨어 있어야 했다. 그렇게 해도 내가 왜 그렇게 살아야 하는지 조금은 느꼈어도 오히려 나 혼자 숨바꼭질하듯 즐겼다. 하지만 철이 들어서야 장애를 가졌기 때문에 겪어야 하는 아픔임을 조금씩 깨닫게 되었다. 그나마 다행인 것은 큰형님 작은형님 작은누님 친구들은 처음에는 나를 보고 꺼려 하더니 나중에는 더 챙겨 주는 분도 있었다.

열아홉 살이 넘어가면서 내가 할 수 있는 일은 빗자루로 방 쓸고 걸레 빨아주면 왼발로 방이나 닦는 것과 겨울 되면 부업으로 밤 깎고 버니를 치는 일을 하는데 나는 어쩌다가 발로 칼을 갈아 주는 것 외에는 할 수 있는 일이 없어 지루한 생활의 연속이었다. 다른 사람은 내 나이에 고등학교 졸업 후 대학도 진학하고 취업도 하여 직장생활 하면서 앞날을 꿈꾸는데, 나는 아무것도 할 수 없어 답답해 어머니한테만 넋두리를 해도 묵묵부답이었다. 할머니는 평소에는 안 그러시다가 기분 나쁘거나 화가 나시면 이런 식으로 쏘아붙이셨다.

"아이구, 저 진피 같은 놈, 어디 써 묵을꼬. 개는 키우면 집이라도 지켜주지만 니는 밥만 쳐묵고 하는 게 없노."

그래놓고는 기분 좋은 날에는 어디 다녀오시다 사탕도 사다 주시고 콩고물에 보리밥을 비벼서 손으로 한입에 들어가도록 만들어 주시기도 했다. 진피라는 말은 글을 알고 보니 빈대, 또는 진드기와 같은 언어였다.

내게도 할 일 있었으면 좋겠고 나도 뭔가가 하고 싶은데 아무것도 할 수 없다는 그 절망과 함께 너무 고독한 생활이었다. 바둑기사가 되고 싶어 했던 꿈도 좌절되고 언제까지 이렇게 살아야 하는지 기약도 없는 앞날을 생각하면 살아 있어도 죽음보다 못한 삶이 아닐까? 이런 심정을 누구하고 얘기하고 싶어도 누구 한 사람 나의 말을 귀담아들어 줄 사람이 없고 무슨 말을 해도 무시해버리는 경우가 대부분이었다.

내 갈망을 누구하고 상담이라도 하고 싶었지만, 그 시절에는 복지의 복 자도 모르고 옛날부터 내려오는 박애 정신도, 6·25 사변 때 다친 사람들이 생존하기 위해 온갖 나쁜 짓을 하는 바람에 장애인에 대한 인식이 바닥을 치고 있을 때라, 박애 정신이라는 것이 그저 먹여주고 입혀주는 그 이상도 그 이하도 아니었다. 봄에 새싹이 돋는 것을 보면 나도 마음속에 뭔지 모르는 소망을 가져 봤지만, 여전히 가을의 낙엽처럼 쓸쓸하고 고독뿐인 날들이 이어질 뿐이었다.

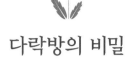

다락방의 비밀

　　요즘 건축 양식은 다양하고 살아가는 형태도 다양하여 문화적인 차이도 천차만별이지만 50년, 60년 전만 해도 우리나라 집들은 한옥이 아니면 반 양옥이었고 어쩌다가 슬레이트집, 초가집이 많았는데 다락방은 어느 집이든 하나씩은 다 있었다.

　다락방 하면 전통적으로 부엌 위의 작은 공간인데 안방 쪽에 문이 나 있어 그곳에는 쓰지 않는 물건을 넣어 두기도 하지만, 귀하고 소중한 물건이나 간식도 넣어 두었다가 손님이 오면 그곳에서 간단한 다과상을 차려 내기도 하는 곳이었다. 구수한 옛 정감이 내 마음속에서 솟기도 하고 조모님이 들려주는 옛이야기 같은 정취가 느껴지기도 하는 곳이다. 또 한편으로는 아픔과 슬픔이 있는 곳이기도 하다. 나에게 다락방이란 암흑이었고 절망이었고, 고통 속에서 죽음을 넘나드는 몸서리쳐지는 몸부림의 현장이었다.

　지금 생각하면 내가 시인이 될 자격 요소를 하나도 갖추지 못했고 내일의 희망은 꿈에서도 가질 수 없었다. 문학인이라면 적어도 어릴 적부터 자연을 무대로 삼아 또래의 동무들과 마음껏 뛰놀았던 추억이라든가 아니면 정규 교육을 받은 풍부한 지식이 있다든가 또는 여러 가지 체험을 통하여 쌓인 재능과 깊은 철학이 있어야 한편의 글을 쓰고 폭넓은 표현력을 갖추게 될 텐데 내게는 그런 기회가 전혀 주어지지 않았다.

어떤 이는 어린 시절로 돌아가라 하면 열 번도 더 돌아가고 싶어 하는데 나는 두 번 다시 돌아가고 싶지 않다.

온종일 있어도 인생에 대하여 앞날에 대해 진지하게 대화 한마디 나눌 사람이 없고 식구는 많았지만, 어머니 외에는 그 누구도 나의 앞날에 대하여 관심 가져 준 사람이 없었다. 게다가 어쩌다가 웃기라도 하면 "울어도 시원찮을 놈이 웃음이 나와?"라고 면박을 주기도 했다.

나에게는 어릴 적 추억이라야 가족사진 속에서도 찾을 수 없고 언제나 빠지는 나였다. 내 기억으로는 아주 어렸을 적에 큰누나 등에 업혀 농악놀이 하는 곳을 구경 간 것과 형들이 업고 동네 평상에서 놀아 주는 것이 최고의 선물이었다. 그런 것 말고는 1년 가도 대문 밖 출입 한 번 못 하고 그저 방이나 마루에서 화단을 바라보며 자연과 화초를 보는 것이 전부였다. 어쩌다 날씨 좋은 날은 어머니가 마당에 있는 평상 위로 데려다주면 거기 앉아서 흙을 만져보기도 하고 꽃향기도 맡으며 자연을 접하는 게 고작이었고, 혼자 놀이로 방에서 땅따먹기라든가 구슬치기를 하면서 적도 되었다가 아군이 되기도 하며 놀았다. 발가락으로 종이를 접어 배도 만들고, 비행기도 만들고, 바지저고리도 만들며 놀았던 기억과 형제들이 귀가하면 잠시 같이 놀아 주는 빛바랜 추억이 기억의 전부이다.

집안에 경사스러운 일이 있거나 낯선 손님이 오는 날이면 나는 언제나 다락방 신세를 졌다. 그중에서도 유별스럽게 서울 큰자형이 오면 다른 가족들이 모여서 깔깔대거나 웅성이면서 화기 넘치는 소리를 들으며 자형이 돌아가는 그 시간까지 어둡고 침침한 다락방에서 지내야 했다. 하염없는 눈물을 흘리며 '왜 나만 이래야 하는가? 언제까지 이래야 하는가?' 끝이 안 보이는 절망 속에서 아무리 생각해도 돌파구가 보이지 않았고, 마침내는 이 다락방에 한번 들어온 운명은 다시는 빛을 볼 수 없는 운명으로 결정되어 버린 것 같아 더욱 몸서리쳐졌다.

그럴 때마다 나는 '내가 다른 사람의 인생을 대신 살아주고 있는 것은 아닌지, 그렇다면 빨리 돌려받고 싶다.' 외쳤고, 더 이상 장난치지 말고 진짜 내 인생을 돌려 달라고 허공에다 애원했다. 그러나 아무리 애원을 하며 울어도 그것은 허상일 뿐이었다.

그러다가 하루는 다락방에서 추위에 떨다가 잠이 들었고 꿈을 꾸게 되었다. 내가 날아다니는 꿈이었다. 지금도 생생하게 생각나는 게 정말 신나게 날아다니며 평소에 보지 못했던 초자연을 보면서 너무나 행복해하는 나의 모습을 보았다. 그때부터 나에게 다락방은 슬프고 아픔이 서린 공간이나 괴로운 현실 세계가 아닌 무한한 상상의 세계를 열어가는 곳이 되었다. 그것은 나의 힘이 아니라 하나님의 힘이었고, 그분이 장차 나로 하여금 시인으로 만들기 위한 준비 단계였다. 진정 사람 앞에는 쓸모없는 나였지만, 그분께는 가장 소중한 사람으로 거듭나게 되었고, 지금도 그분의 사랑을 듬뿍 받고 있기에 행복하다.

차가운 겨울 들판에 풀 한 포기 나지 않을 것 같은 현실이지만 아무 가망이 없이 보여도 그분의 생명력이 있는 땅에는 멀지 않아 파란 희망의 새싹들이 돋는다는 것을 나는 지금도 굳게 믿는다.

장갑 기계 일을 하다

　　내 나이 스무 살 되던 해 겨울에 아버지께서 다니시던 제일모직에서 정년퇴직을 하면 어떻게 먹고살 것인가를 가족들은 시간이 날 때마다 얘기를 나누었지만 뚜렷한 대안은 없었다. 작은누님까지는 회사에 다니고 있었지만 나와 동생 둘의 학비와 연로하신 할머니까지…. 나는 그런 이야기가 나올 적마다 너무 미안하고 죄스러워 쥐구멍에라도 숨고 싶은 심정이었다.

　지금까지 살면서 그해만큼 괴로운 해가 없었다.

　'차라리 죽을 수만 있다면…. 내가 없어져서 입 하나 덜어주는 것이 가족들에게 오히려 힘이 되지 않을까?'

하는 생각을 참 많이 했지만 미숫가루 사건 이후 그런 기회가 내게는 주어지지 않았다.

　결국, 아버지 생신이 음력 12월 1일, 양력으로 12월 말경에 퇴직을 하셨다. 퇴직금으로 두 달 정도 생활하다가 설을 지내고 얼마 되지 않아 목장갑을 자동으로 짜는 기계를 사서 일을 해보자고 하더니 2월 말경에 중고 기계를 한 대 사 오셨다. 할머니가 계시는 방에 들여놓고 한 삼일 정도 작은형님과 여러 가지 시험 테스트를 하는 것을 나도 보면서 기계를 처음 접하는 것도 새롭고 전기 코드를 꽂고 스위치를 켜고 운전대를 올리니 기계가 돌아가는 것이 너무 신기하고 놀라웠다. 장갑이 한 짝씩 짜져 내려오는 것이 너무 신비로웠다.

예전 일제강점기에 아버지는 일본에 가서서 3년간 기계공을 하신 경력도 있고, 경남 고향에서 방앗간도 몇 년 하시면서 돈도 꽤나 버시기도 했지만, 어쩌다가 순식간에 말아먹게 되면서 가세가 어렵게 되자 대구에 제일모직을 창설할 때 함께 일을 하시면서 염색과 기계공으로 일하서서 기계에 대한 기술은 남달랐다. 아버지는 회사에 종사하실 때 새로운 기술도 만들어 상도 몇 번 타신 경력도 있으셔서 장갑 기계를 하시려고 마음을 먹은 것 같았다.

온전히 가동되는 것을 확인하고 기계를 뒷방 빈방으로 옮겨 본격적으로 가동했다. 나는 옆에서 쭈욱 지켜보면서 가장 간단한 것을 눈여겨보고는 가동 첫날부터 아버지께 야간 일을 내가 하겠다고 했더니 끄고 켜는 것만 알려주시고는 고장이 나면 끄고 자라고 하셨다. 그러겠다고 하고 기계가 있는 방에 들어갔다. 장갑이 기계에서 떨어지면 구겨지고 흩어져 버리는데 40~50초마다 한 번씩 흘러내린 장갑을 발로 펴고 훑어서 차곡차곡 개는 일을 했는데, 밤새도록 고장 한 번 나지 않고 2분에 세 장 정도가 여축 없이 빠져나오면 나는 그것을 발로 스무 장식 포개 놓았다. 그러니 아침이 되자 꽤 많이 쌓아놓은 장갑을 아버지가 오셔서 보시고는 돌아서서 눈물을 훔치며 어머니를 불러 "만열이 따뜻한 밥 먹여 재워라." 하시면서 머리를 쓰다듬어 주셨다.

그 순간 나도 눈물이 핑 돌았다. 이제야 나도 가족을 위해 할 수 있는 일이 있다는 생각과 또 나 자신에게도 스스로 할 수 있는 일이 있다는 것에 너무 기쁘고 보람을 찾았다.

　지난해, 아니 불과 며칠 전까지도 나의 존재 가치가 없어 매일이 지옥 같았는데 그 일로 나의 고민은 말끔히 사라졌고 밤을 꼴딱 세고 나도 피곤한 몸보다 상쾌한 마음의 아침이었다.

삶의 모습

　어느 계절에서 아픔을 알았습니다.
　어느 인생을 살면서 애절한 고통도 배웠습니다.
　그리고 무엇을 잃어버린 삶을 살면서 인생의
　진실을 깨달으면서 살아갑니다.
　여기 가련한 봄, 얼빠진 봄이 왔습니다.
　우리들은 빈 항아리를 안은 채 투명한 미소를
　담고 얄궂은 몸짓으로 봄을 맞습니다.
　불편한 몸이라 버림받은 한 알의 밀알
　또 하나의 모성을 찾아 일어섭니다.
　이렇게 밤새워 지은 적막 속에도 땀 흘린 보람
　오늘에야 만져봅니다.

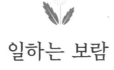

일하는 보람

　　　　기계 돌아가는 소리가 아름다운 노랫가락 같았다. 고요한 밤에 책 한 권 들고 들어가 일을 하면서 짬짬이 책을 보고, 때로는 기계 앞에 의자를 놓고 올라가 장갑 손가락이 어떻게 짜지는지를 살피고 앞뒤로 돌아다니며 시계가 어떻게 움직이는지를 눈여겨보며 어디서 어떻게 연결되어 움직이고 있는지, 옆에 저울추같이 길게 늘어뜨린 것은 어떤 역할을 하고 있는지, 하나하나 배워갔다.

　당시에는 나의 장애가 걷지를 못할 뿐이지 무릎으로도 얼마든지 다닐 수 있었다. 다만 거실 안에서는 자유롭지만 화장실 가는 것은 어려웠다. 물을 받아주면 혼자 씻을 수도 있었다. 새끼손가락 사이에 숟가락을 잡고 어눌하지만 밥도 혼자 떠먹었고 작고 섬세한 일은 발가락으로 하고 그렇지 않은 일은 손으로도 어느 정도 가능했다. 손가락 하나 펴기 위해 많은 고통의 시간이 소모되었어도 포기하지 않았고, 그렇게 극복해 온 과정이 있었기에 나는 그 일을 할 수 있었다.

　이렇게 시작된 일이 기계 한 대로 24시간을 풀가동했고 야간 담당은 어김없이 어머니와 나의 몫이 되었다. 나는 저녁 9시 정도 들어가서 새벽 3~4시까지 일하고, 다음에는 어머니가 이어받아 아버지가 오시기까지 일을 하셨다.

　한 달쯤 뒤부터는 나도 기계의 원리를 조금씩 알아 간단한 고장은 고칠 수도 있었다. 장갑이 짜지다가 먼지가 실과 같이 빨려 들어가면 기계 돌아가는 소리가 달랐다. 그때는 기계를 멈추고 의자 위에 올라가 실을 자르고 꼬인 것을 쇠갈고리로 빼내고 원점으로 다시 돌려 가동시켰다. 낮에도 아버지가 외출하면 나랑 어머니가 번갈아 가며 일을 했다. 그때는 손끝 마무리와 손목 오버로크 재봉틀이 없어 다른 곳에 맡겼고 비닐 포장지에 넣어서 팔아야 했기에 상호를 신진장갑이라 지었다. 장갑은 있는 것이 한정이고 없어서 못 팔았다. 그렇게 되자 아버지는 지금 돌리고 있는 기계보다 중고긴 해도 더 새 기계를 한 대 더 사들였고, 할머니와 동네 할머니 친구 두세 명이 손가락 끝마무리하는 일을 하셨다. 아버지는 다른 곳보다 2~3원 싸게 팔자 장갑이 불티가 나게 팔렸고 주문 양이 점점 늘어갔다. 그러자 아버지는 기계를 거실 옆 큰 문간방으로 옮기면서 오버로크 틀과 새 기계를 한 대 더 사게 되었다.

일에 지친 불화살

　　장갑 짜는 일을 시작한 지 2년이 못되어 기계 세 대가 24시간 돌아가며 짜내는 장갑이 엄청 많아졌다. 오버로크하는 직원 한 명을 외부 사람을 고용해 몇 달 일을 시키기도 했지만, 전문가가 아니니 계속 물건은 물건대로 반듯하지 않고 바늘도 하루에 두세 개가 부러졌다. 일의 능률은 안 오르고 시간만 되면 퇴근하니 오버로크를 하지 못해 팔지 못하게 되는 장갑이 많아지자 결국 아버지는 형수님에게 오버로크를 배워서 일하게 했다.

　아버지는 형수님께 오버로크 틀에 실을 꿰는 기초부터 가르치면서 고무 밴드를 장갑 손목을 틀에 넣어 조금 당기면서 박아주면 된다고 하시며 몇 번을 시범을 보였지만 형수님은 한 번도 그런 작업을 하신 적이 없어 서툴렀다.

　이렇게 일이 진척되지 않아 팔아

두발로 장갑을 개는 모습

야 할 장갑은 쌓여 갔고 상인들은 물품 공급을 재촉해 와 아버지와 온 가족은 안타깝고 애를 태웠다. 2~3일이 지나자 형수님의 오버로크 실력이 안정되면서 밤낮없이 오버로크 틀에 매달리는 중노동에 시달렸고, 큰질녀를 낳고 산후조리를 5일도 못하고 어머니와 같이 일과 살림살이를 병행하셨다. 일이 밀리자 온 식구가 다 지치게 되었고, 작은 일에도 짜증 내고 다툼이 일어나는 현상이 1주일에 두세 번씩 일어났다.

할머니도 손가락 끝마무리 작업을 동네 어르신 몇 분하고 하셨는데, 손길이 딸리면 어머니까지 투입되어 일하셨다. 아버지는 동네 어르신한테는 돈을 제법 드리면서도 할머니께는 달마다 용돈 몇 푼만 주셨고, 나머지 경제권은 일체 가족들에게 얘기하지 않으셨다.

일은 고됐고 아무리 일을 많이 해도 한 달에 얼마가 남았는지 혹은 적자가 났는지 돈에 관해서는 일절 말씀하지 않으셨다. 나도 이해되지 않았지만, 어머니와 형수님이 더 큰 불만을 갖게 되자 가족 간의 갈등은 쌓여가고 있었다.

나도 처음에는 가족을 위해 뭔가 하고 있다는 것이 즐거웠지만, 새벽 3~4시쯤 잠이 들고 오전 10시쯤 일어나 작은 부엌에서 씻고 나와 아버지 일하시는 것 잠깐 보고 가족이 점심 먹을 때 나는 아침 겸 점심을 먹었고, 이런 일과가 다람쥐 쳇바퀴 돌아가듯 반복되는 생활이다 보니 무료한 날이 많았다. 하지만 기계가 돌아가는 한밤중에 잠시 짬을 내어 명상도 하고 책을 보기도 하는 시간은 제법 쏠쏠한 삶의 의미였다. 당시에 정비섭 작가의 삼국지가 유명했고 삼국지를 제일 많이 읽었다.

아 침

어디서 날아온
참새 아가씨가
곤한 나의 잠을 쫀다.
태양은 붉은데
새침 떠는 아침이
더욱 추위를 느끼게 한다.

오늘도 산다는 것 때문에
일상의 이슬에
내 영혼이 젖는다.

약속의 부르심

　　　장갑 가내 공업을 시작하면서 명절 때와 기제사 때를 빼놓고는 하루도 빠짐없이 기계는 돌아갔다. 나도 기계가 돌아가지 않는 이상 하루도 빠짐없이 저녁부터 새벽까지 빠지지 않고 일을 했다. 나는 안방 윗목에서 자곤 했는데 감기가 떨어질 날이 없었다. 가을부터 봄까지는 장갑이 없어서 못 팔 정도로 잘 되었고 여름 한 철만 약간 주춤했지만, 그래도 가을을 대비해 물량을 비축하기 위해 쉬지 않고 장갑을 짜놓았다. 때로는 아버지가 외출을 하면 꼭 나보고 말하셨다.

　"만열아, 기계 좀 봐래이. 바깥에 일 좀 보고 오꾸마."

　나는 눈 뜨자마자 잠도 덜 깬 상태에서 또 들어가 일을 할 때도 종종 있었다. 그때만 해도 기계를 잘 고치는 사람은 작은형님과 아버지 외에 내가 이미 기계의 구조를 알고 있었기에 큰 고장이 아니면 어느 정도 내가 고치고 내가 할 수 없는 것은 어머니께 이렇게 하라고 알려 고쳐서 돌렸다.

　그렇게 2년이 넘어가는 초여름 어느 날, 어머니는 이웃집 아주머니의 딸이 위암이 걸려 병원에서 사망선고를 받았지만, 어느 기도원에서 안수 기도를 받고 나았다며 나를 그곳에 데리고 가보라는 말을 듣고- 어머니는 불교를 믿으면서도 −그 말에 솔깃해 마음이 동했던지 돌아와서는 나보고 그곳에 가보자 했다. 아무 준비 없이 얼떨결에 따라간 곳은 수도산 기도원이었다. 박실례 권사님이 원장님이셨고 신유의 은사를 받아 많은 환자를 고쳤다고 소문이 자자했다. 그때만 해도 폐 결핵이나 나병, 백혈병, 간질, 암들이 불치병이라 여겨 걸렸다 하면 99% 다 죽는 시절이었다. 지금만큼 의술이 발달하지 못한 시절이라 암을 고쳤다는 말을 듣고 한달음에 달려갔는데 몇 가지 물어보고는 잠잘 곳을 마련해주셨다. 그리고 그곳에 머무르는 것으로 승낙받아 그날부터 기도원 작은 예배당 옆에 작은 방에 있기로 했는데 나는 집의 일이 걱정되어 물었다.

"엄마! 내가 없으면 밤에는 누가 일을 해요?"

"그런 걱정 하지 말고 네 몸이나 빨리 고쳐 오거라. 쓸데없는 걱정 말고. 이 없으믄 잇몸으로 사는 기라."

"아부지도 없고 엄마 혼자 밤샘 일을 해야 하는데 우짤라고 하노?"

"괜찮다 안 카나."

"이부자리하고 요강 하나 갖다 놓을 테니 니는 아무 걱정 말거라."

원장님은 나보고 글을 아냐고 물어보셔서 안다고 했더니 놀라며 성경책을 한 권 선물로 주시면서 하루에 몇 장씩 읽으라고 했다.

갑작스럽게 당하는 일이라 정신이 멍했다. 지금까지 집을 떠나 본 적이 없고 혼자 자본 적도 없는 나이기에 불안하고 걱정도 되고 집에 일도 그렇고 해서 뜬눈으로 밤을 세울 수밖에 없었다. 그리고 새벽이 되자 사람들이 우르르 모여들어 웅성웅성거리는 소리가 들려 기도실 예배당으로 들어갔다.

조용한 가운데 다들 두 손 모으고 귓속말처럼 뭐라고 뭐라고 주문을 외우듯 하고 어떤 사람은 흐느끼며 눈물 콧물 쏟고 있는 것을 보며 이 상황이 뭔가 의아스러웠다. 이것이 기도라는 것을 어렴풋이 느꼈지만 한 번도 기도라는 것을 해본 적이 없는 나는 어떻게 해야 할지 몰라 그냥 앉아서 조용히 지켜봤다. 얼마 뒤 어떤 사람이 들어오자 다들 일어났다가 앉고 찬송가를 몇 곡 불렀다. 내가 집에 있을 때는 라디오가 나의 친구라 유행가를 무척 좋아하여 당시에는 내가 모르는 노래가 없을 정도였는데 찬송가는 생소하면서도 가슴을 찡하게 했다.

「나 같은 죄인 살리신」, 「주 안에 있는 나에게 딴 근심 있으랴」 등 아직도 생생하게 기억나는 설교 말씀 중에 다른 말씀보다 '일천천양을 쟀더니 물이 발목에 차고, 다시 일천천양을 쟀더니 물이 무릎까지 차고, 다시 일천천양을 쟀더니 물이 허리춤에 차고, 다시 일천천양을 재니 물은 목까지 잠겼고, 다시 일천천양을 재니 비로소 머리가 잠겨 헤엄치게 되었다는 말씀'이 무슨 뜻인지 알지는 못해도 귓전에 맴돌았다.

그곳에는 환자 반 보호자 반 60~70명이 예배드리며 공동생활을 했다. 모든 환자들은 중환자가 거의 대부분이었는데 기도회 말미에 하얀 소복에 흰 베레모까지 쓴 원장님이 환자의 머리에 손을 얹거나 아픈 부위에 손을 대고 뜨겁게 한 사람 한 사람 기도해 줬고 드디어 내게도 오시는 모습을 보니 얼굴에 열이 올라 벌겋고 숨이 차서 숨소리가 크게 들려왔다.

내 머리에도 손을 얹고 얼마나 뜨겁게 기도하시는지 머리 위에 올린 손에 열기가 뜨겁다는 느낌을 받으며 원장님의 기도 소리를 들었다.

"주여 이 어린 아들을 불쌍히 여기시고 믿음을 주옵시고 온몸이 뒤

틀린 몸을 고쳐 주실 것을 믿습니다. 믿습니다."

　그렇게 기도회를 마치고 사람들은 각자 처소로 가서 아침을 지으며 서로 도와주고 반찬도 나눠줬고 얘기꽃을 피웠는데, 나만 우두커니 앉아 어머니를 기다리고 있었다. 어머니께서는 집에서 걸어서 20분이 넘는 길을 걸어 2단짜리 찬합에 하나에는 밥을 담고 하나에는 김치와 몇 가지 반찬을 담아서 한 손에는 국 한 그릇까지 가지고 오셨다. 찬합에 있는 밥의 반은 아침에 먹고 나머지는 점심때 먹었고, 저녁에도 어머니가 밥을 가지고 오셔서 보살펴 주셨다. 이렇게 사람들과 부대끼며 살아가는 나의 첫 사회생활이 시작되었다.

　하루 이틀 지나면서 그곳에 사람들이 내게 관심을 가지고 다가와 말도 걸어왔다. 어머니가 올 때마다 나에 관해 물어보기도 하며 어머니도 가지고 온 음식을 나눠주며 우리 아들 좀 잘 봐달고 부탁하시곤 온 길을 다시 내려가셨다.

일어서다

그곳에는 다양한 환자와 다양한 연령층이 함께 어우러져 생활하고 있고 직업과 신분도 말단 공무원으로부터 회사 고위급 직원까지 다양했다. 학교 선생님들은 폐병이 많았고 심지어는 교회 목사님 전도사님도 계셔서 다양했다. 어떤 사람은 형 누나 같고 어떤 분은 아버지 어머니같이 다정다감했다.

어느 날은 암 환자로 들어오신 분이 며칠 동안 고통스러워하더니 원장님의 집중 안수 기도를 받고 새벽에 피를 토하면서 까만 덩어리 몇 개를 토하고 나서 속이 시원해졌다는 말을 들었다. 그분 말로 원장님이 한 번 더 기도해 주시고 암이 나았다고 하면서 병원에 가서 확인해 보라 하셨다. 하지만 어떤 사람은 밤사이에 숨을 거둔 안타까운 일도 있었다. 이런 것들을 목격하면서 믿음이 무엇인가 하는 생각을 했다.

나는 기도가 뭔지도 몰랐고 어떻게 해야 하는지 몰라서 그냥 내 마음의 소원을 간절히 주문 외우듯이 했다. 시간 날 때는 폐결핵이 걸려 오셔서 수양하시는 목사님이랑 내가 살아온 얘기도 하고 목사님도 성경 얘기를 들려주시면서 하나님은 어떤 분이시라는 것을 알아갔다. 또 환자 보호자로 있는 사람들은 내가 보호자도 없이 그곳에 있으니까 보기에 딱했든지 많이 신경을 쓰고 챙겨 주셨다. 그중에 장난기가 있는 청년이 나만 보면 내 흉내를 내면서 약을 올리기에 하루는 목사님에게 편지를 써서 보여드렸더니 목사님이 내가 발가락으로 글을 쓴 편지를 보시고 너무 신기해하면서 사람들에게 자랑하는 바람에 사람들에게 주목받았다. 원장님도 나를 위해 기도를 더 해 주시며 응원의 말을 덧붙이셨다.

"홍렬 청년은 꼭 나을 거야. 기도 많이 해."

그렇게 달포쯤 지나자 어느 날 기도하고 있는데 느낌에 다리에 힘이 생긴다는 느낌이 들어 아무것도 잡지 않고 몇 번 일어서는 시도를 해 보았다. 넘어지기는 해도 용기가 생겨 다시 일어서니까 2~3초 서 있어 나도 모르게 깜짝 놀라는 바람에 균형을 잃고 주저앉아버렸다. 나도 믿기지 않아 다시 도전해 일어서니 좀 전보다 더 쉽게 일어서지는 것이 아닌가? 너무 기뻐서 어머니가 빨리 오기를 기다리며 이게 진짜인가 싶어 놀랍기도 하며 신비롭기도 했다. 수도산 중턱에 기도원이 있어 저 멀리서도 사람들이 오가는 것이 다 보였다. 아침저녁으로 어머니가 못 오시면 형수님이 밥을 갖다 주시곤 했는데, 그날도 어머니는 2단짜리 찬합을 보자기에 싸 오셨지만, 밥은 뒷전이고 내가 일어서는 모습을 빨리 보여 주고 싶어 어머니를 보자 마자 이야기했다.

"엄마 내가 일어섰어요."

"참말이가! 아이고 만열아! 에미 보는 앞에서 한번 일어나 보거래이."

나는 그 자리에서 몇 번 일어서다가 넘어지고 다시 일어나 서서 5초 정도 섰다가 좋아서 웃다가 주저앉아 버렸다.

"아이고 우리 만열이가 서는 것이 꿈만 같데이. 우리 만열이만 낫는

다 카모 뭔 짓을 못하것노."

목사님을 보고 어머니는 감격한 듯 말하셨다.

"선상님요, 우리 아가 서는 거 봤십니까?"

어머니는 눈물을 훔치며 나보다 더 좋아하셨다. 그곳에 있는 사람들에게 우리 아가 섰다면서 정말 기뻐하시고 눈물까지 쏟으셨다. 원장님이 달려오셔서 말했다.

"흥렬아, 이제 다 나았다. 걱정하지 마라. 전능하신 하나님이신데 너를 구원하시고 고쳐 주려고 여기 보냈으니 믿고 기도하자."

목사님을 보시면서도 이야기했다.

"내가 야를 위해 기도해 보니 믿음이 대단합디다. 하하하."

나는 아직 믿음이 무엇인지, 믿는다는 것이 어떤 것이지도 잘 모르는 상황인데 황당했다. 어쨌든 그 일로 많은 사람에게 관심거리가 되었고, 희망의 상징이 되었다. 마치 성경에 나오는 앉은뱅이를 고쳐 주신 예수님의 모습이 재현되는 현장을 실감하는 듯 그곳 사람들이 기뻐했다.

나는 아직 이 일이 꿈인지 생시인지 모를 정도로 혼자 일어선다는 것이 믿어지지 않았고, 이 순간이 오기를 얼마나 학수고대하며 간절히 기다려왔는가? 비록 짧은 몇 초이지만 일어서는 이 순간이 온 천하를 다 얻은 것 같아 기쁘고 감사하여 어머니 품에 안겨 기쁨의 눈물을 쏟았다. 이제 겨우 일어섰을 뿐이지만 그 얼마나 바라던 일인가? 어머니와 내가 꿈에서도 보고 싶어 했던 그 순간이 23년의 세월이 걸려서야 첫 돌 전으로 돌아가 일어섰다. 그날 온종일 계속 일어나는 연습을 하면서 마치 첫돌 아이로 돌아간 느낌이 들었고, 며칠이 지나자 걸음마를 한발 두발 떼기 시작했다. 그렇게 원했던 순간 애타게 기다렸던 일이 내게도 일어났다.

믿음의 신을 신는 훈련

수도산 기도원 주변에는 집은 많이 없었고 벌판에 밭들만 있어 멀리서도 기도원이 보일 정도였다. 1층 대강당이 100평이 넘었고, 그 밑에 반지하 같은 기도실이 40평 정도 크기가 있고, 그 옆에 공동 수세식 화장실이 몇 개가 연달아 있고, 1미터 정도 떨어진 곳에 숙소 방이 몇 개가 있었다. 또, 공동 기숙사 겸 예배당이 하나 있고, 그 앞에 종탑이 세워져 있었다.

그때는 늦봄부터 가을까지 한 달에 한 주 빼놓고 계속 심령 대부흥회를 열면서 전국에 이름난 부흥 강사들을 매번 초청해 월요일부터 목요일까지, 좀 길게 하면 금요일까지 열렸고, 새벽부터 저녁까지 부흥 집회를 했다. 새벽 5시에 예배를 시작하여 한 시간 반 정도 찬양과 설교를 하고 다음은 개인 기도하고 있을 때 원장님은 아픈 환자마다 머리와 아픈 곳에 손을 얹고 뜨겁게 기도해 주셨다.

그렇게 연속적으로 집회를 하니까 아무리 초신자라도 그곳에 있으면 믿음의 훈련은 너무 잘되었다. 하루 일과는 새벽에 일어나서 기도회하고 정리하고 밥 먹고 씻고 나면 9시 30분쯤에 준비 찬양을 했다. 그리고 부흥 강사 목사님의 설교가 보통이 두 시간이고 길면 세 시간이 이어졌는데 아무도 지겹다고 하지 않았고, 집회 말미에는 꼭 원장님이 하얀 소복에 하얀 베레모까지 쓰고 안수 기도를 해 주시고 마치셨다. 점심을 먹고 잠시 휴식하고 저녁을 먹고 저녁 집회를 10시 넘도록 해도 어디서 어떻게 알고 몰려드는지 그 큰 대강당이 꽉 차 발 디딜 틈이 없을 지경이었다. 집회 한 주간 하고 나면 새로운 환자들이 많이 들어와서 방이 부족해 반지하 기도실 예배당까지 환자와 보호자가 운집하고 생활했다.

많을 때는 백여 명이 넘게 환자와 보호자가 있었고, 젊은 아가씨들도 간질이나 폐결핵, 백혈병, 암에 걸려 온 환자도 더러 있었다. 그들은 기도할 적마다 울었는데, 어떤 아가씨는 간질이 너무 심했다. 한번 발작을 하면 입에는 게거품을 품고 온몸을 부들부들 떨면서 발작을 일으켜 보는 사람 모두가 공포에 떨게 했는데, 그곳에서 한 달 정도 눈물로 기도하더니 발작 증세가 호전되어 발작하는 횟수도 줄고 증세도 약해지는 것을 보면서 나도 열심히 매달려 기도하면서 운동을 했다.

그랬더니 이제는 따로 서 있는 것은 물론이고, 마치 돌 전의 어린아이처럼 뒤뚱거리기까지 했다. 한 발짝씩 자박자박 몇 발자국을 걷는 것을 보신 원장님과 그곳에 있는 사람들이 성경 속에 앉은뱅이가 일어났다 하면서 난리였고, 어머니도 내가 걷는 것을 보시고 다음 날 신한 켤레를 사오셨다. 위에는 천으로 되어 있고 바닥은 고무로 된 운동화도 아니고 고무신도 아닌 신이지만 나는 나에게도 신이 생겼다는 그 기쁜 마음을 말로 다할 수 없이 기뻤다. 마음껏 달려가고 싶다는 오랜 생각은 이미 실현된 것 같아 좋았다. 게다가 발음도 예전보다 똑똑해졌고 손과 팔도 예전보다 쉽게 움직일 수 있게 되었다.

이렇게 되기 전에 이상한 체험을 했다. 부흥 집회를 하는 어느 새벽에 갑자기 눈물이 쏟아지면서 지금까지 잘못한 모든 것들이 생각나기 시작했다. 얼마나 뜨겁게 회개하며 울었던지 무릎에 떨어지는 눈물이 뜨겁다는 느낌을 받을 때 눈만 감으면 내 안에 불이 활활 타는 환상을 보았고, 온 머리부터 발끝까지 불덩이가 되어도 울음이 그치지 않았다. 그것이 며칠 동안 계속되고 난 뒤 아무것도 변한 게 없음에도 마음이 그렇게 평화로울 수가 없고 보는 시각이 달라졌다. 저 멀리서 차들이 다니고 사람들이 다니는 것을 보면서 '내가 불쌍한 것이 아니고 저 사람들이 불쌍하구나.' 하는 생각이 들었고 '어떻게 하면 저들에게 내 마음의 평화를 전할 수 있을까?' 하는 생각이 불같이 일어났다. 그 후 몸의 증후가 나타났다.

애틋한 씨앗

그렇게 서너 달 있는 동안에 머리도 너무 길었고 목욕도 제대로 못해서 집에 가서 하룻밤 자면서 집안 사정을 살펴보니 말이 아니었다. 내가 하던 야간 작업을 어머니 혼자 맡아 하셔서 어머니 몸이 말이 아니었고, 남동생이 학교 다니면서 짬짬이 도와주고 있었지만, 형수님도 일에 지쳐 나보고 이제 돌아오면 안 되냐고 하셨다. 어머니 당신은 지쳐 있지만, 자식이 좀 더 나았으면 하는 마음으로 더 있어서 더 완전한 몸이 되거든 오라고 하셨다. 아버지도 내가 조금씩 걷는 모습을 보시고 집 걱정하지 말고 더 있다가 오라고 하면서 바리깡으로 머리를 빡빡 깎아 주셨다.

나는 집에 간 김에 밀려있는 일을 거들어 드렸다. 그리고 어머니가 큰방 부엌에서 고무 대야에 물을 받아 때도 밀어주시고, 난생 처음으로 옷도 하나 사주셔서 입고 기도원으로 돌아왔다. 어제가 금요일이고 오늘이 토요일이라 주일날은 일도 하면 안 되고 돈도 육신을 위해 쓰면 안 된다고 교육을 받아온 터였다. 집에 더 있고 싶은 마음은 꿀떡같았지만, 주일을 지키기 위해 토요일 저녁을 먹고 왔더니 모두가 다 한목소리로 안 오는 줄 알았다며 너무 반가워했다.

다들 한마디씩 하는 소리가 "더벅머리 총각이 머리 깎고 새 옷 입고 오니 새신랑 같다." 하며 놀렸다. 나는 다시 일상으로 기도원 생활에 충실했고 절대 남에게 피해 주는 행동은 하지 않아야지 하는 생각을 늘 하면서 어머니나 형수님이 밥 갖다 주면서 가지고 온 간식을 목사님께 조금 드리기도 했고, 환자나 보호자들과 조금 나눠 먹기도 했다. 그들도 자기들이 가진 것을 가지고 나와 나눠 먹기도 하며 친하게 지냈다.

그러다가 한번은 형수님이 밥을 가지고 오시면서 어머님이 너무 힘들어하신다고 하셨다. 며칠 동안 기도하고 고민 끝에 어머니한테 오늘부터 저녁은 가지고 오지 말라고 했더니 "저녁을 안 먹으면 배고플 텐데…." 하며 걱정을 하셨다. 내가 결심한 것은 저녁 금식하면서 하나님 앞에 좀더 매달려 보는 것이었다. 어머니 수고를 덜어드리고자 결심했지만, 막상 저녁때가 되니 여기저기서 밥 짓는 냄새 때문에 배가 더 고파 왔다. 그래도 꾹 참고 있자니 눈물이 핑 돌았다. '주여 불쌍히 여기소서.' 생각하며 성경책을 보면서 배고픔을 이겨내고 있었다. 사람들이 물었다.

"홍렬 씨, 왜 저녁 안 갖다 주죠?"

그러면서 자기 밥을 나눠주려고 앞을 다투었다.

"아, 나는 오늘부터 저녁은 금식하기로 했으니 신경 안 써 주셔도 됩니다. 여러분 고맙습니다."

"아이고 먹어가며 기도해도 우리 주님은 들어 줍니데이."

그렇게 저녁 금식을 한 지 한 달이 되자 그러잖아도 야윈 몸이 더 말라 뼈하고 가죽밖에 남지 않았다. 그래도 한 달을 견디고 나니 저녁때가 돼도 배고프다는 생각은 들지 않았다.

그런데 어느 날부터인가 유난히 내게 관심을 보이는 자매가 있었다. 나만 보면 눈웃음치며 다가와 애교 있게 수다를 떨기도 하고 한번씩 옆에 와서는 떨어져 있기 싫어했다. 나보다 두 살 나이가 많았고 오빠 병간호를 하려고 온 자매였다. 나는 그때까지만 해도 숙맥이어서 왜 이러는지 몰랐다. 그러다가 초가을 어느 목요일 오전 집회 마치고 점심 먹고 내 방에서 휴식을 취하면서 좀 전에 들었던 강사 목사님의 설교를 다시 생각하고 있는데, 그 자매가 문턱에 걸터앉아 9월의 햇살을 바라보며 나보고 하는 말.

"나 어때? 마음에 들어?"

키는 보통이었고 얼굴은 예쁘장하게 생겼고 머리카락이 긴 아가씨였다. 나는 대답했다.

"무슨 소리냐? 그만하면 예쁜데."

"아니 그런 것 말고. 나 어떻게 생각하냐구? 바보야!"

"뭘 어떻게 생각해. 한 달 동안 보니까 마음도 착해 보이고 보기 좋았어."

"아니 그런 것 말고 나 여자로 안 보이냐구?"

그제야 약간 감을 잡았다. 자기는 이곳에 와서 오빠를 돌보면서 내가 혼자 있는 것을 지켜보는 모든 것이 사랑스러워 보였다고 하며 자기가 나를 좋아해도 되냐고 하며 나도 자기를 여자로 봐주면 안 되냐는 고백을 받고 나니 머릿속이 하얘졌다. 전혀 그런 생각을 해본 적이 없었는데 이게 무슨 일인가 싶어 갑자기 생각이 복잡해졌다. 내가 이곳에 5월 말경에 입소했는데 작은누나가 4월에 결혼식을 올렸고, 작은형이 그해 가을에 결혼하려고 교재 중에 있었지만, 나는 아직 여자라고는 누나 친구 몇 명과 여동생 소꿉친구가 전부였다. 뜻밖의 얘기를 들고 당황스럽기도 하고 기분도 이상했다. 뭐라고 대답해야 할지, 어떻게 대해야 하는지 몰랐다. 그 말을 안 들었을 때는 거리낌 없이 농담도 하며 장난도 쳤는데 갑자기 그 말을 듣고 나니 오히려 더 서먹해졌다.

"정희야, 나는 아무것도 가진 게 없고 네가 보다시피 장애인이야."

"누가 몰라? 그냥 흥렬 씨 그 자체를 사랑하는데 무슨 문제야. 흥렬 씨도 나를 그렇게 봐주면 안 돼?"

나는 처음 겪는 일이라 마음 한편으로 당황스럽고 또 한편은 사랑을 생각해 보았다. 사춘기를 겪으면서 이성에 대한 갈망도 없지는 않았지만, 이렇게 뜻밖에 다가온 사랑의 눈을 뜨게 해준 그가 새롭게 보이게 되었다. 혼자 생활하는 것이 어느 순간보다 아름다웠고 마음 가득 차오는 그 뭔가가 있어 마음의 문도 조금씩 열리기 시작했다. 점차 봄의 새싹 같은 것이 마음에 생겨 교재를 시작하게 되었다. 하지만 폐암으로 온 오빠가 두 달 만에 하늘나라로 가버렸고, 정희는 짐을 싸야만 했다. 정희는 오빠를 떠나보낸 슬픔에 울면서 기도원을 떠나면 나하고도 헤어진다는 것도 그에게는 슬픔이었다. 그 뒤로 세 번을 더 나를 찾아와 함께했지만 내가 해 줄 수 있는 것은 아무것도 없었다. 당시에는 일반 가정에도 전화가 잘 없었던 시절이라 그가 찾아오지 않으면 만날 수 없고 연락할 방법이 없는 시절이었다. 그리고 기도원에서 1년 정도 있는 사이에 작은형이 결혼을 했고 어머니는 잠을 못 주무시고 일을 하다가 보니 당뇨에 고혈압까지 걸렸다고 했다. 나도 100미터는 거뜬히 걷게 되었고 손과 팔도 예전보다 많이 좋아져서 혼자 옷도 갈아입고 목욕도 혼자 할 정도가 되어 집으로 돌아왔다.

교회를 다니다

짐이라야 옷가지 몇 벌하고 이부자리뿐인 보따리를 싸놓고 원장님한테 인사를 드리고 나오는데 원장님이 당부하셨다.

"흥렬아, 집에 가서도 교회 다녀야 돼. 알았지?"

그렇잖아도 교회를 알아봤더니 우리 집에서 약 약 500미터 거리에 OO교회라는 교회가 있었다. 기도원에서 친하게 지내는 형이 있어 그 형하고 OO교회로 찾아가 담임 목사님을 만나 상담을 하면서 우리 집이 장갑 짜는 집이라고 말했더니 알고 있었다.

"내가 수도산 기도원에 1년 있다가 집으로 돌아와서 교회를 나가려고 하는데 집에서 여기까지 혼자 못 오니 남자 한 분이 봉사해 주실 분이 없을까요?"

"글쎄요. 없을 것 같은데요."

교회 청소하시는 여자 한 분이 나를 곁눈질하며 자기 일을 하고 있었다.

"목사님 꼭 부탁합니다. 안녕히 계세요."

같이 간 형이 기도하자고 해서 기도원으로 돌아가 어머니가 오시는 동안 70명 가까이 되는 환자와 보호자들한테 집으로 간다고 인사를 하니 다들 섭섭해 하는 모습을 보고 눈물이 핑 돌았다. 이제 집으로 가면 언제 또 볼 수 있을지 모르는 상황이고 정희도 못 만날 것 같아 마음이 아팠다.

어머니가 택시를 대절해 오셨고 나는 미련만 남겨두고 집으로 돌아오는 내내 정희가 보고 싶다는 생각이 마음속에 가득 차 있었지만, 인연이 여기까지인가 싶어 쓸쓸한 마음으로 집에 와서 "저녁 먹자." 하는 말이 귀에 안 들어와 일곱 달 가까이 저녁을 안 먹다가 그 후에 저녁 밥상에 앉으니 이상한 나라에 온 느낌이 들었다.

집에 오는 날부터 나는 다시 밤에 일해야 했고, 가장 큰 고민거리가 주일날 교회를 어떻게 갈까 그것이 큰 고민이었다. 그렇게 며칠이 지나 일요일 아침을 먹고 있는데 10시 20분쯤에 누군가 찾아왔다고 하기에 나가봤더니 교회에서 본 그 여자였다.

"교회 모시고 가려고 왔습니다."

온 가족들은 눈이 휘둥그레져 나보고 갈 거냐고 묻기에 예배드리는 것이 얼마나 기쁘던지 먹고 있던 밥도 중단하고 작은 방 부엌에 가서 세수하고 옷을 갈아입고 갈 채비를 마쳤다. 그분이 팔짱을 끼고 부축해 가는데 다리가 아파 가다가 잠깐 쉬었다가 또 가다가 그분도 한쪽 팔로만 부축하고 가니 팔이 무척 아팠다. 겨우 도착한 시간은 예배가 시작하기 5분 전이었다.

그때는 기도원에도 그랬고 교회도 맨바닥에 방석 하나씩 깔고 앉아 예배를 드렸는데 나는 뒤에 앉아 예배드려도 얼마나 기쁘고 좋았는지 모른다. 오전 예배 마치고 점심은 각자 집으로 가서 먹고 다시 예배당으로 왔는데, 나는 저녁 예배 때까지 혼자 예배당에서 점심 저녁을 먹지 않고 있어도 배고픈 줄 모를 정도로 주일을 지키는 기쁨이 컸다. 아침에 나를 데리러 온 그 여자는 집사님이었고, 그분은 유 집사님이었다. 어떻게 된 거냐고 물었더니 목사님은 못한다 하셨는데 그 집사님이 그날 나를 보셨고 나를 위해 봉사할 사람이 있겠냐는 말을 하기에 유 집사님이 기도 중에 다른 사람이 못하면 자기라도 해 보게 해달라고 기도를 했더니 용기를 주셨단다.

그렇게 하여 길이 열렸다. 나는 집에서 밤에는 일을 더 열심히 하면서 낮에는 시간 나는 대로 마당에서 걷는 연습을 게을리하지 않았다. 화장실도 예전처럼 무릎으로 가지 않아도 되었고 가고 싶으면 언제라도 갈 수 있어 얼마나 신이 났는지…. 내 손으로 세수하고 옷 갈아입는 것도 참으로 좋고 감사했다.

내가 돌아오자 아버지는 기계 한 대를 더 들여놓으셨다. 그 기계는 손끝 마무리 처리가 되는 기계였고, 오버로크만 하면 장갑이 완제품이 되었다. 이제는 기계가 있는 방에 들어가면 쉬는 시간이 그리 많지 않았다. 그래도 짬짬이 성경책을 보며 건전지 크기보다 작은 트랜지스터 라디오에 이어폰을 꽂아 CBS 방송을 들으며 신앙심을 놓치지 않으려고 애를 썼다. 수요일 저녁 예배 때 가면 목요일 새벽 기도회 마치고 집으로 오고 토요일 저녁에 가면 월요일 새벽 기도회 마치고 오면서 주일날은 종일 금식하였다. 그렇게 교회를 다녔는데 아무래도 유 집사님이 나에게 신경 쓰는 것은 다른 사람보다 더 했고 나도 그 집사님을 더 의지하며 지낸 것이 화근이 되었다. 소문이 나기를 집사님과 내가 사귄다고 소문이 온 교회에 퍼졌고, 목사님도 한술 더 떴다.

당시 유 집사님의 처지는 결혼은 했지만 아이를 못 낳아 이혼한 지 2

년 못 되는 때였다. 나보다 아홉 살이 더 많았음에도 그런 소문에 못 견뎌 결국 어느 날 오전 예배 마치고 사람들이 다 가고 난 뒤 내게 울면서 자기는 순수한 마음으로 나를 도왔는데 소문이 이렇게 나니 더 이상 나를 못 데리고 오겠다고 하기에 나도 집사님을 이성으로 보지 않았고 그냥 고마운 사람으로 생각했다고 했다. 그럼 어떻게 할 거냐고 물었더니 다른 성도들에게 부탁해 놓았다고 하며 자기는 서울로 가게 될 것이라고 했다. 하지만 이후로는 아무도 나를 데리러 오지 않았다.

교회가 무엇인가? 나 같은 장애인은 교회도 마음대로 못 가다니 모두가 원망스러웠고, 특히 목사님이 나와 얘기를 많이 하고 했는데도 왜 우리 마음을 몰라 우리 편이 되어주지 않았을까 이해되지 않았다.

방탕, 그 괴로운 시간

지금 생각하면 그분과 내가 시험대에 올려져 믿음의 분량을 재보는 건널목이었는데 그때는 그것을 깨닫지 못했다. 어쩌면 더 많이 그것을 놓고 기도했더라면 하나님은 내게 예상치 못한 길을 열어 주셨을지도 모르겠다. 하지만 그 당시에는 처음 당하는 일이라 너무 억울하고 원망이 더 앞섰다. 최소한 지도자라면 중재해서 한 영혼을 실족하지 않게 하는 것이 지도자의 역할이고 도리고 의무일 텐데, 나하고 많은 얘기를 나눠왔고 우리 마음이 그렇지 않다는 것을 충분히 알고 있었을 텐데, 어떻게 목사님이 한술 더 떴을까? 이해가 되지 않아 더 어이가 없다는 생각이 크게 와 닿았다.

같은 하나님을 섬기고 있음에도 교회와 기도원의 차이가 이만큼 차이가 있어 실망이 엄청 크고 화도 났다. 설교 시간마다 입버릇처럼 서로 사랑해야 하고 약자를 도와야 한다고 하더니 고작 이런 것도 제대로 판단하지 못하는 분인가 싶었다. 그렇게도 주일을 지키기 위해 종일 물 한 방울 마시지 않고 오직 예배에 집중했는데 이제부터 어떻게 주일을 지키며 살 수 있을까? 가족들은 교회 나가지 않아도 무관심이었고, 오히려 내가 나가지 않기를 바라는 눈치였다. 그렇게 교회를 못 나가게 되자 믿음도 날이 갈수록 점점 식어갔고, 어느덧 나 자신이 언제 믿었던가 싶을 정도로 완전히 믿음과 동떨어진 생활과 일만 하게 되었다.

그러던 어느 날 고향에 초상이 났다며 아버지와 어머니가 나한테 기계를 맡기고 가시는 바람에- 큰 고장이 나지 않으면 어지간한 것은 실 갈아주고 어쩌다가 집히면 빼내고 다시 돌려주면 되는 일이라 -혼자 36시간을 잠 한숨 못 자고 일을 한 적도 있었다. 아버지가 집에 있는 날은 쉬는 시간이 있어도 아버지가 외출하여 바깥일을 보시는 날에는 어머니와 나는 번갈아가며 일을 했다. 그리고 언제부터인가 나도 돈이 필요하다고 생각되어 아버지께 "나도 용돈 좀 주시면 안 돼요?" 했더니 아버지는 "먹여주고 재워주는데 무신 돈이 필요하노?"라며 호통을 치는 바람에 기가 죽고 말았다. 하루는 새벽 2시쯤 되어 배가 아파 오기 시작하더니 온 배가 빳빳해지며 복통이 너무 심해 온방을 떼굴떼굴 구를 정도로 복통이 심했다. 어머니가 엉겁결에 포도주 한 잔을 마시게 했고 나는 그것을 먹고 조금 나아졌는데, 몸을 너무 혹사시키니 위경련이 났다고 하셨다. 지금 생각하면 얼마나 잘못된 처방인가? 약이 없고 물이나 불에 데어도 잉크 발라주고 된장 발라주던 시절의 웃지 못할 시절이었다. 잠을 못 자니 시력도 나빠져서 아버지가 쓰시는 안경을 껴야 실이 올라가는지 끊어졌는지 볼 수 있었고 몸도 많이 말라 힘이 없었다.

아무도 내게 관심이 없었고 그저 일에만 매달리게 했다. 어머니도, 형수님도 일하며 살림 살며 어떤 때는 애 젖 먹이다가 깜빡 조는 바람에 아버지한테 혼이 나고 그 불똥이 고부간의 갈등으로 확산되기도 했다. 그렇게 해도 집안 형편은 좋아진 기미가 없고 돈 때문에 다툼도 잦았다. 나는 처음에 가족을 위해 일을 할 수 있어 보람이 있었지만, 나중에는 힘들고 지치게 되니 보람은 간데없고 한 번씩 내가 이 일을 왜 해야 하나 하는 의문과 갈등이 생겼다.

지난해에 갔었던 기도원 시절이 그립고 누군가하고 얘기도 나누고 싶은데 아무도 없었다. 이런 내 마음을 표현할 데가 없어 마음을 일기로 쓰고 싶다는 생각에 25살부터 일기를 쓰게 되었다.

그해 독재 정치에 반대하며 사회적으로 매우 시끄러웠고 중동의 원유가가 하루가 다르게 뛰어 거기에 따라 물가도 출렁거려 원사 가격도 오르기 시작했다. 장갑 기계도 새로운 기계가 도입되면서 아버지는 궁여지책으로 빚을 내서 손으로 마무리를 안 해도 되는 새로운 기계 한 대를 헌 기계와 교체했는데 헌 기계는 고철값이고 새 기계는 4~5백만 원에 사들이니 집은 더 쪼들려 갔다.

내 나이 25살에 10·26 사건으로 박 대통령이 서거하셨고 이듬해 12월에는 할머니가 돌아가셨다. 할머니가 돌아가기 전날 저녁까지 안방에서 텔레비전을 보면서 누룽지까지 잘 드시고 가셔서 화장실 두 번 다녀오시곤 잘 주무셨는데, 내가 기계를 보며 일을 하고 있는데 갑자기 소름이 끼치는 무서움이 확 느껴졌고, 그 순간에 어머니는 꿈을 꾸다 깨어 할머니 방에 들어가 할머니를 깨우니 그때 막 숨을 거두었다. 할머니와 함께 자던 남동생은 할머니가 돌아가신 것을 알고 너무 놀랐다. 할머니 돌아가신 그때 눈이 엄청 쏟아졌고 오일장을 집에서 손님을 다 받고 장례를 치르고 나서 조용해지자 어디선가 할머니 모습이 보일 것 같아 한동안 마음을 못 잡았다.

그리고 일상으로 돌아가 일을 했지만 오일 파동 이후 물가는 천정부지로 올랐다. 정품 실사 한 고리에 2만 원 ~ 2만 5천 원 하던 것이 4만 원, 5만 원으로 오르고 장갑 기계도 신형이 도입되고 보급이 많이 되어 어떤 곳에는 최신형 기계로 손목까지 마무리되어 나오는 기계를 몇십 대씩을 가지고 짜내니 우리 같이 구형 몇 대로는 경쟁 상대가 안 되었다. 아버지는 궁여지책으로 작은형이 종사하고 있는 제일합섬에서 자투리 실을 싸게 사 오셔서 장갑을 짜면서 버텨냈지만 다른 곳에서 워낙 많은 물량이 쏟아져 나오니 우리같이 가내공업으로 하던 집들이 하나둘 문을 닫았다. 그즈음 1980년인가 세계 장애인의 날이 정해졌고 KBS 라디오 프로그램에 「내일은 푸른 하늘」이라는 장애인 프로가 생겼다. 거기에 나의 이야기를 투고했더니 채택이 되어 5천 원의 소액환을 받은 것이 난생 처음으로 번 돈이었다. 방송을 타게 되면서 전국에서 방송을 들은 사람들이 편지가 오기 시작했고, 펜팔을 하게 되었다.

첫사랑, 그 소중한 이름

전두환 대통령이 정권을 잡게 되자 온 나라는 혼란에 빠졌다. 5·18 광주 사태가 일어나고 나서는 삼청교육대라 하여 조금만 이상한 행동을 하면 그대로 끌려가 혹독한 교육의 명목으로 호되게 인권유린당하던 시절이었다.

우리 집 가내 공업도 아버지가 온갖 지혜와 수를 써도 워낙 자본이 없어 대량으로 만들어 내는 공장을 당해 낼 재간이 없었다. 가세는 점점 어려워져가고, 언제부터인지 나는 이 일은 나의 직업이 아니라는 것을 깨닫게 되었다. 아버지가 언제고 이 일을 처분하면 나는 무엇을 해야 하나 하는 고민에 빠지게 되었다. 그러잖아도 나대로는 열심히 일해도 알아주는 사람은 아무도 없었고, 고달픈 일에 잠까지 못 자니 위경련이 자주 일어났고, 어머니는 그때마다 술을 마시게 해 술을 그렇게 배우게 되었다.

해마다 어머니는 가을만 되면 포도주를 담그고 부엌이나 다락방에 놔두시곤 했다. 마음이 괴로울 때마다 홀짝홀짝 마셨지만, 술이 해결해 주지는 못했다. 결국, 어머니는 내가 글도 알고 한문도 아니까 사주 관상 철학을 배워 내 밥벌이나 하라고 권해서 나도 워낙 책을 좋아하니 책을 보면서 소설가가 되고 싶어 일기를 쓰게 되었다. 펜팔을 하면서 답답한 나의 얘기, 또 좋았던 얘기, 가족들에게 하지 못하는 이야기를 누군가하고 소통할 수 있다는 그것이 너무 좋았다. 또한, 답장받아 보는 그 기분도 너무 신났다. 그 답장 속에는 나를 위로해 주는 글도 있었고 그들의 얘기와 세상 돌아가는 얘기도 보내줘서 새로운 낙이 생겼다. 그때는 편지 한 번 주고받는 기간이 1주일이 걸려서 여러 사람과 편지를 주고받으니 한참 많이 편지를 쓸 때는 하루 내내 편지 쓰는 날도 있었다. 그러다 보니 자연스럽게 문장력도 늘었고, 필체도 점점 좋아져 갔다. 나의 목표는 그렇게 작가가 되는 것으로 기울어갔다.

여러 사람과 편지를 주고받았지만, 서울 봉제 공장에서 일하는 '홍○○'이라는 아가씨와 편지를 주고받으면 다른 사람과는 다르게 지지와 격려를 많이 받았다. 그 편지를 받아 볼 때마다 하염없이 울었다. 그러다가 어느 순간부터 1주일에 두 번씩 편지를 주고받으면서 내가 장애인이 된 것이 너무 안타깝기도 하고 기약 없는 앞날에 밥맛도 없어 평소의 반도 못 먹었다. 앉은뱅이책상 앞에 앉으면 왜 그렇게 눈물이 쏟아지는지 감당할 수 없었다. 그런 고달픈 생활을 하다가 어딘지 모르게 시름시름 앓게 되자 편지를 받아도 답장을 못 했다. 그녀의 편지를 여동생이 보고 내가 많이 아프다고 답장을 보냈더니 답장이 오기를 곧 여름휴가가 되는데 우리 집에 방문하여 나를 만나 보고 싶다는 내용이었다. 나는 어느 정도 회복이 되어 대구에 연고지가 있느냐 편지로 물었는데 연고지는 없고 우리 집에서 하룻밤 자고 가겠다고 했다. 8월 초에 온다기에 여동생이 마중을 나가서 동대구역에서 버스를 타고 오면서 여동생이 그녀에게 나의 대해 얘기하면서 놀라지 않겠냐고 하니 괜찮다고 했단다. 서울에서 올 때 접이식 작은 액자 한쪽에는 자기 사진 한 장과 다른 쪽에는 자기가 좋아하는 시화를 넣어 선물로 가지고 와 책꽂이 한 칸에 펴놓고 보니 딱 좋았다.

그때는 여름이고 장갑 물량도 많이 나가지 않아 기계를 낮에만 돌리고 밤에는 돌리지 않았다. 그녀는 집에 와서 여름이라 목욕탕에서 샤워를 하고 나오는데, 그 여인의 모습이 너무 아름다워 변도 보지 않는 천사로 보였다. 그렇게 함께 저녁을 먹고 놀다가 우리는 마당에 있는 평상에서 새벽 2시가 넘도록 얘기하며 별도 보고 화단에 꽃도 바라보며 몇 시간을 있었는데도 너무 짧게 느껴졌다. 밤이 깊어 그녀는 어머니 옆에 눕고 나는 이쪽 끝에 누워 잠을 청했지만, 이 순간이 꿈만 같아 잠이 오지 않았다.

다음 날, 점심을 먹고 마산에 있는 언니에게로 간다고 나서는데 나는 제대로 배웅도 못 하고 일을 했다. 마음이 정말 아팠다. 언제 이런 날이 또 올까 차라리 만나지 않은 것보다 못하다는 생각을 하며 일을 했는데 편지가 왔다. 언니 집에서 앵두즙을 짜서 그 물을 펜에 찍어 편지를 써 보낸다고 했다. 나는 말로 표현할 수 없을 만큼 기쁘기도 했지만, 한편으로 나 자신이 너무 초라하게 느껴져 자꾸만 눈물이 앞을 가렸다.

결국, 그해 가을 아버지는 장갑 기계와 오버로크까지 다 팔아 빚을 갚고 남은 돈으로 어머니 조금 주시고는 대구를 떠나셨다. 큰형님은 다니던 공장을 그만두고 생선 가게를 했지만, 1년도 못하고 정리한 다음, 전에 다니셨던 염색 공장에 다시 들어가서 일을 하고 있었다. 하지만 아버지가 떠난 후 우리 집 생활고는 급격하게 어려워졌다.

하얀 손수건의 비밀

　이가 없으면 잇몸으로 산다는 말이 있지만, 그 고통과 힘든 것은 누가 알겠는가? 나는 이미 교회를 다니지 않은 지 오래되었고 성경책을 버린 지도 까마득한데 은연중에 마음 한편에 하나님을 의식하고 있었던 것 같다. 단지 부정할 뿐…. 아버지의 일을 할 때도 가족들은 내가 하는 그 일이 의례적으로 해야 한다고만 생각했던 거 같다. 가족이라면 적어도 나의 장래를 생각해 주고 내가 무엇을 할 수 있는 의지를 심어 줬더라면 하는 아쉬움이 항상 남아 있었다. 물론 개인적인 생각으로 그때 검정고시 공부라도 시켰으면 얼마나 좋았을까?

　큰형님의 쥐꼬리 같은 월급 가지고는 나와 동생들, 어머니와 조카들까지 대식구가 살기에는 너무 빠듯하여 결국 어머니와 형수님은 남의 밭에서 일당을 받고 종일 일하셨다. 그리고 채소 같은 것을 얻어 오셔서 반찬을 해 먹었는데 늦가을부터는 밭일도 없어 형수님이 남의 집 식모살이를 하셨다. 그때는 유치원이 많이 없던 시절이라 나는 어린 조카 미숙이와 승규가 학교에 입학하기 전에 1일 시험지를 신청하여 하루 한 장씩 받아 글자도 가르치고 산수도 가르치기도 하고 그녀와 편지도 주고받았다. 그녀가 그리울 때면 책꽂이에 놓인 액자 속 사진을 보며 마음을 달랬고, 목소리가 듣고 싶을 때는 시외 통화료가 엄청 비싼데도 불구하고 한번씩 어머니 몰래 전화를 하곤 했다.

어머니는 나의 장래를 위해 밥벌이라도 하라고 사주 관상학을 배우라고 권하셨지만, 나는 작가가 되고 싶은 마음이 더 컸다. 소설을 쓰려는 마음이 컸지만 배운 것이 없어 마음뿐이었다. 그러고 있는 사이에 나는 어머니의 권유에 따라 사주보는 책과 관상학, 궁합 보는 것을 책으로 보면서, 우주공법이나, 자연현상을 알게 하는 주역의 64괘 속에 담겨있는 의미와 음양오행의 조화를 열심히 익혔고, 그녀에게도 이런 꿈이 있다고 했더니 너무 좋아해 주었다. 공부하며 한 사람 두 사람 이름도 지어주고 사주도 조금씩 봐 줄 정도는 되었지만 뭔가 항상 부족하다는 것을 느꼈다. 사람들에게 종이 한 장에 글자 몇 자로 그 사람의 운명을 좌지우지 판단해 주고 그 오묘한 한 사람의 인생길을 정해 준다는 것이 왠지 속이는 것 같아 싫었다.

그녀가 8월 초에 다시 다녀간 후 다섯 달이 지난 1월, 신정 연휴 때 온다는 편지를 받고 너무 설레었다. 우리 집에 하룻밤을 자면서 많은 얘기를 나누고 가면서 "뭐 한 가지라도 꿈꾸는 것을 이루면 그때 다시 오겠으니 홍렬 씨, 한번 해보세요." 내 나이 29살, 마음만 급했지 뭐 하나 제대로 되는 것이 없었고, 온통 내 머릿속에는 그녀 생각밖에 없던 시절이었다.

지금 생각하면 왜 내가 좀 느긋하지 못했을까? 사랑은 당길 줄도 알고 밀어내고 기다릴 줄도 알아야 했는데 그냥 내 할 일을 열심히 하며 편지만 주고받았으면 어땠을까? 편지도, 전화도 자주 했더니 그녀 역시 언젠가 나에게 오려고 한다고 주변 사람들에게 이야기했다고 했다.

그 시절에는 장애인에 대한 인식이 사람 취급도 못 받던 시절이라 주변에서 극구의 반대를 했었든지 봄이 무르익어 가는 어느 날 편지 한 통과 하얀 실크 손수건을 보내왔다. 편지의 내용은 이제 나에게서 떠난다는 이별의 마지막 편지로 더 이상 전화도 받지 않았고 편지를 보내도 답장이 없어 큰 상처만 안고 말았다.

봉사활동 개시

    며칠 동안 가슴이 너무 아파서 울기만 했고 아무것도 할 수 없었다. 하지만 내가 이런다고 돌아올 사람도 아니고 몸부림치는 시간이 시간 낭비라는 것을 깨달았다. 더 이상 다른 사람과의 펜팔도 그리 반갑지 않아 시들해질 무렵, 즐겨 듣던 방송을 통해 장애인과 비장애인으로 구성하여 활동하고 있는 '샘터 뭉침회'를 알게 되어 연락했더니 김정구 회장과 몇 사람이 찾아와 얘기를 나누며 매월 월례회가 있다 하여 그때 참석할 수 있겠느냐고 물었다. 나는 돈이 없다 했더니 장애인은 회비가 없다 하여 그럼 가겠다고 했다. 다음 달, 어느 날 비장애인이 몇 명이 와 같이 가게 되었다. 그렇게 다시 나의 사회생활이 시작되었고 특별한 일이 없으면 빠지지 않고 매월 나가 사람들도 만나고 같은 처지의 장애인도 많이 알게 되어 좋았다. 나 혼자 집에만 있으면 답답했을 텐데 한 번씩 나가 바람 쐬기도 하고, 또 그들이 우리 집에 찾아와 얘기 동무도 되어주니 삶에 활력소가 되었다. 그해 여름에 2박 3일로 여름 수련회 한다고 하여 설에 세뱃돈 받은 것과 손님들이 왔다 가면서 용돈을 주는 것을 어머니께 맡겨놓은 것이 있어 만 원만 받아 수련회에 갔다.

    기도원과 교회 아니고 야외에서 잠을 잔다는 것은 상상도 못 했는데, 처음에는 두렵고 이상하여 텐트 속에서 자는 것도 처음이라 잠을 청해도 잠이 오지 않았다. 다른 사람들은 아무렇지 않게 잘 어울리고 잠도 아무렇게나 잘 잤다. 나는 어떻게 놀아야 하는지도 몰랐고 사람들과 어울리지도 못했다. 거기에는 장애인보다 비장애인들이 조금 더 많았다. 장애인 중에는 나보다 경증 장애인이 많았고 나와 같은 중증 장애인들도 몇 명 있었다. 그들은 선천성 장애인들이라 내가 어릴 적에 무릎으로 기어 다니지 못할 때와 같이 앉아 있거나 또는 누워서 일어나지 못하는 장애인들이라 나의 어릴 적 모습을 보는 것 같아 마음이 아팠다. 그들 역시 가족들이 방임해 두었기 때문에 저렇게 된 게 아닌가 하여 안타까웠다. 그래도 나는 걷기도 하고 혼자 생활하는 것은 문제가 되지 않을 정도이지만 그들은 그 나이가 되도록 누구의 도움 없이는 아무것도 못 하는 처지이다 보니 너무 마음이 아팠다. 다행히 뭉침회 회원들이 방에만 있는 장애인들의 집에 자주 방문하여 말벗도 되어주고 월례회 때가 아니라도 시간 나는 회원들끼리 찾아가는 것이 참 아름다웠다. 순수한 마음으로 봉사한다는 것이 쉽지 않았지만 그렇게 하는 것을 보면서 나도 그들과 함께 어울려 활동을 하는 것이 너무 좋았다.

그렇게 어울리다가 보니 여자들에게도 인기가 있었고 여성 회원들이 우리 집에도 자주 찾아와 친구처럼 애인처럼 와서 이야기도 하고 놀다 가곤 했다. 나는 작가가 되고 싶다고 했더니 자기들이 본 책이나 신간 서적도 돈을 모아 사다 주기도 했다. 큰형님은 월급 받아오면 자기 용돈을 가지고 나와 남동생, 여동생에게 용돈으로 나누어 주시곤 했다. 나에게는 5천 원을 주고 동생들에게는 2~3만 원을 나눠 주고 나면 정작 자기 쓸 돈이 없어 한여름에 자전거로 출퇴근하다가 퇴근길에 시원한 막걸리 한잔 못 마시고 물로 대신할 때가 많았다고 한다. 그 말을 들으면서 용돈을 받으니 때로는 양심에 가책이 되어 받지 않고 싶어질 때도 많았다.

어머니는 계속 사주 관상학 공부를 하라고 조르셨다. 나는 공부를 하면서 나의 사주를 풀어 보니 너무 어두운 사주이고 말년에야 조금 나아지는 그런 사주가 나와 회의감이 들었다. 아무리 그래도 사람이 세상에 태어나 평생을 불행만 안고 살다가 죽는 것은 아니라고 생각했다. 내가 뭔가 몰라서 이것밖에 못 보는 것은 아닌지 하는 마음에 절에 가서 깊은 공부를 하고 싶다는 생각이 들어 어머니한테 혼자 공부를 해보니 한계가 있어 절에 보내주면 좋겠다고 졸랐다. 어머니는 나의 소원을 들어주기 위해 어머니가 알고 있는 절 몇 곳을 다녀보고 그나마 집에서 가까운 청도에 청용사 주지 스님을 찾아가 만나 여러 가지 얘기 끝에 이런 얘기도 하셨다.

"스님, 우리 흥열이를 맡아 주시면 그 공 할께예."

"오셔도 됩니다만, 이런 사람이 절에서 생활하려면 수발드는 사람이 필요한데…."

"평생을 수발드는 사람을 구하려면 돈이 좀 듭니다만."

"스님요, 우리 집은 형편이 어려워 겨우 입에 풀칠밖에 몬 하는데예, 얼매만 하면 되것십니꺼?"

"글쎄요. 생활도 하고 사람도 두려면 아무리 못해도 천만 원은 있어야 할 것 같은데요."

우리가 살고 있는 집이 3백만 원 조금 더 되는데 어디 가서 그 큰돈을 구할 수 있을까? 막막한 심정으로 집으로 돌아왔다. 나와 동갑내기 하반신 장애인이 아는 절이 있다 하여- 그 친구의 오토바이 옆에 사람을 태우고 다니는 것이 있어 -그것을 타고 또 칠곡의 어느 사찰에 가서 물어봐도 역시 마찬가지였다.

사회를 알다

내 나이가 30이 넘었는데도 할 수 있는 일이 없다는 것이 너무 괴로웠다. 형수님은 남의 집에서 일하시며 겨우 연맥을 이어가는데, 가정에 내가 큰 짐이 된다는 것이 너무 미안했다. 그나마 어머니가 살아 계실 때는 어머니 등에 기댈 수 있지만 어머니가 안 계시면 그때는 어떻게 할까? 더 큰 짐이 되지 않을까? 하는 생각을 하면 하루빨리 탈출구를 찾아야 한다는 절박한 심정이 들었다.

어머니는 돈을 마련하기 위해 백방으로 뛰어다니며 사람들을 만났지만 10~20만 원도 아니고 천만 원이라는 거액을 마련하는 것은 하늘의 별 따기보다 더 어려운 일이었다. 하지만 어머니는 포기하지 않고 뛰어다니셨고 전전긍긍하는 사이에 나는 집에 있으면서 주역과 사주 관상학을 연구했다. 그리고 샘터 뭉침회 회원들과 꾸준히 교류하며 활동도 계속해 갔다. 중증 장애로 집에만 있는 장애인 가정에 방문해 소통하면서 나의 이야기도 들려주고 그의 이야기도 들었다. 못 죽어 산다는 얘기를 들을 때, 동질감을 느낄 때, '희망의 끈만 잡혀주면 이들도 할 수 있을 텐데…' 하는 아쉬움을 안고 돌아왔지만, 내 앞길도 첩첩산중이라 남의 걱정까지 한다는 것은 어불성설에 불과했다.

어머니는 우리 집에 찾아오는 아가씨들을 보면서 좋은 짝을 만나면 집이라도 팔아서 가게 하나 내주면 먹고 살지 않겠나 하셨다. 하지만 나 혼자 좋아한다고 되는 일도 아니기에 순수하게 좋은 관계로 이어가도 괜찮다고 생각했다. 초창기에 샘터 뭉침회는 회원도 많았고 다채로운 행사도 많이 했다. 여름에는 수련회를 했고, 가을에는 타 봉사 단체와 연합하여 가을 운동회도 하면서 많은 사람을 알고 교류도 했는데, 그때 알게 된 분 중에 장애인들의 어머니로 불리는 노재교 상록 뇌성마비회 회장님과 박원순 하반신 장애인 변호사님이 있다. 연말 송년회는 그야말로 풍성한 잔치였다. 집에 있을 때는 한 번도 경험하지 못한 일이라 놀라기도 했고 지금도 생각하면 순수한 사람이 모여 서로 짝이 되어 챙기고 했던 것이 아름다운 추억으로 남아 있다.

나는 회비가 없어 행사 때마다 작은 성의 표시만 했다. 봄에는 1년에 한 번씩 장애인 또는 고아원을 방문하기로 되어 있어 가는 곳마다 간식과 생필품을 나눠 주기도 하였다. 그곳 아이들이랑 간식도 함께 먹으면서 얘기도 나누었다. 내가 처음으로 간 곳은 고령에 있는 들꽃 마을이었다. 거기에는 최비호 신부님이 운영한 곳으로 여러 집이 있는데 집 하나에 한 가정을 이루고 살도록 되어 할머니 할아버지가 고아 두세 명과 함께 사는 가족도 있고, 아버지 엄마가 부부는 아닌데도 고아 몇 명이 가족처럼 사는 곳도 있었는데, 생활비는 성당에서 일정한 금액을 골고루 나눠 살게 하는 곳이었다. 두 번째로 간 곳은 sos 마을이었다. 그곳도 역시 신부님 한 분 아버지로 있고 어머니는 처녀도 있었고 나이가 든 사람도 있었는데, 그곳의 어머니는 우리가 일반적으로 생각되는 그런 어머니가 아니라 보육교사의 성격으로 월급도 받고 퇴직도 할 수 있는 곳이었다. 한 방에 보통 고아들이 대여섯 명이 같이 생활하면서 학교도 다니고 있었다.

다음 해에 찾아간 곳이 ○○재활원이었다. 1986년 3월 1일, 봄이라 해도 기온이 쌀쌀했고 나와 몇 명의 일행이 가장 먼저 도착하여 ○○학교 교무실 난로 앞에 옹기종기 앉아 회원들을 기다리고 있었다. 그 사이에 누군가 들어오기에 인사를 하니 자기는 오늘 당직 근무자로 라운딩하고 있다며 몇 가지 물어보며 갑자기 인생에 관해 얘기하기에 나는 제갈공명의 철학을 잠깐 얘기하고 있었다. 그때 회원들이 도착하는 바람에 그분은 나가셨고 우리는 조를 짜서 재활원 원장실에 들어가 인사를 하니 좀 전에 그분이 강○○ 원장님이셨다.

다른 회원은 각자 조원끼리 흩어져 생활관으로 보내고 원장님은 나만 따로 얘기하기를 청하셔서 한 시간 가까이 그분이 살아온 얘기도 하고 내가 살아온 얘기도 하고 나오는데, 그분은 나에게 자기 명함을 한 장 주면서 혹시 어려운 일이 있으면 연락하라시며 우리 집 전화번호를 물어보시기에 알려 드렸다. 우리 조가 있는 방이 소망 방이었는데 지적 장애와 중복 장애를 가진 아이들 10명에 보육교사 선생님 한 분이 우리 조원과 간식을 나눠 먹으면서 이야기꽃을 피우기도 했다.

갈림길에 서다

입춘이 지난 지도 한 달이 되었지만 3월 초의 날씨는 여전히 매서웠다. 우리 집 뒤에는 아직도 허허벌판이라 저 언덕 너머까지 아이들이 뛰어노는 것을 창문에 기대서 있으니 매화꽃이 조금씩 피고 목련도 봉우리가 햇살을 받으며 피어나고 있었다. 아침을 먹고 있는데 전화가 왔다.

"만열아, 전화 받아라." 어머니 목소리였다. 회원이겠지 하고 먹던 밥을 뒤로한 채 가서 답했다.

"여보세요?"

"흥열 씨! 나, 지난주에 만난 원장입니다." 깜짝 놀랐다.

"안녕하세요? 원장님이 웬일이세요?"

"오늘 아침에 우리 학교 학생 입학식이 있었는데 흥열 씨 얘기를 잠깐하고 생각이 나서 전화해봅니다."

나는 뭉침회에서 봉사하는 것으로 간 것이라 원장님과 많은 얘기를 하기는 했지만 다른 회원들과 재활원에서 놀다가 나와서는 까맣게 잊고 있었다.

"원장님이 저를 잊지 않으시고 전화를 주셔서 감사합니다."

"흥열 씨, 언제 시간 되면 흥열 씨 집에 방문하고 싶은데 가도 되나요?"

"저희 집은 언제라도 오시면 환영입니다만…."

"그럼 오늘 점심때 잠시 시간이 되는데 가도 되나요?"

"네, 그러셔요."

어머니한테 얘기했더니 라면을 준비했다. 그 당시에는 라면이 귀한 음식에 속했기 때문에 손님을 잘 대접해드린다는 뜻이 담겨 있었다. 점심때가 되자 검정 승용차 한 대가 우리 집 앞에 섰고 원장님은 빵과 과자를 두 손 가득 들고 오셨는데 어머니가 끓여 드린 라면을 조금 드시고는 여러 가지 집안 형편도 알아보시고 내가 살고 있는 방도 살펴보시고는 가시면서 용돈을 2만 원을 내 손에 쥐어주셨다.

그때 원장님은 키도 크셨고 얼굴도 잘생겨 부티가 났다. 어머니는 원장님을 보내놓고 온 동네 사람들에게 자랑하셨다.

"우리 만열이가 높은 양반도 안대이."

다음 날 나는 원장님께 전화를 걸어 방문해 주셔서 고맙다고 했더니 원장님은 나보고 술 좀 하냐고 묻기에 좀 한다고 했더니 며칠 뒤에 고급 양주와 고기와 과일을 가지고 한○○ 실장님과 같이 오셔서 우리 가족들 하고 한참 얘기를 나누셨다. 그리고 내게 필요한 것이 없냐고 하기에 나는 재활원에 가서 제일 눈에 띄는 것이 타자기가 마음에 들더라고 말을 했더니 원장님과 실장님은 웃으시면서 원에는 그보다 더 좋은 것이 많은데 왜 하필이면 타자기냐고 하시기에 내가 작가가 되는 것이 꿈이라고 말하니 그럼 배울 수 있는 길을 한번 생각해 보자고 하셨다. 그리고는 원의 차가 여기까지 운행할 수는 있는데 타고 내리는 것이 불편하지 않겠냐고 했다. 한번 검토해보자 하시고는 다음에 만나서 결정하자고 하시고는 떠나셨다.

그때도 어머니와 나는 절에 들어가려고 준비를 하며 어머니는 돈을 마련하기 위해 사람을 만나면서 몇백만 원은 만들어 놓고 더 구하기 위해 애를 태우고 계셨다. 하지만 더 이상 구하는 것은 무리였고 안타까운 마음으로 안절부절못하고 있을 때 나는 오토바이 타고 다니는 나와 동갑내기 장애인 친구랑 또 다른 절도 찾아다니고 집에 와서는 책을 보았지만, 여전히 한계에 부딪혔다. 두세 권의 책을 달달 외워도 이것으로 사람들의 운명을 다 알기에는 나의 양심이 허락되지 않았다.

○○재활원 원장님과 몇 번 더 통화하면서 이야기가 된 것은 내가 재활원으로 들어와서 타자기를 배우는 것이 가장 안전하고 빠른 길이라고 의견을 주셔서 나는 가족에게 얘기했다. 하지만 어머니는 거기가 어떤 곳인지도 모르는 곳인데 가지 말라고 말렸고, 큰형님도 죽을 먹어도 같이 먹고 굶어도 같이 굶자고 하셨다. 나 또한 그곳이 얼마나 험한 곳인지 어떻게 생활하는 곳인지도 모르는 상황이라 걱정이 되기는 했지만, 그렇다 하여도 내가 집에만 있으면 아무것도 할 수 없고 짐밖에는 안 된다는 생각이 마음을 더 무겁게 했다.

드디어 3월 20일 날, 우리 집에서 가족들이 모여서 원장님을 초대했더니 실장님과 간호사 선생님이 함께 오셨다. 저녁을 먹으면서 나에 대한 여러 가지 대책을 얘기를 나누었고, 내가 집에 기거하며 재활원을 왔다 갔다 하면서 배워도 되지만 내 몸도 불편한데 매일 다니는 것도 그렇고 하니 차라리 재활원에 들어와서 배우는 것이 낫지 않겠느냐고 실장님과 원장님이 의견을 내놓았다.

"흥렬 씨가 타자를 배워서 잘 치면 취업도 한번 생각해 보겠습니다."

한 실장님도 덧붙였다.

"흥렬 씨가 어떤 선택을 하든지 본인의 의지가 중요합니다."

나는 취업까지는 꿈에도 생각하지 못했는데 이 몸으로 취업끼지라고 생각하니 정말일까? 믿기지 않는 말이기도 했지만, 집을 떠난다는 두려움도 있었다. 하지만 그보다 더 크게 와 닿은 것은 미래가 없는 생활에서 탈출해야 한다는 생각이었다.

"하루만 생각해 보고 결정해드리겠습니다."

"그것은 흥렬 씨의 자유 의지니까 충분히 생각하고 연락 주세요."

그리고는 사담을 나누고 가셨다. 어머니는 그날 밤에 거기가 어떤 곳인지도 모르는데 가서 고생만 하는 게 아니냐고, 나보고 가지 말고 에미하고 살자고 하시며 눈물을 흘리셨다.

나는 잠이 오지 않았다. 미지의 세계에 아무런 정보도 모르고 봉사자로 간 시간밖에 없는데 어떻게 하나? 다음날 결국 마음을 굳히고 원장님께 전화를 드려 가겠다고 했더니 그곳에서도 준비하겠다고 하셨다.

위대한 사랑

"다시 주의 율법을 복종하게 하시려고 그들에게 경계하셨으나 그들이 교만하여 사람이 준행하면 그 가운데에서 삶을 얻는 주의 계명을 듣지 아니하며 주의 규례를 범하여 고집하는 어깨를 내밀며 목을 굳게 하여 듣지 아니하였나이다.

그러나 주께서 그들을 여러 해 동안 참으시고 또 주의 선지자들을 통하여 주의 영으로 그들을 경계하시되 그들이 듣지 아니하므로 열방 사람들의 손에 넘기시고도 주의 크신 긍휼로 그들을 아주 멸하지 아니하시며 버리지도 아니하셨사오니 주는 은혜로우시고 불쌍히 여기시는 하나님이십니다."

[느] 9:29~9:31

나는 내 앞날을 내가 설계하려고 했고 해마다 일기장 앞장에는 이렇게 살겠노라고 계획을 적어놓았다. 그리고 그대로 살아 보려고 애를 써 보았지만, 헛발질에 불과했다. 하지만 그렇게라도 하지 않으면 살아있는 의미가 없고 거저 무위도식하는 사람이 된다면 더 비참한 인생이라 생각했다.

하지만 절대적으로 거부할 수 없는 코너에 몰리면 거부할 수 없는 순간에는 어쩔 수 없는 것이다. 밤새도록 망설이고 또 번복해가며 서 있는 곳이 양쪽 다 기암절벽이라 한 발자국을 헛디뎌도 어디로 곤두박질쳐 떨어질지 모르는 처지였다. 결국, 미지의 세계나 길이 보여도 얼마나 험난한 길인지 안개가 자욱이 끼어 10미터 앞도 보이지 않아 모르지만, 이 또한 내가 겪어야 하고 극복할 일이라면 극복해 보겠다고 다짐했다. 그리고 원장님께 재활원으로 들어가겠노라 해놓고 한 삼일을 마음을 다져가며 갈 준비를 했다. 어머니도 옷가지며 필요한 것들을 챙겨 보따리를 싸셨다.

"아이고 만열아, 불쌍한 내 새끼야, 네가 어디로 가든지 고생은 안 해야 될 낀데이. 불쌍해서 못 보내것네."

어머니는 이 보따리에는 옷가지를 싸고 저 보자기에는 내가 깔고 덮고 자던 이불을 싸면서 닭똥 같은 눈물을 흘리셨다. 나도 싱숭생숭한 마음인데 어머니까지 그러시니 묘한 감정이 들었다. 하나님이 아브라함에게 본토 아비 집을 떠나라고만 하셨던 것처럼 어디서 머물고 무엇을 하며 살라고 구체적인 지시는 안 하셔서 더 막연하지 않았을까?

집에서 보내는 마지막 날 밤, 만찬을 어머니와 형수님이 따뜻한 밥이라도 든든하게 먹고 가라시며 내가 좋아하는 몇 가지 반찬을 해주셨고, 다음날 작은 용달차를 불러 앉은뱅이책상과 책 몇 권, 2단 책꽂이 옷 보자기와 이불 보자기를 싣고 아침을 먹는 둥 마는 둥 하고 어머니와 길을 나섰다. 재활원에 도착하자 우르르 몰려드는 아이들은 환영이라도 하는 듯했고 사무실 직원이 와서 방 배치를 한 곳은 봉사하러 와서 잠시 머물렀던 바로 그 방(소망방)이었다. 사무실에 가서 원장님과 실장님을 뵙고 인사하고 방으로 돌아왔다. 그날이 3월 25일이었다.

* * *

제3부

중년 인생길

추락한 밑바닥

　　내 나이 32살에 새로운 인생 행로가 시작되었다. 재활원에서 지내고 있는 원생은 약 250여 명이 수용되어 생활하는 곳이었다. 모두가 다 지적 장애인들이고 중복 장애가 있는 아이들도 더러 있었다. 지금까지 꿈에도 생각하지 못하고 상상도 못한 곳이라 너무 당황스러웠다. 혼자 어떻게 대처해 나가야 할지 아무런 준비도 없이 집을 나온 것 같아 후회되고 당황했지만, 이미 나를 태운 배는 부두를 떠나 망망대해로 향하였고, 혼자 덩그러니 내동댕이쳐진 것만 같았다.

　입소하는 첫날부터 전혀 딴 세계에 온 듯했고, 예상치 못한 어려움이 쉴 새 없이 다가와 상상할 수 없는 일들이 눈앞에 펼쳐졌다. 내가 3~4주 전에 봉사자로 방문하여 놀고 갔던 그 방(소망방)에 배정되었다. 어머니는 보육 교사 선생님이 자던 자리인 벽장 앞에 앉은뱅이책상과 책꽂이를 놓고 그 옆에 내가 사용할 물건을 배치해 주셨다. 그때 선생님이 점심 식판을 들고 온 것을 보시고는 눈물을 펑펑 쏟으시며 말하셨다.

　"이것이 뭐고? 밥이가? 죽이가? 반찬은 이기 반찬이가? 이거 묵고 살것나? 집에 가자. 에미가 꼬장주를 팔아도 니 하나는 안 굶기꾸마."

　점심때라 밥은 먹어야 하기에 식판을 보니 보리밥도 아닌데 회색빛에

쌀알도 잘 보이지 않고 밥 냄새가 이상한 냄새만 나서 도저히 먹을 수 없었다. 그래도 배가 고파 서너 술 먹으니 구역질이 나서 식판을 물렸고, 그런 나를 두고 어머니는 울면서 재활원을 떠나셨다. 실장님이 방으로 오셔서 이곳에서 지켜야 할 규칙이나 공동체 생활에 대해 일러주셨다. 그리고 부탁할 일이 있으면 얘기하라고 하시고 사무실로 가셨다. 나보다 몇 살이 적은 보육교사 선생님은 나를 어떻게 대해야 할지 안절부절못하더니 나를 아저씨라 불렀고, 그것이 나의 호칭이 되어 갑자기 아저씨가 되어버렸다. 내가 머무는 방에는 나보다 1주일 먼저 입소한 여섯 살 성구라는 아이부터 나보다 나이가 더 많아 보이는 사람도 있었지만 정신 연령은 3세 수준에 지나지 않았다.

내가 선생님의 자리에서 잠을 자니 선생님은 복도 건너편 간호사실에서 자기로 했다. 입소 첫날 내가 자기로 한 곳이 정해지고 같은 방에는 보육교사 선생님 한 분과 나를 포함한 10명이 함께 생활하게 되었다. 입소한 첫날 밤잠은 오지 않고 눈물을 흘리며 '지금 내가 왜 이런 곳에서 살아야 하는가?' 하는 생각과 '앞으로 여기서 어떻게 살아갈까?' 하는 걱정에 몸을 뒤척였다. 입소 전 집에서 뭐가 되든지 이겨내야 한다고 10여 일 동안 생각했던 원장님의 말씀이 희망을 주셔서 세 가지 꿈을 품고 수십 번 다짐하고 이곳에 왔는데 너무 쉽게 생각하며 계획을 짰던 것은 아닌지 후회가 되었다. 그날 잠깐 방문하여 보고 간 것이 전부였는데 정보가 너무 부족했다는 아쉬움도 들었고 '과연 이곳에서 원대하게 품고 온 꿈을 이룰 수 있을까?' 생각하며 첫날을 보냈다.

'이 환경과 여건 속에서 내가 얼마나 견딜 수 있을까?'

이곳에서 어떻게 헤쳐 나가야 할지 막막한 이 현실이 너무 무겁게 와 닿았다. 집에서 품고 나온 꿈은 여기서 작가가 되어 자립하고 대학도 졸업하고 기회가 되면 결혼까지 하리라고 꿈을 안고 왔는데, 막상 들어와 보니 생각과는 너무 다른 세계라는 것을 실감하였다. 흐느껴 울다가 겨우 새벽 3시 넘어 설핏 잠이 들었는데 세 시간 정도 잤을까? 어렴풋이 선잠이 깨 눈을 감고 있는데 어디서 이상한 냄새가 난다 싶더니 갑자기 왁자지껄하게 아이들 떠드는 소리에 일어나 보니 내 머리맡에는 누가 쌌는지 설사 똥이 깔려있고 여기저기 오줌이며 똥 무더기가 널려 있었고 아이들은 그것을 밟고 다니다가 넘어지는 것을 보면서 깔깔대며 손뼉까지 치며 좋아하고 있었다. 그런 아이들의 모습에 기가 막혀 멍할 뿐이었다. 선생님이 달려와 허겁지겁 치우고 환기를 시키느라 분주했다. 나는 그냥 다시 눈을 감고 저들의 세계는 어떤 곳일까? 또다시 눈물이 핑 돌았다.

　아침 식판을 가지고 왔는데 보니 어제와 똑같이 말도 못 할 정도로 형편없는 식판이어서 도저히 먹을 수가 없었다. 집안 형편이 어려울 때 꽁보리밥이지만 된장국, 김치는 제대로 먹었는데 식판에 놓인 것은 어느 것 하나 제대로 된 것이 없었다. 국이라고 나온 것이 시래기 푹 삶아 된장 조금 풀고 김치는 숨죽인 배추에 고춧가루 조금 뿌린 것이었고 멸치도 쪘는지 삶았는지 물컹했고 그나마 제대로 나온 것이 계란말이였다. 그 계란말이도 1주일에 한두 번 매번 다르게 나오는 반찬이기는 하지만 하나도 제대로 된 반찬은 찾아보기 드물었다. 결국, 한 끼의 양으로 종일 먹으며 보름을 버티다 온몸은 살이 다 빠져서 몰골이 말이 아니었고, 굶어 죽지 않으려면 먹어야 했다. 한 달쯤 지나자 그 밥도 더 달라고 총무님께 편지를 썼다. 이 시기에 「앉은뱅이꽃」 시를 썼다.

앉은뱅이꽃

아파도 앓아눕지 못하는
앉은뱅이꽃

마음을 다해 태워도
신열은 향기로만 남는
뿌리 깊은 앉은뱅이꽃

갈대밭 세상에서
숨어서 보일 듯 보이지 않는
키 작은 내 모양

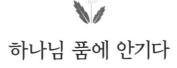

하나님 품에 안기다

"여호와는 살아 계시니 나의 반석을 찬송하며 내 구원의 하나님을 높일지로다."

[시편] 18:46

　　나의 앞날을 설계하기 위해 절에 입승하려고 발버둥을 치며 나와 어머니가 무진장 애를 쓴 10여 년 정도는 교회도 다니지 못하고 신앙에 대해 까맣게 잊고 산 세월이었다. 재활원에 들어오게 되면서 총무님과 실장님께서 내게 보조할 선생님을 붙여 줄 테니 교회에 다니라는 권유를 해 주셔서 재활원에 들어온 지 2주 만에 고산교회를 다니게 되었다. 그때 깨닫게 된 것은 하나님이 나를 딴 길로 가지 못하게 이곳에 보내셨고, 그분이 나를 기억하고 계셨음을 느꼈다. 나 같이 나이 많은 장애인, 그리고 연고지가 있으면 잘 받아주지 않는데 아무 조건 없이 이곳에 오게 한 것은 더 이상 놓아두면 영영 돌아오지 않게 될 것 같은 나를 다시금 주님의 품으로 돌아오게 하신 계획이셨다.

　　다른 아이들은 재활원 바깥출입이 제한되어 있었지만, 나는 사회활동을 하는 사람이라 '샘터 뭉침회' 모임이 있으면 언제든지 출입하도록 허락을 받은 터라 간간이 다른 일이 있어도 언제든지 다녀올 수 있었다. 재활원 전 직원과 OO학교 전 직원이 함께 모여 월요일 아침에 드리는 직원 예배에도 참여하여 예배를 드릴 수 있도록 불러 주셨다. 재활원 자체에서 아이들을 위해 예배를 드리고 있음에도 나는 선생님 몇 분이랑 재활원에서 500m 정도 떨어진 고산교회에 가서 예배를 드리도록 사무실에서 허락해 주셨다. 그 배려가 고맙기는 했지만 신앙심이 깊지 않았던 나에게는, 예전에 받았던 교회에 대한 상처도 있고, 또 재활원이라는 곳이 많은 사람이 생활하는 곳이라 말이 많고 탈도 많아 항상 조심해야만 했다.

재활원 일과는 생활관에서 아침에 일어나 잠잤던 이불을 개고 씻고 식사를 마치면 걸어서 OO학교 운동장을 지나 직업보도관에 갔는데 학교 선생님이 만들어 준 나의 전용 탁상 겸 의자에 앉아 타자기를 배우고 왼쪽 엄지발가락으로 타이핑 치는 연습을 했다. 자판 크기가 손가락 규격에 맞춰진 것이라 한 글자를 치려 하면 세 개의 자판기가 동시에 올라와 얽히는 바람에 애를 먹고 가르치는 선생님도 안타까워했지만, 해결책은 내가 극복하는 것밖에는 방법은 없었다.

굵은 발가락으로 빠르게 치려고 하기보다는 하나씩 정확하게 치는 연습을 하자 느리기는 해도 글자가 되어 가는 것이 신기했고 재미있었다. 오전에는 타자 배우는 것에 몰입하는 시간을 보내고 점심시간에 다시 생활관에 와 점심을 먹고 나면 오후에는 재활원에서 운영하는 공동 프로그램에 따라 운동장에 나가 아이들과 놀기도 하고 선생님과 산책도 하면서 조금씩 적응해 갔지만, 나만의 시간을 가지기는 힘들었다.

마냥 놀고 있을 수는 없었고 내 인생의 발전을 위해 할 수 있는 계획을 만들어 나가야 하는데 방으로 돌아와서도 나만의 시간을 가질 수 있는 여건은 잘 만들어지지 않았다.

또 방에 두었던 내 소지품들이 하나둘 사라지는 바람에 찾아다녀야만 하고 열쇠로 잠글 수 있는 서랍에 일기장, 만년필, 잉크병, 책과 양말 등을 다 넣어 잠가 놓고 사용할 때만 책상 서랍을 열어 사용하고 다시 잠갔다. 한 달여 지내는 동안 아침에 눈을 뜨면 똥오줌과의 전쟁을 치러야 했고 하루는 밥을 먹고 있는 중에도 옆에 있는 아이가 똥을 싸서 만지고 노는 바람에 너무 기가 막히는 순간도 겪으며 내가 지적 장애인이 되어가는 느낌에 정말 참담했다. 이런 생활 속에서도 직업 보도관에 가서 타자 치는 것에 집중하여 배운 덕분에 삼 일만에 자판을 다 외워 발가락으로 타자를 조금 더 빨리 치는 연습을 해 나갔다.

하지만 날이 갈수록 마음 한 곳은 늘 텅 빈 가슴이었고, 꿈을 품고 집을 나왔지만 쉴 새 없이 밀려드는 절망감, 꿈꿔왔던 것과는 동떨어진 환경과 여건이 자욱한 안개 속에 놓여 있는 것 같았다. 앞이 보이지 않아 막막했고 어디서 무엇부터 시작해야 할지도 모르는 상황이 계속되었다. 이런 생활이 계속되니 이러다가는 나 스스로 뭔 일을 저지를 것만 같아 다시 신앙생활을 더 열심히 하게 되었다.

입소한 지 달포쯤 지났을까, 사무실 측의 배려로 방 하나를 따로 배정받아 공부하고 글도 쓸 수 있도록 했는데, 비교적 장애가 가볍고 교육이 가능한 아이 네 명과 함께 생활하라는 조건이었다. 대신 보육교사 선생은 없고 혼자 네 명을 맡아 생활하면서 가르쳐 보라는 것이었다.

부모의 역할을 하다

집에 있을 때 1일 시험지를 받아 조카를 가르친 경우는 있어도 네 명의 아이를 맡는다는 것은 전혀 생각하지 못한 일이라 무척이나 두려웠다. 어떤 장애를 가지고 있는지 성격은 어떤지 몰라 하루를 생각해 보고 답을 주겠다고 해 놓고, 밤새워 고민하고 나름대로 계획 짜놓고 다음 날 그렇게 하겠노라고 말했다. 그리고 며칠 만에 간호조무사 선생님이 사용하던 방으로 옮겨 새로운 생활이 시작됐다.

막상 함께 생활하면서 매일 같이 부딪히는 것은 서로가 서로를 못 믿었고, 세 명의 아이는 이전에 지내던 방에서 나름대로 대장처럼 지내던 아이들이라 힘이 센 자가 약한 자를 노예처럼 부려 먹으려고 하는 잘못된 의식을 가지고 있었다. 자기가 그러면 안 된다는 것을 알고 있으면서도 이유 없이 반항하는 행동을 했다. 마치 길들여지지 않은 망아지처럼 하지만 이를 바로잡고 한 방 식구는 가족이라는 인식을 심어주기 위해 때론 대화도 많이 하고 허용할 수 없는 것은 치열하게 싸워가면서 질서를 잡아갔다.

　나도 그러하지만, 이들 모두가 상처 많은 아이였다. 자기가 장애를 가졌다고 부모에게서 버림받았다는 것 때문에 반항심이 생겨 별일이 아닌데도 대들었고, 그를 때마다 기도하면서 다투기보다는 이해하려고 노력하면서 대화로 서로의 마음속에 숨겨진 앙금이 녹아야 생각의 변화가 일어날 것 같아 그렇게 살면 왜 안 되는지에 대해 얘기해주고, 이들이 가진 재능이 무엇이고 이루고 싶은 꿈이 있는지 먼저 알아보았다.

　그렇게 천천히 얘기를 나누다 보니 각자 그 나름의 꿈은 하나씩은 가지고 있었지만 집단 생활에서 그 꿈을 실현해 가기란 어려운 부분이 많아 보였다. 선생님 한 분이 열 명 넘는 아이들을 세심하게 보살피는 것은 역부족이어서 그저 먹고, 자고, 입히는 기본적인 생활밖에는 더해 줄 수 있는 환경이 못 되었다. 이들은 한 건물 안에서 살았지만, 세심하게 보살펴 주는 사람이 없어 자기가 터득한 방식대로의 습관과 의식을 가지고 있어 좀처럼 마음의 문을 열지 않아 나를 너무 힘들게 했다. 하지만 포기할 수 없다는 생각도 들었고, '나도 나지만 이들이 언젠가 사회에 나갔을 때 이겨낼 수 있을까?' 하는 생각이 들어 많이 안타까웠다.

하지만 나의 의지로는 부족할 수 있지만 주님은 이들을 변화시켜 주시리라 믿으며 1년 넘게 그들과 친분을 쌓아가며 한 방을 쓰는 가족은 이러해야 한다고 주입하고 본을 보여 실천하며 다잡아 갔다. 조금씩 달라지는 모습도 보였지만, 순간순간 옛 습관을 완전히 버리지 못하였다. 오랜 시간을 그렇게 살아온 습관과 의식을 단시간에 고친다는 것은 오히려 역효과만 초래할 뿐 서로에게 상처만 더할 뿐이었다.

집에 있을 때는 마냥 철없는 애처럼 살다가 아이 넷을 맡아 생활해 보니 갑자기 부모의 역할을 할 수밖에 없었다. 네 명 중에 진○○은 지적 장애로 19세인데도 정신 연령은 5세밖에 되지 않았고, 온순한 아이라 누가 시키면 시키는 대로 다 하는 아이였다. 송○○은 17세 뇌병변 장애아로 덩치도 크고 키도 컸다. 걷는 것도 약간만 뒤뚱거리고 손도 그리 심한 장애는 아니었다. 말도 어눌하기는 하지만 모든 것이 나한테 비하면 가히 정상에 가까운 아이였다. 하지만 그의 부모가 이혼하면서 형은 아버지가 데리고 가고 여동생은 엄마가 데리고 갔는데 자기는 장애인이라 이곳에 버렸다는 그 상처와 반항심, 자기는 아무것도 할 수 없다는 생각에 의지력을 상실한 아이라 다루기가 너무 힘들었다. 최○○은 16세 비장애아로 자랐는데 부모가 빚을 지고 야반도주하면서 남매를 버리고 가는 바람에 고아원에서 자라다가 동생을 지키기 위해 형들과 싸우다가 몰매를 맞아 머리를 다쳐 병원에서 뇌 수술을 했지만 후유증으로 오른쪽 편마비와 약간의 지적 장애를 가지고 있는 아이였다. 고집이 엄청 세고 말이 없는 아이였다. 노○○은 15세로, 머리는 비상한데 나보다 더 심한 뇌병변 장애를 가지고 있었다.

나 자신 하나도 감당 못 할 형편인데 이들을 어떻게 보살펴야 하나 고민하면서 내가 의지할 곳이라고는 하나님뿐이라 날마다 기도했다. 때로는 울기도 하며 약한 아이를 보호해 가며, 힘이 센 아이는 그 성격을 부드럽게 하기 위해 시간 날 때마다 생각하도록 얘기를 해주고 때로는 싸움도 해 가며 질서를 잡아갔다.

우리는 밥만 하지 않을 뿐, 나머지 모든 생활과 일과는 우리 스스로 해야만 했기에 나는 최대한 내 일은 내가 하면서 각자가 할 수 있는 일은 나의 지시에 따라 하도록 달래고 이해시켜 갔다. 이불 빨래를 같이 욕조에 물을 받아 일 반 장난 반을 쳐가며 같이 하는 것이 얼마나 즐거운 일인지 체험하게 했지만 그들의 마음이 하루아침에 바뀌지 않아 불협화음은 시시때때로 일어나 잠시도 마음 놓을 수 없었다.

봉사자들의 도움

지금 시대는 모든 게 풍족하고 인권이나 권익도 많이 좋아진 시대라 재활원도 많이 달라져 원생 3~4명에 한 분의 선생님이 맡고 있겠지만 내가 생활했던 그 시절에는 생필품이 너무 부족해서 어려움이 더했다. 생필품은 매주 또는 보름에 한 번씩 필요한 물품을 나눠 줬는데 항상 부족한 것은 화장지였다.

우리 방에는 봉사자들이 한 번씩 부족한 생필품을 따로 사다 주는데도 늘 부족했다. 다섯 명이 조금만 아껴 쓰면 될 텐데, 우리 방에서 키도 덩치도 가장 크고 나이도 나 다음으로 많은 아이가 코를 풀 때도 그렇고 화장실 갈 때나 무엇을 할 때도 다른 아이 두세 배를 쓰는 버릇이 있어 내가 조금만 아껴 쓰자고 매일같이 얘기를 했지만 듣지 않았다. 하루는 아침을 먹으려고 하는데 그 아이가 지적 장애가 있고 말을 잘 들어 언제나 종처럼 부려 먹는 아이한테 다른 방에 가서 휴지를 가져오라고 하니 그 아이가 난감한 마음에 주저하고 있자 화를 내며 폭행까지 가하려고 하는 것을 보고 내가 가로막았다.

"야! 이게 무슨 짓이냐? 내가 평소에 좀 아껴 쓰자고 누누이 말했잖아."

그러자 그 아이는 내게 대들기 시작했고 나는 말했다.

"우리는 한 식구야! 식구는 가족이야! 한 가족이면 서로 위해주고 이 해하며 정을 나누는 것이고 또 우리 방에 휴지가 떨어지면 다른 방에는 더 모자라는 것을 너도 잘 알잖아. 네가 필요하면 네가 직접 구해봐."

하지만 그 아이는 격분을 참지 못했다.

"아저씨가 뭔데? XXX야."

나는 어이가 없고 기가 막혔다.

다툼이 시작되고 언쟁이 높아지자 그 아이는 갑자기 내 식판에 있는 포크를 집어 들고 나를 찌르려고 했는데, 나는 얼른 피했지만 왼쪽 정강이가 찔려 피가 났다. 옆에 한 아이는 그 애를 말리고 또 한 아이는 옆방 선생님을 불러와 급박한 상황은 면했지만, 식판이 뒤집어지고 내동댕이쳐져 온 방바닥에 밥풀과 반찬이 널브러졌다. 선생님과 세 명의 아이와 내가 대충 치우고 나서 나는 아이들을 학교로 보냈는데 마음이 너무 아팠다. 그리고 아침도 못 먹은 채 좀 전에 상황을 생각하니 너무 끔찍해서 소름까지 끼쳤다.

얼마 전에 어머니가 갖다 주신 미숫가루를 아침 대용으로 대충 타먹고 타자기 배우는 사무실로 갔지만, 조금 전에 있었던 트라우마 때문에 연습도 안 되고 가르쳐 주는 것도 머리에 들어오지 않았다. 정해진 시간보다 조금 빨리 사무실에서 나와 모든 일과를 취소하고 온종일 방에서 불안해하면서 앞으로도 이런 일이 또 일어나지 말라는 법이 없는 상황에서 '어떻게 해야 하는가?' 생각하며 펑펑 울면서 기도했다.

자립하고 싶어 이곳에 왔는데 자립은커녕 점점 나락으로 곤두박질쳐 내려가는 내 모습과 현실, 그보다 더 나를 힘들게 하는 것은 고독감과 외로움 속에서 나약해져 가는 나의 의지력이 못 견디게 힘들게 했다.

매일 새벽마다 눈물로 기도하면서 믿음으로 그날그날을 버텼다. 긴 기도 속에 하나님이 함께할 지혜를 주셨고, 그 아이들을 다스려가는 방법을 알게 해 주셔서 아이들에게 가족에 대한 인식을 기회가 있을 때마다 네 마음대로 부려 먹는 것은 절대 안 된다고 알려주었다.

"한 방에 사는 동안은 형제야. 형제는 아픔도 같이하고 기쁨도 같이하는 거야."

그리고 그 마음속에 있는 상처와 비관적인 생각을 긍정적인 의식으로 고쳐 주기 위해 여러 봉사자와 대화를 하면서 도움도 청했다. 그나마 우리 방에는 배정된 선생님이 없는 대신 자원봉사단이 방문하면 가장 먼저 우리 방에 보내주었는데 처음에는 나를 외모만 보고 볼품없어 보였는지 지적 장애인과 똑같이 생각하고 말도 막 하고 나보다 나이가 한참 어린 학생들이 나를 어린 애 다루듯 하여 기분 나빠 화를 내기도 했다. 하지만 대화를 몇 마디 나누어 가는 동안 얘기도 되고 의식도 있고 소통이 되며 대화의 수준이 다르다는 것을 알게 되자 그때부터 단골로 우리 방에만 오는 봉사자들이 늘어갔다. 많은 사람과 인연을 맺었는데 도움을 주는 사람이 많이 있는가 하면 우리를 해하려는 나쁜 사람들도 더러 있었다.

내가 재활원에 입소한 그해 7월에 대구대학교 특수교육학과 동아리 팀을 만나 알게 된 김숙이 씨와 김영순 씨가 기억에 남는다. 특히 개인적으로 방문하여 알게 된 장성태 씨(현 사단법인 굿실복지회 대표)는 지금까지 인연을 이어오고 있다. 그는 당시 대학 1학년 여름 방학에 만나 매주 빠짐없이 와서 놀아주고 일도 도와주었는데, 그 인연이 40년 가까이 한결같고 변함이 없다. 친형제보다 더 나를 보살피면서 온갖 크고 작은 일에 말없이 헌신하고 있어 나에게는 이 친구보다 더한 사람은 없다고 생각한다. 물론 지금도 여전히 그의 손길이 닿지 않은 곳이 없다. 내가 난생 처음으로 완행열차를 타고 여행한 것도 그 친구와 마음을 같이한 몇 명의 봉사자와 마산까지 다녀오는 여행길에 차창 밖으로 활짝 핀 벚꽃이 비와 함께 떨어지는 그 모습이 아직도 잊을 수 없는 추억으로 남아 있다. 그 뒤로도 내가 힘들 때마다 함께 여행을 다녀오면 힘을 얻어 다시 용기를 내게 되었던 순간들이 참 많았다. 띠동갑이지만 순수한 마음으로 늘 나를 챙기는 이 친구는 누가 뭐래도 나에게 절대적인 헌신을 하며 아직도 현재진행형이다.

추억의 바람

마음이 비어 떨리는 몸
그래도 허기를 모면하기 위해
옹기종기 모두어 두었던
식어 굳어버린 사랑을
뒤적여 봅니다

살랑살랑 아직도
추억의 바람은 살아서
그리움을 부르는데
훌딱 어디론가 떠나고픈 마음이여

아름다운 마음

"예수께서 대답하여 이르시되 어떤 사람이 예루살렘에서 여리고로 내려가다가 강도를 만나매 강도들이 그 옷을 벗기고 때려 거의 죽은 것을 버리고 갔더라 마침 한 제사장이 그 길로 내려가다가 그를 보고 피하여 지나가고 또 이와 같이 한 레위인도 그 곳에 이르러 그를 보고 피하여 지나가되 어떤 사마리아 사람은 여행하는 중 거기 이르러 그를 보고 불쌍히 여겨 가까이 가서 기름과 포도주를 그 상처에 붓고 싸매고 자기 짐승에 태워 주막으로 데리고 가서 돌보아 주니라 그 이튿날 그가 주막 주인에게 데나리온 둘을 내어 주며 이르되 이 사람을 돌보아 주라 비용이 더 들면 내가 돌아올 때에 갚으리라 하였으니."

[눅] 10:30~35

      내게는 잊지 못할 아름다운 마음들이 참으로 많다. 열 손가락으로 꼽아도 다 못 꼽을 정도로 많아 10년, 20년 된 분들은 최근이라 할 만하고 30년, 40년 전부터 인연을 맺어온 분들이 많다.

      내가 가장 힘들고 배고프며 과자 부스러기 하나 먹을 수 없을 때 그때만큼 비참할 때가 없었고 한 달에 내 손에 단돈 100원도 없이 살아갈 때 왜 그렇게 먹고 싶은 게 많이 생각나는지…. 모르는 사람들은 삼시 세끼 따뜻한 밥이 나오는데 뭐가 그리 걱정이냐고 타박도 많이 줬지만, 원생들이 먹는 밥은 많이 먹어도 빨리 배가 고팠다. 어쩌다가 식당 아주머니의 배려로 직원들이 먹는 식사를 얻어먹으면 꿀맛 같고 배가 든든했는데 우리가 먹는 밥은 이상하게도 먹고 나서 두 시간만 지나면 허기가 지기 시작했다.

하루는 모임이 있어 밖에 나갔다가 저녁때가 되어 사람들은 식당에 가는데, 나는 돈이 없어 그냥 재활원으로 돌아왔다. 빨리 온다고 서둘렀는데 이미 식사시간이 많이 지나 있었다. 밥을 먹지 못해 허기진 배를 달래고 있는데 김숙이 씨가 대학교에서 장학금을 받았다며 장학금 받은 선물로 다과상 하나와 빵과 과자와 과일을 푸짐하게 사 와서 얼마나 맛있게 먹었는지 모른다. 그 뒤로 내 생일 날에는 자기가 직접 지점토 공예로 동그란 거울의 테두리에 줄장미를 만들어 붙여서 니스 칠까지 한 것을 선물로 받았다. 내 생의 처음으로 받은 생일 선물이었다. 그는 특별한 일이 없으면 한 달에 두세 번씩은 꾸준히 와서 놀고 우리 아이들과 야외에도 함께 나가서 맛난 것도 사 주었다. 너무 고마웠고 때로는 여행도 장성태 등 친구와 몇 명이 자주 다녔다.

또 잊지 못할 친구들은 신일 전문대 안경학과 동아리 박○○ 학생을 중심으로 몇 명의 친구들, 영남대학교 사진영상학과 동아리 팀에서 사진 전시회 한다며 나를 모델로 하여 흑백 사진을 수십 장을 찍어 캠퍼스에서 전사도 열어 내가 가보니 내 모습이 다양한 각도에서 다양한 모습과 배경이 잘 어울려 한 폭의 작품이었다. 그리고 무엇보다 가장 많이 그리고 오랫동안 후원해 주신 한국조폐공사 경산창에 근무하셨던 분들은 내게는 은인과 같은 분들이었다. 처음에는 우리 방에 송○○ 이 한 아이를 후원하기 위해 사무실에서 연결해 줬는데 우리 방을 방문하고 나의 얘기를 듣고 나서 얼마 되지 않아 나와 우리 방 전체 아이들과 자매결연을 맺었다. 처음에는 일곱 명 정도가 매월 방문하면서 생필품과 라면, 내가 볼 책을 두세 권을 꼭 사다 주셨고 내가 보고 싶은 책이 있으면 꼭 사 주셨다. 그분들의 모임 이름은 '자유회'로 한참 활발하게 활동할 때는 매월 회장 총무님께서 새로운 사람들을 인솔해 오셨다. 물었더니 회원이 150명이 가까이 된다고 했다. 그들은 1년에 두세 번씩 여행이다, 소풍이다 하여 푸짐한 음식을 준비해 그날만큼은 세상 부러울 것이 없을 정도로 즐거운 날을 보내기도 하였다.

하나님은 우리를 긍휼히 여기사 선한 사마리아인들을 많이 보내 주셨고 어쩌면 그분의 헌신이 있었기에 그 힘든 생활을 견딜 수 있었다. 사람을 통하여 하나님의 의가 이루어지는 것임을 내가 나이 70이 되어서도 그 의가 이루어지고 있음을 보게 된다.

빛을 찾기 위한 몸부림

　　잠이 오지 않는 밤에는 네 명의 아이들을 재워놓고 작은 라디오에서 흘러나오는 찬양을 들으며 앉은뱅이책상에 봉사자가 사다 준 스탠드를 켜 놓고 일기도 쓰고 책도 보면서 먼 미래를 한 번씩 그려 보지만 언제나 허상에 불과했다. 그래도 내 나름은 매일 최선을 다했다고 하지만 막상 잠자리에 들기 전 일기를 쓸 때면 잘한 것보다는 이런 아이들에게 더 나은 환경을 만들어 주지 못한 것이 늘 안타까웠다. 부모의 역할을 한다고 하지만 뛰어넘지 못하는 한계를 느끼면서 좀 더 지혜롭지 못한 것에 대한 미안함과 아쉬움만 남았다.

　　내 옷 빨래는 먼저 있던 방 선생님이 해 주셨는데, 내가 먼저 본이 되어야 한다는 생각에 그 후로는 내가 직접 발로 내 옷과 운동화며 걸레까지도 빨아서 방 청소를 하며 또 한편으로는 함께할 수 있는 것들은 같이 하도록 유도해 나갔다. 그렇게 아이들과 관계도 나아지고 협동심도 생겨 방 정리도 함께 해 나가는 동안 친근감도 조금씩 싹이 터 갔다.

　　어머니가 한번씩 오실 때마다 김치며 밑반찬과 미숫가루를 많이 갖다 주셔서 미숫가루는 아침 대용으로 타 먹다가 아이들도 한번씩 타 먹이기도 했다. 반찬도 자주는 못 줘도 가끔씩 나눠 주자 아이들은 차

츰 나의 말을 잘 따랐는데, 그러다가도 한번씩 옛 습관에 분란을 일으키곤 했다.

우리 방은 1층 생활관 10호(한나방명)라 끝 방으로 여름에 장마철에 비가 많이 오는 날이면 누수가 심해 장판 밑에 물이 고여 장판을 걷고 물을 닦아 말려야 생활할 수 있었고 겨울에는 봉면탄 보일러 하나로 10개의 방을 연결하다가 보니 우리 방은 늘 냉골이었다. 걸레를 빨아 놓고 자고 일어나면 걸레가 꽁꽁 얼어 있었고 더운물도 아침저녁에만 시간제로 나와서 2백몇십 명의 아이들이 한꺼번에 몰려 북새통을 이루는 바람에 우리는 언제나 뒤로 밀려 더운물은 구경도 못 했는데 그나마 지하수라 수돗물처럼 아주 차갑지는 않아서 다행이었다.

하지만 차가운 시멘트 바닥에 앉아서 발로 빨래를 하다 보면 선생님들은 10분만 빨면 되는 것을 나는 30분이 넘게 걸려야 겨우 빨래를 마치게 되었다. 시간적으로 노동량이 다른 사람보다 두 세배의 시간이 걸렸고, 목욕도 지하수로 하고 나면 턱이 떨려 말이 나오지 않았다. 그런 환경이다 보니 엉덩이와 발에 동상이 생겨 붓기도 했고 얼음집이 생겨 가렵고 아파서 못 견뎠다.

호랑이 굴에 들어가도 정신만 차리면 살아나올 방도가 있다고 했던가? 너무나 깊은 동굴과도 같은 생활이라 캄캄한 앞날을 예측할 수 없는 나날의 연속이라 미래를 설계하며 산다는 것은 꿈도 못 꾸었다.

오해 마라

　　불행한 사람은 갖지 못한 것을 사모하고, 행복한 사람은 갖고 있는 것을 사랑한다고 했던가?

　어느 날 사무실에서 보육교사 연수생을 우리 방에 며칠간 투입시켜 잠시나마 우리 방을 돌보라 하면서 사무실 직원이 데리고 와서 내게 인사를 시키고 우리 방 사정 설명을 그 연수생에게 해주었다. 직원이 가고 연수생은 어리둥절해 하면서도 상냥한 말투로 말했다.

　"무엇을 하면 되나요?"

　우리는 갑자기 당하는 일이라 황당했다. 지금까지 우리끼리 잘해 오고 있는데 새삼스럽고 이해가 되지 않았다. 선생님은 경주에 모 대학교 사회복지학과 졸업을 앞두고 우리 재활원에 원서를 낸 모양이었다. 일단은 아이들과 함께 인사하면서 통성명을 하고 우리 방의 특성을 얘기해 주었다. 우리 아이들은 꿈이 있고 나도 꿈을 가지고 산다고 했더니 갑자기 그 연수생은 펑펑 울기 시작하더니 나보고 오빠로 불러도 되냐고 했다. 만난 지 두 시간도 못되어 오빠라니 어이가 없었지만 내 나이 33살, 그녀는 26살이었고 고향 집은 제주도 아가씨였다. 그는 경주에 먼 친척 집에 기거하면서 고등학교 입학하면서부터 그곳에서 살면서 학대를 받으며 살았다고 했다. 어렵게 대학교에 입학은 했지만 학비가 없어 휴학하고 알바도 하고 직장도 다니며 학비를 마련해 다시 학교를 다니게 되었다고 했다. 그래서 우리 얘기를 들으며 자기를 보는 듯해 공감되었다고 했다. 그날부터 우리 방에서 최선을 다해 그녀의 정성을 쏟아주는 것이 고맙긴 하지만 이렇게 정을 쏟아놓고 다른 곳으로 가버리면– 나는 그런 경험이 많지 않아 큰 상처가 안 되는데 –우리 아이들은 재활원에서 십몇 년을 생활하면서 잘해 주다가도 어느 날 갑자기 떠나버리는 경우를 많이 경험하다가 보니 그럴 때마다 불신이 생겨 사람을 잘 믿지 못하는 마음이 늘 자리 잡고 있어서 걱정이었다. 2년 가까이 나와 봉사자들과 함께하면서 그런 불신이 많이 나아졌지만, 또 그런 일이 발생하면 나도 나지만 이 아이들의 마음에 불신이 더 쌓이지 않을까 하는 걱정에 한번은 그녀를 불러서 말했다.

"수인아! 네가 우리한테 잘하는 것은 고맙고 좋은데 헤어짐의 상처를 안고 있는 우리 애들이라 네가 떠나고 나면 많이 힘들어할 거야."

"오빠, 걱정하지 마세요. 내 직업이 이곳인데 다른 방에 가더라도 오빠 방은 꼭 챙길 거예요."

그리고 10여 일만에 2층 여자 숙소에 있던 선생님이 나가고 그 방으로 그녀는 배치되었다. 나는 ○○학교 선생님들과도 많이 친했고 생활관에 보육교사 선생님들 간에도 인기가 있어 자기 아이들 방에 놀러오라고 했지만 잘 가지 않았다. 왜냐하면, 말이 많은 동네라 나의 작은 처신 하나에도 이상한 오해가 오해를 낳는 곳이기에 늘 조심을 하며 살아야 했기 때문이다. 수인이가 2층 여자 숙소에 올라간 뒤에 하루에 한 번씩 우리 방에 와서 정리도 해주고 가면서 나더러 자기 방에도 놀러 오라고 몇 번 얘기하는 바람에 오후에 잠시 가서 잠깐 놀다가 왔을 뿐인데 며칠 뒤, 원내에 이상한 소문이 퍼졌다. 수인이와 나랑 사귄다는 소문이었다. 그렇게 잘 지내던 선생님들이 나를 이상한 눈으로 보면서 괜한 시비까지도 해 오는 것이었다. 왜 그러냐고 물어도 무엇 때문이냐고 물어도 오히려 화를 내면서 몰라서 묻느냐고 하는 말에 너무 황당했고 어이가 없었다. 나는 수인이가 너무 고맙게 하니 한번 답방했을 뿐인데 나중에서야 알고 보니 다른 방 선생님이 그렇게 오라고 했지만 가지 않더니 그 방에는 왜 갔냐고 하는 바람에 귀가 막혀서 말이 나오지 않았다. 잠깐 수인이 방에 간 것 때문에 이렇게 질투와 오해가 생겼나 싶어 얼마나 힘들었는지 모른다.

공 포

인적도 없이 다가오는
낯선 얘기
누가 퍼뜨린 소문일까
문풍지처럼 떨리는 마음

도깨비보다 더 험상궂게
다가오는 모함
어찌하려나 너의 잘못을

나의 흰 포대기 속으로
들어오려므나.

수모, 그 끝은

　　한 해 두 해 지날수록 희망이 보여야 살맛이 나는데 점점 나락으로 떨어지는 것 같았다. 서산에 해가 넘어가고 있을 때 창밖을 바라보고 있었다. 모든 보육교사와 직원이 하나둘 퇴근하고 한 동에 당직자들 한 명씩만 남아 있고 아이들만 이곳 저곳에서 적막을 깨우는 소리가 들려올 뿐, 내 텅 빈 가슴은 무엇으로도 채울 수 없었다. 나 또한 재활원이 아닌 누군가 반겨주는 그런 곳이 없다는 것을 생각하며 언제까지 이 밑바닥 생활을 해야 하나, 창문 너머 비치는 놀을 보며 눈물 흘렸던 그때 그 심정을 어떻게 다 말할 수 있을까?

　　게다가 공동체 생활이라 아무리 잘하다가도 작은 꼬투리 하나 잡히면 말이 많은 곳이 공동체였다. 나의 의사하고는 전혀 상관없이 그들(보육교사와 직원) 사이에서 나에 대한 여러 가지 평도 생겨나고 누명 아닌 누명이 나도 모르는 사이에 씌워지기도 했다. 그것이 아니라고 말을 하면 오히려 진짜가 될 것 같아 눈물로 기도만 하고 있을 때 엎친 데 덮친 격으로 우리 방에 봉사자로 몇 번 오던 남자 하나가 다른 여자 생활관 방에서 선생님이 잠깐 자리를 비운 사이에 성추행을 하는 바람에 온 생활관이 발칵 뒤집어져 난리가 났고, 결국 사무실과 식당이 있는 건물의 2층으로 방을 옮겼다.

그곳은 누수는 없었지만 그곳 역시 봉면탄 보일러로 일곱 개의 방을 거쳐 우리 방까지 더운물이 오는 구조라 오는 동안에 이미 찬물이 되어 우리 방으로 왔고 첫 번째 방은 더워도 우리 방은 겨울만 되면 냉골에다가 겨울바람은 그대로 방안으로 직행하였다. 발은 동상에 걸려 얼음집이 생겨 부어오르고 여름에는 선풍기 하나로는 못 견딜 정도로 더워 참담했다.

그런 생활 속에서도 보육교사들 사이에 이상한 시기와 질투도 생겨 별 이상한 소문이 돌아 나를 더욱 괴롭혔다. 가진 것 없는 환경도 힘들었지만 아무 근거 없이 당하는 오해와 그들 간의 질투와 시기심으로 생겨난 소문이 더 힘들게 했다. 어느 보육교사는 내게 사랑 고백을 했지만, 나는 책임 질 수 없어 거절한 것이 화근이 되었다. 자기 고백을 안 받아 주는 것에 억한 심정으로 다른 사람들에게 악평과 함께 내가 하지 않은 얘기까지 퍼뜨려 나를 곤경에 빠뜨려 너무 힘들게 했다. 시간이 지나서야 그 모든 오해가 풀렸고 다시 관계가 회복되어 갔다.

그 후로 사람들이 무서웠고 두려웠다.

비 맞고 가시는 뒷모습

누구나 어머니의 대한 추억은 다 가지고 있을 것이다. 그 것이 슬픈 추억이든 아름답고 좋은 추억이든지 간에. 그래서 어머니 하면 눈물부터 핑 돈다. 언제든지 내 텅 빈 가슴을 채워 주셨던 어머니였다. 어려서부터 나 하나 때문에 온갖 고생을 하셨던 어머니이지만 나는 거기에 부응하지 못하는 불효자였다. 몇 달 만에 한 번씩 오실 적마다 김치와 밑반찬 몇 가지와 미숫가루와 용돈도 몇 푼 주시고 가셨다. 하루는 장대 같은 비가 쏟아지는 날인데도 여러 가지를 챙겨 오셨는데 얼굴이 많이 안 좋아 보여 물었다.

"그 몸으로 뭐 하려고 오셨어요?"

"니 줄라고 해 놓은 음식이라 빨리 갖다 줘야 묵을 거 아이가."

그 말에 나는 눈물이 핑 돌았다. 아직도 끝이 보이지 않는 터널 속에서 방황하고 있고, 어머니 가슴에 아픔만 주면서 언제 이 터널을 벗어나게 될지 기약이 없는 생활 속에서 어쩌면 어머니 때문에 운 것이 아니라 나 자신이 한심해 운 것일지도 몰랐다.

하루라도 빨리 뭔가 하나를 이루고 싶은데 아무리 허우적거려도 성과도 없고 '이것이다!'라고 할 만큼 내보여 드릴 것이 없다는 것이 나를 더 슬프게 했다. '건강한 사람 같으면 벌써 내 나이라면 뭘 해도 내 밥벌이는 하고 있을 텐데 나는 지금 뭐하고 있는가? 엄마 마음에 무거운 짐만 안겨 드리고 있지 않은가?' 하는 생각에 자신에게 화가 나 견딜 수가 없었다. 그날 따라 어머니 몸도 편치 않아 보였고, 낡은 우산을 쓰시고 운동장을 걸어가시는 뒷모습을 보며 하염없이 울었다. 울다가 어머니 모습이 보이지 않아 나도 따라 운동장에 있는 아이들 놀이터의 철제 계단에 앉아 장맛비를 한참 맞으며 울었다. 방으로 돌아와 아이들에게 미숫가루를 타 주니 기다렸다는 듯이 달려와 게눈 감추듯이 먹는 모습에 나도 저들처럼 차라리 아무것도 모르는 지적 장애를 가졌으면 하는 생각이 순간적으로 들기도 했다.

　그렇게 얼마간 미숫가루를 요긴하게 아껴 먹으며 아이들에게도 나눠 주고 받은 용돈으로 아이들과 쓰기도 하고 외부 활동을 하다가 보면 한 달도 못 가 돈은 바닥이 났다.

어머니

비가 내립니다.
비가 내려도
어머니 가신
그 길을 밟으면
가슴 속엔 포근함이
넘쳐 옵니다.

나뭇잎은 웁니다.
표정 없는 내 마음같이
그저 눈물만 보입니다.

이제 그 옷을 입겠습니다.
어머님이 눈물로 내게 주신
그 옷, 지금에사 마음 가득 입겠습니다.

아! 어머니 예전엔 몰랐습니다.
애통한 자식 위해 그 곱든 얼굴에 잔주름이
왜 깊어가시는지를.

텅 빈 교정에 내 마음같이 비가 내립니다.
하염없이
아무리 내려도 지금은 그리 슬프지 않는
내 마음입니다.

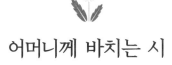

어머니께 바치는 시

아! 어머니 당신의 사랑은 무엇이었습니까?

하나의 빛깔로는 볼 수 없고

여러 개의 빛깔로도 말할 수 없는

그 가슴 속 고요함이 피어옵니다.

내 마음 깊은 곳까지 저려옵니다.

아! 어머니 당신은 애통한 자식을 두셔서

그리도 검은 머리가 백옥이 성성합니까?

내 검은 머리가 야속할 만치 초초한 모습,

애꿎은 세월의 파도를 연약한

아낙의 몸으로 다 막으시고

일구월심

나를 위한 당신의 사랑이여

시한부 삶

　　누구나 한평생을 놓고 보면 한정된 삶이라 한다. 불치병자라면 더 절실하게 와 닿을 것이다. 자기가 언제 죽을지 죽는 날을 누가 정해 준 사람은 없지만 임박했다는 사실을 그 사람은 알고 느낄 것이다. 나도 한때는 그러했으니까….

　30년을 넘도록 집 밖을 나가서 잠을 자 본 적이라고는 기도원 생활과 교회 다닐 적 말고는 다른 집에서 잠을 잔 적이 없었던 내가 32살 되던 봄, 자립 선언을 외치고 집을 탈출하여 들어온 곳은 'OO 재활원'. 나의 기구한 삶의 길이 열렸기 때문이다. 좀 더 편한 것은 원치 않았지만 이렇게 험한 길이 될 줄은 생각 못 했다.

　'재활원'에 입소한 지 한 달 만에 네 명의 아이와 내가 함께 생활하면서 내 방에 일어나는 모든 일을 스스로 책임을 지고 있었다. 그들의 부모 역할을 동시에 감당하는 것도 나의 몫이었다. 집에서는 해보지 않았던 일이라 순간순간 재미도 있었지만 당황스러운 일들이 더 많이 일어났다. 우리 방에는 진OO 아이를 제외하고는 그들 나름대로 똑똑하다고 소문나 있었다. 사소한 청소부터 시작하여 빨래며 아이들 챙기고 다른 방과 마찰이 된 일까지 혼자 수습하다 보면 하루가 언제 갔는지

모를 정도로 정신없었다. 그런 생활의 연속에서 파랑새의 꿈은 점점 멀

어지고 내가 원하지 않았던 길을 가야만 한다는 현실이 나로 하여금 미궁 속으로 빠져들게 했다. 무엇하나 정상이 아님에도 나는 점차 이 생활의 타성에 젖어 가는 초라해진 모습이 견딜 수 없었다. 자신의 발전을 위해 발버둥을 치며 애써 보아도 밑바닥 생활에서 벗어나지 못해 끝이 보이지 않았고 희망 없는 좌절감에 나의 생활이 지치고 말았다.

재활원에 들어온 지 2년이 넘었음에도 뚜렷하게 변한 것은 하나도 보이지 않았다. 중증 장애의 몸으로 집을 나온 것도 후회되었고 그렇다고 다시 집으로 돌아갈 길도 없었다. 막막한 사막, 광야 한가운데 나 혼자서 있으며 이런 곳에서 언제 자유의 몸이 될 수 있을까 하는 절망감에 매일 새벽마다 부르짖어도 너무 조용하고 답답함만 더할 뿐, 더 이상 희망이 없다는 생각이 들어 차라리 이 모든 것을 놓아버리자고 결심했다. 삶의 눈을 뜨기를 거절해 아침 햇살이 눈부시게 창문을 두드렸지만 나는 열지 않았다. 이미 죽음을 각오하고 나니 오히려 편했다.

음력으로 9월 12일이 나의 생일이라 생일 바로 전날 나는 세상을 떠나려고 마음먹고 그날까지는 후회 없이 살아 보리라 다짐하고 내가 할 수 있는 일은 최대한 하고 떠나리라고 결심하고 하나하나 정리했다.

한편으로는 간호 선생님한테 수면제와 아프지 않아도 아프다고 아주

독한 약을 타와 모아 콜라병에 저축해 갔다. 한편으론 전보다 더 적극적으로 책도 보고 그날그날 생각나는 글을 써 가며 방의 일이며 직업보도관에서 타자 치는 일도 더 열심히 했고 아이들 돌보는 것도 그들이 무엇이 필요한지 알아 챙겨주었다. 최OO이는 그림을 그리고 싶어 하는 아이라 학교 담임 선생님을 만나 그림 그릴 수 있는 지도를 부탁하고 송OO이는 목각을 하고 싶어 했는데 목각실 선생님과 상담하여 지도를 부탁했다. 밤이면 힘겨운 눈물도 쏟으면서 일기도 쓰고 시를 잘 모르면서도 시를 써 갔다. 잠도 오지 않았다. 아니, 잠을 잘 수 없었다. 조금만 있으면 영원히 잠들 텐데 지금은 잘 시간이 없고 자는 시간마저 아까웠다.

그렇게 두 달을 버티면서 하루 두세 시간 자다 보니 몸은 점점 말라갔고 정신마저 흐려지고 있을 때였다. 꿈을 꾸는 듯 학교 운동장을 걸어오다가 쓰러져 정신을 잃어 병원에 실려 갔다. 피로 누적의 몸을 회복하고 3일 만에 돌아 와보니 우리 방은 부분적으로 도배가 되어 깨끗하게 변해 있었다. 제일 먼저 찾은 것은 콜라병이었다 하지만 병은 보이지 않았고 화병 하나가 작은 나의 책상 위에 놓여 있었다. 그 화병에는 빨간 국화꽃이 한 아름 피어 나를 기다리고 있었다. 누가 화병을 갖다 놓았는지 짐작은 했지만 묻지 않았다.

이때 두 달 동안 쓴 시가 30여 편에 달하였고 글 속에는 하나같이 어딘가 모르게 어둡고 아픔이 묻어 있었다. 나의 시한부 인생을 마감하려던 계획은 이렇게 끝이 났고, 어리석게 생각한 마음을 하나님께 회개하며 다시금 새로 태어난 느낌으로 삶의 힘을 얻었다. 그때 쓴 시가 발판이 되어 「앉은뱅이꽃」이라는 시집이 탄생했다. 그 후, 하나님은 무겁고 악취가 나는 콜라병 대신 국화 향 은은히 피우는 삶을 되찾게 해 주셨다.

황무지

어둔 세상에서
별처럼 살려고 했으나
내 모습 너무 작아
어떻게 살아야 하나요

허허로운 황무지에
달처럼 살려 했지만
내 빛이 약하여
이 많은 아우성에 어떤 미소여야 하나요
또 사랑하게 되었습니다.

이별일 줄 알면서도
내 영혼은 어디에서 배어나는
푸른 노래 소리
길고 긴 기다림의 순간을 위해
사랑에 겨운 내 노래는
어느 빛 어느 가슴으로
향해야 하나요.

배고픈 서러움

고진감래라 했던가? 시간이 갈수록 아이들과의 관계도 조금씩 나아지고 있어서 함께 나들이도 하고 장난도 치고 웃다가 하룻저녁을 다 보낸 적도 있었다. 이것은 내가 잘해서가 아니라 하나님이 나와 그들의 마음을 만져 주시고 모든 사람이 협조해 주었기 때문이라고 생각한다.

하루는 밖에 볼일이 있어 나갔다가 식사 시간을 넘기고 들어오는 바람에 식사 시간을 놓쳐버렸다. 밥을 꼬박꼬박 챙겨 먹어도 한두 시간도 못 가 허기가 지는데 그날따라 밖에서 사람들과 만난 모임을 갖고 다들 식사하려 가는데 나는 돈이 없어 식사 시간에 때를 맞추어 빨리 온다고 그냥 왔더니 밥때가 지나버렸다. 허기진 데다 밥까지 못 먹었으니 배가 너무 고파 라면을 찾아도 이미 떨어진 지 오래되었고, 라면 하나에 80~90원 하던 때인데도 그것 사 먹을 돈이 없어 밤새도록 울다가 잠이 들었다.

너무 비참하고 언제까지 이런 생활에서 벗어날 수 없다는 그 절망감에 더 눈물이 났다.

두 눈은 충혈되어 부어 말이 아니었는데 나와 동갑내기 보육교사가 놀러 오라고 해서 갔더니 내기를 하자고 했다. 한 되짜리 양은 주전자에 물을 다 마시면 짜장면 사준다는 소리에 말로만 듣던 짜장면을 먹을 수 있다는 설렘에 물 한 주전자를 다 마셨다. 보육교사가 자장면 곱빼기를 시켜 줬지만, 반도 못 먹고 오후 내내 소변을 보기 위해 화장실만 드나들면서 마음속으로 '놀림당하는 것도 여러 가지구나.' 생각하며, 그 이후로 물을 잘 안 먹게 되었다.

희망의 도전

       그해 여름 나는 학교를 다니지 않는데도 체육 선생이 나보고 전국 장애인 체전에 한 번 참가해 보지 않겠냐고 제의해서 망설임 없이 승낙했다. 어릴 적부터 도전 의식이 강했던 나는 새롭게 시작하는 것에 흥미로움이 강했다. 다른 사람들은 나의 장애 때문에 안 된다 할 때 몇 번의 실패 끝에 결국 해낸 경험이 있었다. 이번에도 삶의 돌파구를 찾기 위한 궁여지책의 한 방편으로 또 다른 목표를 선택하게 되어 활기를 얻어 우리 방에 같이 기거하는 두 명의 아이들이랑 함께 두 달 동안 각자 종목을 정하여 맹훈련에 들어갔다.

  이때가 1987년도였다. 우리 방의 큰애는 투창과 투포환으로 출전했고, 둘째 애는 축구선수로, 나는 곤봉 멀리 던지기로 대구 예선전 경기에서 통과되었다. 선수복과 운동화도 지급되었고 선수 양육비도 얼마간을 받은 체육 선생님이 관리하면서 일주일에 한두 번 정도 따로 영양식 밥을 먹을 수 있어 그 밥이 얼마나 맛있던지 지금도 잊을 수가 없다. 그리고 두 달 뒤 서울에서 전국체전이 열려 우리는 대구 대표 선수로 출전했다. 나는 일반부였다. 생전 처음으로 잠실 올림픽 경기장에서 개막식이 열리고 선수 입장, 축하 공연도 하고 나서 전국에서 온 선수들은 각자 부푼 기대와 모두가 주인공이 된 설렘을 안고 있는 모습이 너무 활기차 보였다. 종목별로 경기가 시작되고 다른 선수들도 그랬고 나도 해낼 수 있을까 하는 생각과 만감이 교체되는 마음으로 그 넓은 운동장을 밟고 있다는 것이 실감이 나지 않았다.

전국에서 온 장애 선수들이 다 다른 장애와 각 종목에 따라 제각기 실력을 발휘하기 위한 비장한 각오로 임했다. 같은 뇌병변 1급인데도 차이가 크게 났고, 나는 곤봉을 앞으로 던지면 5미터도 못 나갔는데 뒤로 던지면 최고 18미터까지 나갔다. 하지만 4등으로 매달 권에는 실패했다. 전국에서 모인 선수들이라 다양한 직업도 가졌고 기혼자들도 많았다. 숙소마다 15~20명이 1주일간 합숙을 하는 동안 서로 노우며 얘기도 나누면서 친해졌고, 다른 숙소 장애인들과도 많이 만나 사귀게 되었다. 하지만 휴대폰이 대중화가 되지 않았던 시절이라 집 주소와 집 전화번호를 받았지만 나는 시설에 생활하니 개인 전화가 없었다.

그때 만난 장애인들과 다양한 얘기도 하고 다른 시설에서 생활하는 장애인, 일반 가정에서 오직 전문 선수로 활동하는 장애인, 다른 직업을 가지고 있으면서 취미로 운동선수로 나온 장애인, 나처럼 초보는 몇 명 안 되었다.

첫 출전은 메달권에는 못 들었지만 나름 좋은 시간이었고 조금 더 노력하면 되겠지 하는 희망이 보여 새 꿈을 안고 생활한 1주일간의 여정이 꿈같았다. 많은 장애인을 만나 얘기를 나눈 것이 내겐 새로운 전환점이 되었다.

이듬해가 88올림픽이 열리는데 ○○학교에서 선수로 발탁된 아이들이랑 나는 하루도 쉬지 않고 연습에 연습을 거듭하며 메달을 향한 꿈을 키우며 하루에 수십 번, 수백 번을 곤봉을 던지다 보니 곤봉을 몇 개나 부러뜨리기도 했고 팔과 손목에 통증이 심해 힘들었지만 꿈이 있어 견딜 수 있었다.

이듬해도 대구 예선전은 무사 통과했다. 본선에서 메달을 따야 올림픽에 진출할 수 있는 조건이 주어지는데 역시 그해도 3미터 차이로 메달을 못 땄다. 부푼 기대만큼 좌절감도 컸다. 하지만 그때 나는 오기가 생겼고 한번 시작했으니 메달을 하나 따고 싶다는 간절한 열망으로 기도하면서 89년에는 종목을 바꿔 휠체어 경기로 나갔는

데 같은 뇌병변 장애 1급에 휠체어 경주자는 5명이 참가했는데 두 명은 프로여서 경주용 휠체어를 타고 나왔고 세 명은 일반 생활용을 타고 나와 경기에 참가했다. 나는 손으로 몰기 어려워 발로 뒤로 밀며 나갔다.

결국, 100미터, 200미터에서 동메달을 따고 말았다. 3년 동안 전국장애인 체전에 참가하면서 많은 체험도 했고 여러 장애인들과 교류를 하는 동안 지금까지 나의 삶과 생각이 얼마나 우물 속의 개구리 같은 삶이었음을 깨닫고 그때부터 막연하나마 공동체에 대한 생각을 조금씩 하게 되는 기회가 되었다.

쥐구멍에도 볕 든다

당시만 해도 복지가 막 시작 단계에 놓여 있어 정책 지원이나 장애인 인권에 대해 유럽 선진국에 비해 너무 낙후되어 있었고 사회 제도나 장애인에 대한 인식이 88올림픽을 통하여 겨우 눈을 뜨기 시작하던 때라 엄청 어려움을 겪고 있어 장애인이 뭘 한다면 일단 이상하고 따가운 눈초리를 피하기 어려운 시절이었다. 그나마 88올림픽을 통하여 많이 개선은 되어가는 중이었지만 활발하게 활동하는 장애인들은 극소수에 불과했다. 나머지 장애인들은 그늘진 곳에서 희망과 비전이 있어도 기회가 주어지지 않고 아무도 잠재력을 인정해 주지 않는 시대였다.

나는 집을 나올 때 가졌던 꿈을 이루기 위해 매일 시간을 쪼개서라도 책을 보고 그날그날 일어났던 일이나 생각났던 것들을 글로 쓰고 시도 한 편씩 쓰면서 늘 기도의 생활을 이어가고 있었다. 그늘진 곳에도 생명이 있으면 꽃은 피는 것이 자연의 이치가 아니던가!

꿈은 있어도 여건과 기회가 없어 포기할 수밖에 없는 나와 같은 처지에서 살고 있는 그들에게 조그마한 희망의 등불이 되어주고 싶었다. 그런 마음에 우선 나와 함께 생활하는 이 아이들에게 모범을 보여 이 아이들부터라도 꿈을 갖도록 해주는 것이 나의 역할이 아닌가 하는 마음을 먹었다. 그 아이들이 무슨 꿈과 재능을 가졌는지 알고 있기에 나는 더 집념을 버리지 않았다. 매일 새벽마다 눈물 어린 기도로 간구하면서 내가 할 수 있는 모든 것을 해 나가도 여전히 저녁 무렵이 되면 내 가슴이 뻥 뚫린 허함을 채우지 못하고 있다는 절망감이 엄습해 오는 것을 느꼈다.

하지만 그것을 이길 힘은 내가 하루빨리 한 가지라도 해내야 한다는 압박감이 있었다. 그 마음을 하나님이 아셨는지 경북일보 기자가 재활원을 취재하러 왔는데 실장님이 나를 소개했고, 그 기자는 나의 삶을 다 듣고 또 내가 써 놓은 일기장과 시라고 써 놓은 노트 장을 보고는 경이로움을 감추지 못했다. 발가락으로 쓴 글씨체가 정교하고, 마음의 감정을 표현해 놓은 글들이 너무 좋은 시라고 하여 내 일기장과 시장 노트를 1주일만 빌려 달라고 사정을 하기에 몇 번이나 다짐을 받고 빌려줬다. 왜냐하면, 그것을 잃어버리면 내 인생 전부가 날아가 버리기 때문이었다.

결국, 약속대로 1주일 뒤에 그 기자는 빌려 간 것을 가지고 오면서 나의 기사가 나온 신문과 간식을 사 와서는 훌륭한 작품이라고 해주는 바람에 비로소 내가 시를 쓰고 있다는 것을 느끼게 되었다. 그 뒤로 작은 지역신문사인 수성 신문사의 황종성 기자가 경북일보 기사를 보고 찾아와 취재하면서 본격적으로 홍보가 되기 시작했고 대구 MBC 방송국과 KBC 방송국 「6시 내 고향」에도 소개되며 전국 방송을 타게 되었다.

> "가난한 자를 보살피는 자에게 복이 있음이여 재앙의 날에 여호와께서 그를 건지시리로다 여호와께서 그를 지키사 살게 하시리니 그가 이 세상에서 복을 받을 것이라 주여 그를 그 원수들의 뜻에 맡기지 마소서."
>
> [시] 41:1~2

일하는 보람

　　내 나이 36살, 봄바람이 불기 시작했다. 한번 신문에 기사가 나가자 다른 신문사들도 앞을 다투며 기자들이 찾아왔다. 3월 초가 되자 재활원에서 일할 수 있는 장애인을 선별하여 자립 작업장을 세워 벽돌 찍어내는 기계를 도입하였다. 최 선생님과 조 과장님과 직업보도관 사무직원과 나를 포함한 장애인 7, 8명이 모래와 시멘트를 물과 벽돌을 단단하게 해주는 약품과 함께 기계에 넣어주면 자동으로 혼합되어 한 판에 벽돌이 열 장씩 찍혀 나왔다. 장애인들이 벽돌을 받아내어 늘어놓고 어느 정도 굳으면 한쪽에 쌓아놓고 나면 그 벽돌에 하루에 두 번씩 물을 뿌려주는 일은 내 몫이었다. 또 사무실에 와서는 모래가 몇 차가 들어오고 시멘트가 몇 포가 들어 왔는지, 소비는 얼마나 되었는지 그리고 벽돌이 몇 장이 나왔는지 장부에 기록하여 보고하는 일을 했다. 아침에 출근하면 화장실 청소도 하고 한 달에 5만 원을 받게 되었다.

　돈 한 푼 없이 라면 하나 사 먹지 못하다가 5만 원의 월급을 받게 되니 너무 좋아 세상을 다 얻은 기분이 들었다. 집에서 그렇게 일을 많이 했어도 용돈 한 푼 못 받았는데 이렇게 내 힘으로 월급을 받아보니 꿈만 같았다. 가장 먼저 헌금을 드렸다. 남은 돈으로 우리 방 아이들에게 조촐하게 파티를 열어 주었다. 그러고도 남은 용돈도 생겨 너무 좋았다.

둘째 달부터 내가 가장 보고 싶었던 세계 고전문학 전집을 총 36권을 30% 할인받아 월 15,000원씩 1년 6개월에 할부로 사놓고 단테의 신곡부터 시작하여 셰익스피어 4대 희극을 보면서 영국 혁명의 역사와 헤밍웨이, 톨스토이 등 주옥같은 작품을 보는 데 몰두했다. 너무 재미있어 시간에 쫓겨 가며 독서 삼매경에 빠지기도 했던 시절이 아직도 잊히지 않는다. 예전에 집에서 장갑 기계 일을 할 때보다 더 보람이 있고 내가 노력하여 돈을 번다는 기쁨이 얼마나 좋은지…. 물론 왼쪽 발가락으로 호스를 잡고 물을 최대한 멀리 나가도록 하기 위해 물이 나가는 호수 구멍을 최대한 좁혀야 했기 때문에 오른쪽 발로 왼쪽 엄지를 꽉 눌러서 물의 압력이 세게 하려면 온몸의 힘을 다 써야 했고, 그렇게 일을 하고 오면 온몸은 지치고 고달파도 마음에 벅찬 기쁨은 몇 배가 되었다.

방에서는 글 쓰는 게 집중이 안 돼 사무실에 양해를 구해 직업보도관에 열쇠를 얻어 저녁 이면 혼자 조용히 글도 쓰고 책도 보면서 쪽잠을 자 가며 주경야독의 시간을 보냈다.

첫 시집을 내다

힘겹고 고달픈 삶이었기에 어쩌면 더 언론의 스포트라이트를 받기도 했지만, 나는 하나님의 숨은 뜻이 있었다고 믿는다. 나오미가 다시 고향으로 돌아왔을 때 고부가 다 소망이 없어 자신의 이름을 나오미라 부르지 말고 '마라'(쓴물: 소망이 없는 삶)라 불러달라 했지만, 그곳에 하나님의 숨겨진 깊은 계획이 있어 다윗이라는 위대한 왕이 탄생하게 했다. 이렇듯 장애를 극복한 사람들이 책을 내기도 했지만, 빛을 발하지 못하고 사라지고 마는 사람들이 꽤 있었다. 하지만 나는 재활원의 원장님과 실장님의 역할도 한몫 있었고 그보다는 하나님의 깊이 숨겨진 뜻이 있었기에 시집도 나오기 전에 신문, 방송사와 월간지 등이 취재의 경쟁이라도 하듯이 기사화되었다. 나는 황 기자의 도움을 받아 내가 쓴 글들을 정리해 나가며 낮에는 일하고 밤에는 시를 새로 써 가며 수정하는 작업도 밤늦도록 직업보도관 사무실에서 힘겹게 나 자신과의 싸움을 해 나갔다.

드디어 1991년 내 나이 37살 여름에 서울에 있는 출판사 세 곳에서 시집 출판 제의를 받았는데, 그중에서 조건이 좋은 곳이 있었다. 내가 이미 많이 알려져 있는 상황이라 인세의 초판일 경우 책 권 단가 10%와 재판될 경우 30%를 주고 출판비는 전액 출판사가 부담한다는 제의를 해 와 계약하게 되었다. 책이 나오는 시점을 맞추어 대구 MBC 방송국에서 방송되던 「영남시대」라는 프로그램에서 50분짜리를 방송을 내보내 줘서 한때는 방송국과 재활원의 전화가 불통이 될 정도였고 사람들도 제법 찾아왔다.

그해 9월에 「앉은뱅이꽃」 시집 출판 기념회를 열었고 많은 사람이 참석한 가운데 성대하게 치렀고 한순간에 나의 시집이 대구에서 베스트셀러 3위까지 올랐는데 출판사가 다른 사업을 하다가 부도가 나는 바람에 더 이상 책을 찍어내지 못하고 돈도 제대로 못 받았다. 책만

1,000권 받은 게 전부였다. 출판사와 더 이상 연락이 닿지 않아 결국 내가 수소문한 인쇄소에 의뢰해 그곳에서 책이 필요할 적마다 1,000권 ~2,000권씩 찍어내도 불티가 나게 팔려서 책이 없어서 못 팔 지경이었다. 작은 형님이 다니던 회사에서 200권을 주문한 것을 비롯하여 구미 공단, 대구의 건설회사, 각 대학교 각 복지 단체 등에서도 주문이 쇄도했다. 교회에서도 간증하고 나면 강사비보다 책을 판매한 돈이 더 많았다. 또 금산여고 교장 선생님께서 나를 초대해 전교생 앞에 나를 소개하여 주셨고, 서울에서도 초청을 받아 강의하고 나니 책의 판매량은 늘어만 갔다. 그렇게 판매하거나 선물한 책만 해도 어림잡아 3만 권이 훨씬 넘었다. 이렇게 나의 첫 번째 목표가 이루어졌다.

단체를 만들다

　　재활원 자립 작업장에 벽돌 공장은 3년 조금 넘어 문을 닫고 다른 것을 하게 되었는데 빨랫비누를 만들어 내는 일을 하기 시작했다. 나는 월 10만 원을 받고 홍보를 맡기로 했다. 나의 주변에는 늘 사람들이 따랐고, 누가 먼저라고 할 것 없이 50여 명의 사람이 하나같이 나의 팬클럽을 만들기를 원했다. 내가 무슨 연예인도 아닌데 팬클럽을 만드는 것은 양심상 용납이 되지 않았다. 그래서 명목상은 팬클럽이지만 이왕에 좋은 일을 하기 위해 모였으니 이름을 '오라기회'로(실 한 오라기의 힘은 약하지만 여러 갈래 뭉쳐지면 동아줄이 된다는 뜻) 정하고 매월 한번 모여 봉사활동을 시작했다. 가장 먼저 찾아간 곳이 성서에 있는 영락 양로원이었다. 그곳에 가서 할머니 할아버지들의 말벗도 되어주고 빨래며 청소를 해주고 손발톱도 깎아 드렸다.

　그 일을 시작으로 여러 곳에서 봉사활동을 이어가고 있었다. 1992년 6월 어느 날, 전석 복지 재단 정연욱 사무국장님이 한 가지 제안을 해왔다. 대구, 경북에 문학을 하는 장애인들이 많이 있는데 그들에게 작품을 발표할 수 있는 공간을 열어 주자고 했다. 여러 가지 생각을 하면서 수락을 했고, 어디서부터 무엇을 시작해야 하는지 의견을 모아갔다.

우리는 맨땅에 머리 박기식이라 암담했다. 결국, 정 국장님과 나도 함께 서울에 가서 1년 먼저 창단한 솟대 문학 방귀희 회장을 몇 번 만나 협조를 부탁하고 와서는 나를 비롯하여 장애인 5명이 모였다. 실무는 정 국장님과 황 기자가 맡고 이사로 당시 영남일보 논설위원이셨던 문무학 선생님과 이재수 한의원 원장님과 나의 친구였던 최성호 사장님이 이사를 맡아 주셨다. 그때 모인 모든 사람들이 이구동성으로 내가 회장이 되어야 한다기에 초대 회장을 맡게 되었고, 정재한 씨가 총무를 맡아 일을 시작했지만, 우리를 가로막는 장벽은 곳곳에서 나왔다.

내가 움직일 때마다 오라기회 회원들이 동반해 줬고 재활원의 선생님들도 휴무 때는 나와 동행해 줬다. 가는 곳마다 반기는 사람도 있었지만 대부분 "장애인 주제에 뭘 한다고 찾아왔냐?" 하며 문전박대를 당하는 일이 태반이 넘었고, 내 시집을 보여주면서 얘기를 해도 처음에는 거부감을 보이기 일쑤였다. 하지만 나중에 나의 진심을 알고 나서는 동조하겠다고 해서 1993년 2월에 황금복지회관 강당에서 장애인 문학협회 창단식을 갖게 되었다.

험한 길 극복의 탑

　　나는 전국 장애인 체전에 참가하게 되면서 장애인들이 얼마나 많은 어려움을 겪고 있는지를 느꼈고 그나마 이런 곳에 출전하고 나올 수 있는 것은 특별한 축복이라 여겼다. 다른 장애인들은 어떤 시련을 겪고 있을까 하는 생각을 해보니 마음이 아팠다.

　다섯 명의 장애인이 두 달에 한 번꼴로 모여 문학회 운영에 대한 대책을 의논해도 뾰족한 것은 없었다. 돈 한 푼 없이 시작해놓고 보니 회원 모집도 어렵고 재원 조달도 힘들어 막막했다. 하지만 한번 시작한 이상 책이라도 한 권 내고 싶었다. 정 국장님과 의논하여 우선 솟대문학에 도움을 청해 대구, 경북에 거주하는 문인들의 주소를 알아보자고 의논이 되어 정 국장님과 함께 당시 솟대문학 대표였던 방귀희 회장님을 찾아갔다. 우리의 사정을 얘기하고 한국장애인문학협회 대구, 경북 지회를 내고자 한다고 얘기를 했다. 재정적인 도움은 받지 못했지만, 대구, 경북에 거주하는 솟대문학 회원들의 주소를 받아왔다. 황 기자와 장애 회원이 모여서 직접 손편지를 써 우편으로 보내는 작업을 해서 우리의 취지를 설명했더니 기꺼이 동참하겠다는 답장이 80~90%가 되어 힘이 났다. 남은 것은 재정 조달과 책을 찍어 줄 출판사를 찾는 일이었는데, 다행히 문무학 선생님이 소개해 주신 북랜드 장호병 사장님이 흔쾌히 출판해 주겠노라 하셨다.

당시 대구문인협회 여영택 회장님과 북랜드 장 사장님의 도움으로 대구문협 회원들의 작품을 초대작품으로 넣어 200쪽의 책을 만들게 되었다. 책 제목도 여러 가지 생각하다가 대동시온 재활원에 근무하는 임○○ 선생님이 민들레로 했으면 좋겠다 하여 생명력이 강하고 험지에서도 살아남는 기질과 장애인들의 삶이 비슷하다고 생각해 '민들레' 창간호가 탄생했다. 출판 기념회를 여는 날 나는 눈물을 왈칵 쏟았다.

그렇게 외면당하면서 아등바등했던 일이 결실을 보게 되어 얼마나 좋은지 내가 시집을 발간할 때보다 더 큰 의미가 있었다. 출판 비용은 문 선생님과 장 사

장님이 전적으로 부담해 주셨다. 민들레 2집까지는 문무학 선생님이 전폭 지원을 해 주셨다. 책값은 권당 5,000원으로 책정하였다. 내가 여러 곳에 소개해 팔기도 했고 회원들도 몇 권씩 팔았는데 가장 많이 팔아 주신 분이 문무학 선생님으로 200권을 팔아 주셔서 큰 도움이 되었다. 지성이면 감천이라 생각하며 그렇게 시작했던 일을 하나님께서 나의 무대를 확장시켜 주신 거라 생각했다. 곰두리 봉사단과 한마음운동 추진위원회 문예부장, 지체장애인협회 회원으로 활동하면서 가을에는 우리 협회와 연계하여 종합예술 경진대회를 열기도 했다.

비통한 일을 당하다

　　총무를 맡고 있던 정재한 회원이 장사를 한다고 총무직을 내려놓아 갑자기 사람을 구하려니 구하지 못해 전전긍긍하던 중이었다. 지금 남산복지관 관장으로 일하고 있는 심○○ 씨를 미문선교회에서 알게 되어 총무직을 맡게 되었는데, 다른 일자리가 생기는 바람에 그만두게 되었다. 그 시기에 희망원의 한 회원이 자기 평생에 시집을 내는 것이 소원이라는 말을 듣고 장 사장님께 부탁을 드려 가장 저렴하게 책을 발간하였고, 출판 기념회를 우리 협회에서 부담해 조촐하게 열어 주었는데 그는 시집을 낸 지 몇 달만에 하늘나라로 떠나버렸다. 진성백, 우리가 그렇게 해 주지 않았더라면 참! 회한이 남았을 텐데 한편으로 다행이다 싶고 또 한편은 좀 더 살면서 주옥같은 작품을 남겨주었으면 좋았을 텐데 하는 아쉬움도 있었다.

　　우리 방에는 사람이 찾아와 놀다 가곤 하는 사람이 늘 많았다. 하루는 한쪽 다리가 소아마비 장애인인 사람이 나더러 형이라고 부르며 협회 일도 많이 도와주기에 이 정도의 열정이라면 총무를 맡겨도 될 것 같아 함께 일을 했다. 하지만 1년쯤 지나 협회 통장을 그에게 맡긴 것이 화근이 되었다. 그 통장에는 원래 400여만 원이 들어 있었고, 그해 민들레 3호 출판 기념회를 치르고 남은 돈이 300만 원 정도 더 들어 있었는데, 어느 날 총무가 그 통장을 가지고 자취를 감춰버렸다. 참으로 암담했다. 참으로 어이가 없었다. 나는 책 한 권 팔기 위해 거리에서 팬 사인회도 하고 각 대학교 축제 때 초대되어 사인도 해주며 책을 팔았는데 하루 아침에 피 같은 돈이 사라져 버렸다. 문 선생님께 사실을 얘기했더니 혼만 나고 말았다. 어떻게 모은 돈인데! 그 자금이 없으면 아무 일도 못 하는 처지라 나의 사비를 조금씩 들여가며 일을 해나갔다. 이때가 95년이었다.

나는 무엇인가?

　정신없이 사회생활에 쫓겨 살다 보니 나의 정체성을 왕왕 잊고 살 때가 있다. 1993년도에 재활원 직업보도관에서는 빨랫비누 만드는 것도 폐기 처분되었다. 이유는 식당마다 폐식용유를 구하는 것이 힘들었고 판로도 확보되지 않아서였다. 그 시기에 386컴퓨터가 막 보급되고 있었는데, 나는 컴퓨터를 배우고 싶어 학원도 가보고 재활원 앞에 있는 청곡 복지회관에도 가 봤지만 아무 곳도 받아주지 않았다. 발로 컴퓨터 자판기를 치고 마우스도 발을 사용해야만 하다 보니 어떤 곳도 내 여건에 맞춰진 설비를 갖추지 않았고, 학원에서는 나 때문에 다른 수강생에게 방해된다고 문전박대를 당했다. 하지만 내가 누구인가? 오기가 생겼다. MS Dos 컴퓨터는 일일이 주소를 쳐서 찾아 들어가는데 386부터는 아이콘이나 폴더에 클릭만 하면 바로 시작이 되어 영어를 몰라도 편리하게 사용할 수 있었다.

　시집 판매한 돈으로 17인지 모니터와 컴퓨터 본체를 샀고, 개인 전화도 재활원에서 허락을 받아 나의 방에 전화기를 넣게 되니 생활이 정말 편리해졌다. 전화 한 번 하기 위해 사무실 눈치를 봐야 했는데 내 전화기가 있으니 내가 나가지 않아도 웬만한 일은 다 전화로 처리할 수 있었다. 컴퓨터도 혼자 하나둘 익혀가면서 배워나갔다. 진도는 느렸지만 새로운 것을 배워가는 것은 진실로 큰 기쁨이었다.

아래 한글 프로그램을 가장 먼저 배워 문서를 만들어 저장하고 작품도 마음대로 수정하고 하니 편리하고 수월했다. 타자기로 글을 치다가 오타가 나면 지우는 게 참 어려운데 컴퓨터는 인쇄하기 전에는 얼마든지 수정 가능하지 않은가? 인터넷까지 넣고 나니 재활원 선생님 간에도 시샘하는 사람도 있었고 부러워하는 선생님들도 생겨 나는 최대한 자제하면서 일을 해나갔고, 선생님들이 필요한 서류가 있으면 하라고 했다. 그래도 사람들이 많은 곳이라 작은 일에도 말이 눈덩이처럼 부풀려지는 곳이라 언제나 중립을 지키기 위해 노력해가며 나의 역할만 해갔다.

한번은 보육교사 선생님들 간에 자기들끼리 인기도 조사를 하여 내가 몇 등 안에 들었다는 소식을 듣고는 더 두려웠다. 내가 아무리 활동을 많이 해도 나는 한낱 장애인에 불과하고 재활원 원생에 지나지 않는데 나의 정체성을 망각하고 날뛰다가 공든 탑이 무너지고 일순간에 추락해 버릴까 걱정이 되어 더 조심하면서 지냈다. 그러잖아도 시집을 내고 활동을 많이 하니까 변했다며 색안경을 끼고 보는 사람들이 있다는 소리가 들려오기도 했지만 나는 아무것도 변한 것이 없었다. 단지 한 가지 달라진 것이 있다면, 예전에는 라면 하나 사 먹을 돈이 없어 그렇게 울었지만 지금은 그나마 자장면 한 그릇 정도는 사 먹을 돈이 있다는 정도이다. 이것 외에는 달라진 것은 없음에도 나의 정체성에 대해 깊이 생각하며 돌다리도 두들겨 가며 건너는 심정으로 매일 시간을 보냈다.

꿈을 키워주다

그렇게 일상을 지내던 중에 우리 방 아이 중에 가장 착하고 일도 많이 한 진OO이를 가족이 찾아와 데리고 가는 걸 보게 되었다. 너무 부럽기도 하고 그동안 잘해주지 못한 아쉬움도 있고 미안했다. 노OO는 새로 지은 요육원에 들어갔고 김OO이가 새로운 가족이 되었다. 최OO는 시간이 날 적마다 혼자 그림을 그리는 모습을 보면서 마음이 늘 짠했다. 가족이나 부모와 살았더라면 저 아이의 꿈을 키워줬을 텐데 하는 생각에 마음이 쓰였다.

그러던 어느 날, 여러 사람과 얘기를 나누며 이 아이를 가르치는 방법을 고민하다가 그 아이가 가진 상처를 치유하기 위해서는 아이에게 작은 소망을 갖게 하는 동시에 재능을 살려 주는 것이 어떨까 하여 그

길을 모색하게 되었다. 그리고 마음의 결정을 내렸다. 사람들에게 재활원에서 제일 가까운 미술 학원을 한번 찾아보라고 했더니 버스를 타고한 정거장만 가면 있다고 해 나는 오라기 회원의 도움을 받아 학원을찾아갔다. 원장 선생님을 만나 나랑 같이 생활하고 있는 아이가 미술을 배우고 싶어 하는데 가르쳐 줄 수 있는지 묻고 나서 우리 사정 얘기를 했더니 아이를 한번 보자고 하여 데리고 갔다. 몇 가지 테스트를 해보더니 가르쳐 주겠노라 하여 돌아와서는 여기저기 전화를 걸어 후원자를 찾았지만 큰 소득이 없었다. 조폐공사 자유회 회원들에게 이런저런 사정을 얘기했더니 두말없이 승낙을 해줘서 천군만마를 얻은 기분이었다.

그 아이의 마음속에 간직하고 있는 상처를 아물게 하려면 꿈과 재능을 키워주는 것이라 생각했고 거기에는 나와 동질감이 있었다. 그보다더 중요한 것은 자신을 버린 부모에게서 받은 아픔을 내가 더 깊이 이해하고 있기에 주님이 그들 마음의 위로자가 되어 주시기를 기도하면서 최○○이에게도 그렇고 송○○이도 꿈을 찾기를 기도했다.

며칠 뒤에 자유회 총무님이 전화가 걸려와 학원비와 미술 도구를 구매해주겠다고 해 주어 얼마나 기쁘던지 하나님께서 인도해 주심에 감사의 눈물을 쏟았다.

이제 하나의 산을 넘겨 길은 열렸지만, 또 하나의 난제가 기다리고있었다. 재활원생들은 대부분이 지적 장애인이거나 중복 장애인이라원생 혼자는 원 바깥출입이 일체 금지되어 있었다. 그러나 나는 처음부터 준 직원 대우를 인정받고 입소했고, 그리고 외부 활동을 해 왔던터라 제재를 받지 않았다. 하지만 나 외에 원생은 누구라도 예외 없이 금지된 상황에서 우리 방 아이를 학원을 보내는 것은 큰 모험이었다. 며칠을 고민하면서 그 애에게 신신당부한 것은 절대로 오로지 그림만 생각하고 시간을 지키라고 세뇌하다시피 해놓고 사무실에 가서 부원장님과 정면 돌파를 했다.

"부원장님! 부원장님이 처음부터 저에게 아이들을 맡기면서 사람답게 제대로 교육하라고 하지 않았습니까?"

"…."

"OO를 미술 학원을 보내려 합니다. 허락해 주시면 후원자를 찾아 학원비와 미술 도구를 후원받을 곳을 찾아보겠습니다."

"홍렬 씨, 그게 무슨 말이야? 만일 그 애가 나가서 사고라도 치거나 어떤 일이 생기면 홍렬 씨가 책임지겠나?"

얼마나 크게 화를 내는지, 순간 내가 잘못 생각했나 싶어 눈물이 핑 돌았지만 여기서 물러서면 기회는 다시 오지 않을 것 같아 마음을 다 잡고 용기를 냈다.

"부원장님, 일반 가정의 아이들은 부모가 그 아이의 장래를 위하여 온갖 정성을 쏟는데 여기 애들은 원장님과 부원장님, 사무실 직원들이 부모가 되어줘야 하지 않겠습니까? 화만 내지 마시고 조용히 생각해 보시고 그래도 안 된다고 하시면 없었던 것으로 하겠습니다."

그리고 3일 뒤에 사무실에서 나를 불렀다. 부원장님이 나를 보고 물었다.

"다른 것은 필요 없나? 불미스러운 일이 생기면 그 즉시 책임을 묻겠다."

나는 안도하면서 교통비만 지원해달라고 하고 방으로 돌아와 그 아이의 손을 꼭 잡고 기도하며 눈물을 쏟았다. 나 자신의 앞날도 암울해서 내일도 모르는 상황인데 이 아이의 미래까지 생각하냐는 다른 방 선생님의 말처럼 내 앞가림도 못 하면서 남 생각할 처지인가 하는 비난도 들었지만, 또 지지해 주는 선생님도 많았다. 나는 '어쩌면 하나님이 주신 소명이 여기 있는 것이 아닌가?'라는 생각에 그 짐이 하나도 무겁지 않았다.

그 아이가 다니는 학원을 조폐공사 자유회 회원이 방문하여 우리 아이가 이런 처지에서 학원에 다니고 있으니 특별히 부탁한다고 했더니 학원 원장님이 그 자리에서 학원비를 반값에 해주겠다고 하셔서 큰 힘이 났다. 자유회 회원님들도 매월 찾아가 애가 어떻게 적응하고 있는지 또 재능은 있는지 여러 가지 얘기를 나누었는데 학원 원장님도 처음에는 그 애가 오른쪽 편마비에 지능이 약간 떨어져 의구심과 함께 많이 우려했지만, 날이 갈수록 하고자 하는 의욕과 의지가 강하다고 했다고 좋아했다. 1년 조금 넘어서는 학원비를 전면 무료로 해주겠다고 하며 우리 방에 방문한 자유회 회원님들이 함께 기쁨을 나누는 시간도 가졌다. 원에서는 몇 달을 무사히 다니는 아이를 보고 사무실에서 부원장님이 또 나를 불러 특별 지시로 그림 그리는 데 필요한 것이 있으면 언제든지 얘기하면 지원해 주겠다고 해서 너무 고마웠다. 그렇게 깐깐하고 무섭기로 소문난 분인데 이런 호의를 베푼 것이 처음이라 의아할 정도였다.

그 아이는 3년 뒤에 전국 장애인 국전에 그림을 출품하여 장려상을 받았다. 그런 계기로 인하여 다른 방에서 생활하는 아이들도 지적 3급 아이들은 거의 정상에 가까운 애들이라 재능 있는 애들을 뽑아 제빵 학원이나 미용 학원에 다니게 됐다.

작은 아이를 그렇게 미술가로 키워가는 동일한 시기에 큰애도 목공예가로 키워주기 위해 목각 선생님에게 부탁을 드려 학교 수업 외에 몇 시간을 더 연습하고 배우도록 해주었지만 큰애는 의지력과 집념이 약해 길게 가지 못하고 포기하여 방황하고 있었다. 그때 마침 사무실에 큰애 여동생이 사무원으로 취업했고 그 몇 달 뒤에 그렇게 꿈에도 그리워하던 부모님 계시는 집으로 돌아가게 되었다. 너무나 반가웠고 기뻐서 그 아이도 울고 나도 울며 가벼운 마음으로 보냈다. 하지만 나는 집이 있지만 돌아가지 못하는 서글픈 마음이었다. 이런 곳은 어려서 들어와 어느 정도 나이가 들면 퇴원하는 것이 정상적인 코스인데 나는 반대가 되어 30이 넘도록까지 잘 먹든지 못 먹든지 집밥 먹고 알 것 다 알고 살다가 시설에 들어와 최저 밑바닥부터 다시 시작해야 하는 것이 온전한 정신으로는 도저히 견디기 힘들었다. 하지만 하나님이 나를 붙잡고 견뎌 내도록 힘주셨기에 이날 저 큰애를 집으로 보내면서 다시 한번 긴 한숨을 내쉬며 회한을 풀어냈다.

선교단

88 장애인 올림픽을 기점으로 교회가 장애인 선교에 대해 눈을 뜨게 되었다. 물론 그 전부터 장애인 선교를 하고 있는 교회들도 있었지만 88 장애인 올림픽을 기점으로 더 활성화되고 확산되는 상황이었다. 우선 집에만 있는 장애인을 바깥으로 나오게 하는 문제가 가장 큰 관건이었다. 지금이야 장애인들이 이동 수단이 전동휠체어다 나드리콜 택시다 하여 다양한 수단들이 있지만, 당시에는 변변찮은 수동휠체어도 잘 없던 때라 장애인들이 나오고 싶어도 누군가 업고 나오거나 도움을 받아야 가능했고, 대부분의 가족들은 방문하는 것 외에는 할 수 있는 것이 없었다.

'샘터 뭉침회'에서 회원으로 활동하면서 보고 느낀 것은 경증 장애인은 그나마 바깥출입이 가능하지만, 중증 장애인들은 꼼짝없이 감방살이였다. 그들의 가족도 역시 그것밖에는 다른 생각이 없었다. 하여 일단 집 밖으로 나오게 하는 것이 가장 시급하다는 것을 느끼고 있었지만 내 코가 석 자라 내 앞가림하기에도 벅차 그들에게 관심을 돌릴 여력이 없었다.

1993년 여름 어느 날, 아는 전도사님이 대전에서 오신 목사님을 소개받았다. 그분도 시각 장애로 조금 멀리서 보면 사람을 못 알아보고 가까이 봐야 얼굴이 보이는 정도의 장애를 가진 분이었다. 그 목사님과 대화를 나누는 동안 전국에는 이미 '밀알 선교단'이 있고 해외까지도 지부가 있는데 대구에만 지부가 없어 자기가 파송왔다며 나보고 좀 도와달라고 하시며 연고가 아무것도 없다 하시기에 일을 같이 해보자고 수락해줬다. 그가 김광식 목사님이고 나이는 나와 동갑이다. 한 달 전부터 대구에 왔다 갔다 했지만, 장애인을 만난 것은 내가 처음이라고 했다. 대전에서 다니면서도 수시로 우리 방에서 잠도 자고 때로는 밥도 먹으면서 많은 얘기를 주고받았는데 장애인 선교에 대해 마음이 통하여 나는 내가 알고 있는 사람들 중에 도움이 되겠다고 한 사람들을 다 소개했다. 그해 11월에 나의 지인이 구 원화여고 건물에 사무실 임대를 놓고 있어 그분에게 사정 얘기를 해 임대비를 좀 싸게 해서 사무실을 임대하고 책상 하나에 의자 탁자를 들여놓고 소아마비 장애인을 첫 간사로 고용하여 업무를 보았다. 문서 작성이나 「밀알보」 편집은 우리 방의 컴퓨터로 다 만들어서 수십 장을 인쇄하여 다니시면서 밀알을 알렸고, 그렇게 하여 1994년 3월에 창단예배를 대봉교회에서 드리게 되었다. 목사님의 땀의 결실을 보여주신 하나님의 은혜가 너무 감사했고, 내가 한 것보다 더 감사의 기쁨이 컸다. 남정우를 포함하여 몇 명의 장애인과 대구 밀알을 섬기던 여러 봉사자가 열정적으로 일하면서 조금씩 커지고 자리를 잡아갔다. 나도 밀알의 일에는 빠짐없이 참여했다. 정 간사는 월급이 적다는 이유로 4월에 사퇴하고 간사를 구하지 못해 업무를 못 봐 나와 친했던 대동시온 재활원에 근무하던 임정옥 선생님에게 얘기했더니 봉사하는 마음으로 하겠다 하여 얼마나 고마웠는지 모른다.

그해 여름 '전국 밀알 사랑의 캠프'에 처음으로 장애인과 봉사자와 임간사님, 목사님까지 포함하여 30여 명이 참가했는데 그때 전국에서 약 1,200명이 넘는 인원들이 참가하였다. 그중의 반 이상이 장애인들이었는데 비교적 가벼운 장애인도 많았지만 아주 누워서 생활하는 장애인도 많았다. 한 조에 20명 30명씩 조원을 짜도 50조가 넘었다.

3박 4일간 다양한 프로그램으로 장애인 1명에 봉사자 1명이 짝을 지어 함께 혼연일체가 되었다. 모두가 즐겁게 프로그램에 참가하는 모습을 보면서 여러 가지 배우고 느끼는 것이 많았고, 특히 한 조에 같은 지역 사람끼리가 아니라 여러 지역 사람을 구성해 조를 짜 만남의 장이 풍성하게 했다. 나는 24조 조원이었는데 아직도 그때 조원들과 연락하고 있다.

장애인 선교란 첫 번째로 복음을 전하고 그들 마음속에 소망을 심어 희망과 꿈을 갖도록 해 주는 일이다. 힘들고 고달프지만 누군가 해야 하고 그들에게 적합한 프로그램을 개발해야 한다. 글을 아는 장애인도 많았지만 글을 모르는 장애인도 많았다. 나의 역할은 중증 장애인들에게 신앙심도 심어주고 소망과 꿈이 없이 살아가는 장애인에게 꾸준히 열심히 하면 된다는 것을 보여주는 것, 그리고 소통을 통하여 용기를 갖도록 해주는 것이 나의 역할이라 여겼다.

뜻이 있는 곳에 길이 있다

마른하늘에 날벼락을 맞듯이 협회를 알리기 위해 온갖 수모를 견디며 책 한 권 더 팔기 위해 수단 방법을 가리지 않고 때로는 지인들의 도움을 받기도 했다. 어떤 건설업 사장님은 해마다 권당 5,000원 하는 책을 100권 넘게 팔아 주기도 했지만, 매번 같은 분에게 부탁하는 게 염치가 없어 다른 방법도 찾아가며 책 판매하는 일에 매달렸다. 물론 같은 분에게 부탁하면 팔아 주기야 하겠지만 매년 그렇게 하면 관계성이 나빠지는 것은 자명한 일이었다. 자진해서 나서주면 금상첨화겠지만 그렇지 않으면 좋은 관계가 어느 순간에 금이 가 사람까지 놓치면 치명적이라 생각했다. 각 대학교 봄 축제 가을 축제 때 아는 교수님에게 부탁해 내가 직접 사인도 해주니 많이 팔면 수십 권이고 적게 팔면 몇 권에 지나지 않았다. 동성로나 사람이 많이 다니는 곳에 책을 펼쳐놓고 동냥하듯이 팔기도 했다. 이렇게 팔아서 모은 돈으로 책 출판비를 주고 조금씩 기금을 모아갔다. 1, 2, 3호까지는 문무학 선생님이 여러 곳을 소개해 주셨는데 최○○에게 기금 모두를 사기당하고 나서 4호부터 책을 소개해 주지 않으셔서 혼자 전전긍긍했다. 어떻게 해서라도 출판비를 마련해야 다음 호를 만들 수 있었다.

그즈음 '나눔 공동체'에서 전국 장애인을 대상으로 3백만 원 고료로 청파문학상을 공모를 하고 있었다. 들어오는 작품이 시와 수기가 전부였기에 1회부터 3회까지 나에게 심사를 맡겨주셔서 나는 심사위원으로 활동하게 되었다. 이왕욱 목사님은 이 상금을 마련하기 위해 택시기사 일을 하시며 1년 동안 기금을 마련하셨고, 그렇게 인연이 되어 민들레 5호 출판 기념회 때는 직접 참석도 해 주셨다. 우리 협회가 4호 때부터 민들레 책에 수록된 작품 중에 최고 작품을 뽑아 한 명에게 30만 원을 주는 시상식을 했는데 그것을 보시고 감동이 되셨는지 '청파문학상' 공모전을 폐지하고 그 상금 모두 우리 협회로 후원할 테니 제대로 된 문학상을 만들어 보라고 하셨다. '나 같은 게 뭐라고 이렇게까지 말씀하실까?' 생각하니 눈물이 핑 돌았다. 그리하여 청파의 '청' 자와 민들레의 '민' 자를 따서 '푸른 꿈이 있는 백성'이라는 뜻으로 '청민문학상'을 만들어 그해 겨울에 전국 각 복지관과 장애인 단체에 공문과 함께 문학상 공모 안내장을 보내고 솟대문학에도 보내 협조를 구했다. 그리하여 제1회 '청민문학상'에 응모한 사람이 120명이 넘었고, 작품 수도 700여 편을 넘겼다. 소설, 수필, 수기, 시 등이 골고루 응모되어 너무 좋았다. 후원하

신 목사님도 흐뭇해하셨고 우리 이사님들도 좋아했다. 이렇게 되자 대구, 경북 지부라는 의미가 사라지고 민들레 6호부터는 제1회 '청민문학상'이 시작되었다. 지방에서는 최초로 전국 장애인 관련 전통 문학상이 만들어져 지금까지 이어오고 있다.

귀한 아이들

　　　　　누군가 끌고 있는 수레에 올라타서 가는 방향을 지시하는 사람은 보스(boss)라 부르고 맨 앞에서 함께 수레를 끌고 가면서 방향을 알려주는 사람을 리더(leader)라고 부른다.

　미국의 심리학자 '매슬로우'는 인간의 욕구 단계 이론에서 '타인에게 인정과 존중을 받으려는 것은 인간의 기본적인 욕구'라고 강조했다. 과거에는 스파르타식이나 권위주의가 통했지만, 지금은 그런 사고가 통하지 않는 시대가 되었다. 리더는 먼저 앞장서서 솔선수범하며 참여하고 공감하고 동행하는 소통을 가져야 설득력이 있을 수 있다. 리더의 소통은 상대방의 내부에 존재하는 문제 해결 능력을 끌어내는 과정이다. 해결해야 하는 과제가 발생했을 때, 리더는 예수 그리스도의 가장 모범적인 사례를 보여주셨고 그와 함께 하는 사람들의 과제를 해결할 수 있도록 리드해주신 존재이다. 결국, 성공하는 리더가 되기 위해서는 항상 소통하고, 공감하고, 함께해야 한다. 갈수록 복잡해지는 현대사회는 리더십에 대해서도 다양하고 복잡한 자질을 요구하고 있다. 리더는 영감을 주는 동기부여를 일으켜야 하고, 상대를 배려하고 미래의 비전도 함께 제시할 수 있어야 한다고 생각한다. 하지만 그 모든 것에 앞서는 리더가 되려면 공은 아랫사람에게 돌리고 실패는 본인이 책임을 질 줄 아는 태도다.

'오라기회'는 대학생과 일반인으로 구성되어 4년 넘도록 봉사활동을 했지만 졸업하고 직장 잡아가고 결혼해 떠나고 나니 시들해 질 무렵 하나님의 돌보심으로 내 주위에는 중학교 1학년인 이상희를 비롯하여 신암교회 아이들과 덕원 중고등학생, 여러 교회 학생들이 많이 나를 따랐다. 시간이 갈수록 중고등학생이 많이 따랐는데, 그들에게 삶의 보람과 사회에 기여할 수 있는 일을 해보자는 나의 제의에 다 찬성을 해서 '오솔길 사랑회'라는 봉사단을 만들게 되었다. 그리고 내가 생활하고 있는 재활원을 중심으로 양로원과 복지 사각지대에 놓여 있는 시설에 찾아다녔다. 팀을 나누어 정기적으로 한창 왕성하게 활동할 때는 회원이 100명 가까이 되었다. 매월 회비도 있었지만, 나와 친구 최성호 사장이 고문으로 있으면서 찬조하여 회식도 시켜 주었고 월례회를 통하여 활동 보고도 받고 문제점이 어떤 것이 있는지 해결점도 고민하면서 회원들 간에 끈끈한 유대관계를 형성했다. 한참 어린 청춘이고 이성에 민감한 아이들이다 보니 누가 누구를 좋아했다가 헤어지면 더러는 탈퇴했지만, 간간이 내게 와서 사정을 털어놓는 아이들도 있고, 집안 문제로 고민하는 학생들도 와서 상담할 때마다 내가 아는 범위 내에서 얘기해주고 위로도 해주었다. 하나님에 대한 신앙적인 얘기와 내가 살아온 과정을 얘기해 희망을 품도록 해주고 상실된 의지력을 키워주면서 친근감을 느끼게 했다.

그러나 그것이 전부가 아니라 그 아이들과 상담할수록 더욱 나 자신의 부족함과 좀 더 좋은 지도력을 발휘할 수 있는 지식과 인격을 갖추지 못한 것이 안타까웠고 미안했다. 책은 좀 봤지만, 전문적인 지식과 깊은 내공이 없어 그 아이들에게 세상을 견뎌 나가는 힘을 키워주지 못해 부끄러웠다. 내 조카 같은 애들 내 아들딸과 같은 그들이 가정에서나 학교에서 고통을 겪고 있어도 아무에게 말 못 하고 있다는 사실이 내 마음을 더 아프게 했다. 상식적으로 알고 있는 것을 학문적으로 정리하고 전문적으로 알 수 있다면 얼마나 좋을까?

내게도 발이 생겼어요

"그러므로 염려하여 이르기를 무엇을 먹을까 무엇을 마실까 무엇을 입을까 하지 말라 이는 다 이방인들이 구하는 것이라 너희 하늘 아버지께서 이 모든 것이 너희에게 있어야 할 줄을 아시느니라 그런즉 너희는 먼저 그의 나라와 그의 의를 구하라 그리하면 이 모든 것을 너희에게 더하시리라 그러므로 내일 일을 위하여 염려하지 말라 내일 일은 내일이 염려할 것이요 한 날의 괴로움은 그 날로 족하니라."

[마] 6:31~34

재활원에 입소하고 2주 만에 간호사 선생님과 몇 명의 보육교사 선생님이 함께 재활원에서 고산교회까지 다녔는데 거리가 지름길로 가도 500미터가 넘었다. 그때 내 몸 상태는 200미터 정도는 혼자 갈 수 있었지만 그 이상은 누군가 부축해 줘야 갈 수 있었다. 함께 가던 선생님들이 서로 교대하며 나의 팔짱을 껴 주며 다녔지만 몇 달도 못 가서 총무님이 그렇게 몰려다니니 생활관 담당 방이 문제가 생긴다며 몰려다니는 것을 금지시켰다. 그 당시만 해도 보육교사 선생님이 24시간 근무하던 때였고, 아무리 기독교 재단이라 해도 자기 방 아이들

보호가 먼저인 것은 당연한 일이라 생각했다. 그 뒤로 내 방에 함께 지내는 지적 장애 아이를 데리고 다녀도 처음에는 아무도 관심 가져주는 사람이 없었다. 주일 낮 대예배만 드리고 점심도 안 먹고 원으로 돌아왔는데, 1년을 그렇게 다니자 청년회 김 전도사님이 회원들을 데리고 우리 재활원에 방문하면서 우리 방에도 몇 명이 방문하여 나와 이야기를 나누게 되었고, 그것이 인연이 되어 청년회원으로 들어가게 되었다. 그 당시 여름 수련회 때 처음으로 2박 3일간 감포 바닷가의 작은 교회에서 여러 가지 프로그램을 하면서 이동할 때마다 리어카에 나를 태우고 다녔고 김상곤, 안재근, 이양훈 외에도 여러 청년들과 친해져 장난치고 놀았던 추억이 지금도 아련히 떠오른다.

교회 다닌 지 2년 만에 세례를 받았고 세례받을 때 눈물을 얼마나 쏟았는지 모른다. 그 뒤로 주일 대예배를 드리고 점심을 먹을 때 제대로 된 음식을 먹었던 것이 너무 좋았다. 김동명 장로님과 홍상표 집사님이 번갈아 가면서 반찬을 내 밥숟가락에 올려주셨고 서일웅 장로님 박태화 집사님, 여러 집사님에게서 관심과 사랑을 받게 되어 『앉은뱅이꽃』 시집도 많이 팔아 주셨다. 심지어는 그 시기에 한참 전동휠체어가 보급되고 있을 때라 나도 전동휠체어가 필요하다고 했더니 일제 스즈끼 한 대에 450만 원인데 홍 집사님 친구가 전동휠체어를 팔고 있어 그 친구에게 나의 사정 얘기를 하면서 원가만 받으라고 말해 주었다. 내게 가지고 있는 현금이 얼마나 있느냐고 묻기에 비상금으로 쓸려고 모아둔 것이 70만 원 있다고 했더니 그럼 나머지 돈은 남전도회와 교회에서 마련해 볼 테니 기다려 보라고 하셨다. 며칠을 기다렸더니 정말 홍 집사님이 전동휠체어를 가지고 오셨다. 나는 꿈인지 생시인지 모를 정도로 감사하고 기뻤다. 내 돈 70만 원 외에 2백만 원 가량을 김 장로과서 장로님과 홍 집사님, 교회 재정에서 다 대주셔서 꿈 같은 일이 이루어졌고, 전동휠체어가 나의 발이 되어 웬만한 거리는 혼자 다닐 수 있었다. 너무 좋았고 편했다.

1994년 1월에 서리 집사 직분을 받았을 때 이미 나는 여러 직위를 가지고 있었지만 집사 직분을 받았을 때가 제일 큰 기쁨이었고 너무 귀한 직분임을 깨달았다. 하나님의 자녀로 인정받고 직분까지 받고 보니 그 어떤 명예로움보다 비교가 안 되었다. 장애인문인협회 회장, 한마음운동추진위원회 문예부장, 나눔공동체 문학상 심사위원장, 대구밀알 선교단 편집부장 등 내가 몸담고 있는 곳에는 한 자리씩은 다 맡고 있었지만 집사 직분을 받는 것이 얼마나 큰 감사거리가 되었는지 모른다.

그 후로 주일 낮 대예배 때 자격도 안 되는 나에게 대표기도까지 의무화시켜 주셨다. 기도자로 설 때마다 지금까지도 떨리는 마음은 한결같다. 고산교회 모든 성도님이 나의 크고 작은 일에 언제나 동참해 주섰다. 2000년도에 재활원에서 퇴소하여 대봉동 밀알 그룹홈으로 갈 때 눈물 나도록 고마운 말씀이 나를 파송보낸다 하시는 김 장로님과 서 장로님 홍 집사님을 비롯하여 여러 집사님이 이구동성으로 힘을 실어 주시고 후원도 해 주셨다. 지금도 홍 집사님은 후원을 끊지 않고 계셔서 너무 감사한 분으로 마음의 빚을 지고 산다. 하나님의 사랑은 이처럼 크신데 나의 믿음이 약해서 주님과 그분들께 보답 다 못하고 사는 것이 안타까운 심정이다.

긴 여정의 고독

　　햇살이 밝을수록 그림자는 더욱 선명해지듯이 재활원 밖을 나서면 많은 사람들과 격 없이 지내다가 재활원 생활관 내방에만 있으면 한없이 초라해지고 장애인 원생이라는 굴레에서 벗어나지 못해 늘 가슴이 허했다. 내 방 바로 위 층에 다목적 강당이 있어 새벽마다 보육교사 선생님들은 새벽기도회를 하고 있어 나도 새벽마다 올라가 기도를 하고 있었다. 하지만 미래가 보이지 않아 광야 한복판에 서 있는 것 같았고 기약 없는 암울한 미래로 내몰리고 있는 것 같았다.

　1995년부터 사회복지 제도가 조금씩 달라지기 시작하면서 재활원에도 변화의 물결이 일어났다. 그전까지는 아이들이 많든 적든 한 방에 보육교사 선생이 한 명이 케어했는데 1995년 이후부터는 아이가 많은 방에는 선생님이 두 명 이상이 되었고 ○○학교와 재활원 사이에 3층짜리 새 건물을 지어 아이들도 나누어 생활하게 되었다. 따라서 내 방에서 함께 생활하던 아이들 중에 송○○이는 가족의 품으로 갔고 노○○는 요육원으로 또 최○○이는 ○○ 자립원으로 보내면서 명목상으로는 작품 활동에 전념하라고 했다. 하지만 나중에는 나를 내보내기 위한 수순이었음을 알게 되었다.

내 방에는 다른 방 선생님이 받아주지 않는 아이가 새로 들어왔는데 그 아이는 뇌병변 장애에다 지적 장애까지 겹쳤는데 초기 결핵까지 앓고 있었다. 침을 너무 많이 흘려 온몸에 냄새가 나서 같이 있기가 역겨울 정도였다. 그리하여 하루에 한 번씩 목욕을 하라고 시켰고, 손수건을 세 개나 구해줘도 모자라 나중에는 두루마리 휴지로 닦게 했다. 밥 먹을 때도 입가에 묻은 것을 옷에 닦지 못하게 훈련을 세게 시켰더니 한 달쯤 지나자 몸에 냄새도 사라졌고, 침도 손수건 하나로 하루를 견디게 되었다. 그 아이의 가족은 칠곡에 있었는데 몇 달에 한 번씩 그의 엄마가 다녀가셨고, 나중에는 아이가 집에 한 번 가면 한 달 있다가 올 때도 있고 서너 달 있다가 올 때도 있었다. 그렇게 되어 방 하나를 혼자 사용하면서 내 방을 중심으로 왼쪽에는 간호실과 물리치료실과 그리고 옷방 봉제실이 있었고, 오른쪽에는 여섯 개의 방에 아이들이 생활했다. 그리고 바로 옆방이 선생님 당직실 겸 자폐증 아이와 그 어머니가 살고 있었는데 그 어머니가 나를 많이 돌봐 주셨다.

색다른 체험

1995년 여름이 지날 무렵 나는 「앉은뱅이꽃」 시집은 냈지만 정식으로 어디에 등단하지는 않아 등단하기 위해 작품을 써 가다가 문득 색다른 체험을 해보고 싶다는 생각을 했다. 강원도 홍천에 근무하는 의형제인 육군 장교인 김동민 임정옥 부부에게 새로운 작품 구상을 위해 약 6개월을 그곳에 있으면 안 되겠냐고 전화했더니 흔쾌히 오라고 했다. 생필품과 전동휠체어와 옷가지 몇 벌을 싸서 장성태 동생 차로 장장 7시간이 걸리는 먼 길을 떠났다.

도착한 곳은 해발 650미터 첩첩산중으로 예전에 화전민이 살던 곳이라 했다. 9월 중순 초가을이라 가을 산의 경치가 너무 아름답고 아침 공기도 상큼하고 햇살도 대구서 보는 느낌과는 또 달랐다. 처음에는 동생 친구 집에서 한 달간 살면서 아침에 일어나 산책하며 시상도 생각하며 놓치기 싫은 경치는 필름 카메라로 사진을 찍어가며 전동휠체어가 올라가고 들어갈 수 있는 곳에는 다 누비고 다녔다. 몇 안 되는 동네 아이들이 들판에서 뛰노는 모습들도 다 시제 감이 되었다. 그곳에서 적은 시가 열 편이 넘었다. 그즈음 삼척에 잠수함 무장공비가 나타나는 바람에 강원도 일대가 초비상이 걸려 군용 헬기가 왔다 갔다 하고 탱크, 장갑차도 다녔고, 여기저기서 총성이 들려 전쟁이라도 난 듯 온 마을이 공포감에 밤에는 쥐죽은 듯했다.

동생 부부는 너무 편하게 잘해줬고 동네 사람들도 처음에는 희귀하게 보다가 홍성교회 목사님과 사모님이 친동생처럼 대해주셔서 동네 사람들도 금방 친해졌다.

동생 아들 이름이 '의진'인데 금방 돌 지난 아이였는데도 얼마나 좋아했는지 정이 듬뿍 들어 대구 생활을 까맣게 잊고 살았다. 그러다 그 해 12월 초에 간첩들이 다 소탕되고 잔잔해지자 동생이 다른 곳으로 전근을 가야 한다며 같이 가자고 했지만, 그것은 무리이기도 해서 나는 12월 초, 두 달 조금 넘게 지내던 곳에서 다시 대구로 왔다. 겨울 찬바람도 썰렁했고 방 분위기도 썰렁하여 살맛이 나지 않았다. 두 달 동안 쓴 작품이 「하늘 찾기」, 「구름 위의 당신」, 「산바람」, 「잣나무의 죽음」, 「개와 개장수」 등이다.

구름 위의 당신

큰 산 위에

흰 세마포 살포시 펴고 오신

나의 님이여

만류의 아침 한가운데 오셔서

이 천한 삶을 진수로 짓게 하신

나의 님이여

태초부터 오늘의 조석을 준비했으나

이제야 당신을 맞습니다

장엄한 생이 아니었기에

구원의 아침을 더 기뻐합니다

오순절의 그 약속 지키려

그렇게 먼 길 떠나시더니

가을 추수 마당에 온갖 삶들을

한자리에 쓸어 모으시고

천상의 화목을 알게 하시고

그 비밀 베풀어주시니

오직 영광 중의 영광이요

모래알이 보석으로 화해지니

당신은 참사랑, 에덴 원지의

내 사랑입니다.

꿈 같은 순간이 악몽

탈시설화의 붐이 일어나고 시설 자체에서도 보육교사 선생님은 반드시 대학교 복지학과를 졸업해야 복지시설에 근무할 수 있게 되었다. 그리고 1996년 이후부터 그 방에 아이의 명수에 따라 선생님이 아이 네다섯 명 당 보육교사가 한 명이 담당하게 되었다.

나도 활동을 하다 보니 다양한 사람들을 만나고 또한 나를 따르는 여성도 몇몇 생겼고 열정적인 고백도 받았다. 그중에 나도 좋아한 사람이 있어 결혼에 대한 눈을 뜨게 되었다. 재활원 보육교사 선생님 간에도 나와 사귀자는 분도 있어 참 좋고 행복한 나날이었지만, 또 한편으로는 두려움도 많았다. 왜냐하면, 이름만 좀 알려져 있을 뿐 가정을 이루고 살기에는 갖추어 놓은 것이 하나도 없었다.

결혼은 하고 싶었다. 집을 떠날 때의 꿈이 행복한 가정을 이루고 사는 것이었고 기회는 주어졌어도 한 여인을 사랑하는 마음이야 누구 못지않게 애절했다. 날마다 힘겨운 생활 속에도 그 사람 생각만 해도 모든 시름이 사라지고 보고만 있어도 온 세상을 다 얻은 것 같아 행복했다. 이때 쓴 시가 만남이다.

하지만 사랑하는 만큼 책임도 갖추고 있어야 하기에 모험을 거는 용기가 필요했다. 원래 재활원 입소할 때 원장님이 내게 타자기를 잘 치면 취업도 생각해 보겠다는 희망적인 약속 같은 말을 해주신 것도 기억하고 있어 '정말 이 사람이다!' 싶을 때 원장님께 찾아뵙고자 마음을 다잡고 있었다. 하지만 몇 명의 여성과 교제를 하기도 했으나 번번이 여자 쪽 가족의 반대로 해어지는 아픔을 겪어야만 했다.

사람이 살아가는 동안 얼마나 많은 아픔을 겪어야 할까? 나도 행복해지면 안 되는 것일까? 한 명 두 명 떠나가고 또 만나고 할 때마다 실연의 아픔과 상처가 너무 커서 울고 또 울었다. 누구를 붙잡고 하소연할 곳도 없어 오롯이 혼자 감당하면서 술도 많이 마셨지만, 위로가 못되었고 상처만 남았다. 새벽마다 3층 예배실에서 새벽기도 하면서 펑펑 눈물을 쏟으며 막막한 나의 앞길을 열어 주기를 애원하며 기도드릴 때 하나님은 평화로 위로해 주셨던 기억이 아직도 생생하다.

"내가 여호와를 기다리고 기다렸더니 귀를 기울이사 나의 부르짖음을 들으셨도다 나를 기가 막힐 웅덩이와 수렁에서 끌어올리시고 내 발을 반석 위에 두사 내 걸음을 견고하게 하셨도다."

[시] 40:1-2

만 남

무심결에 고개 돌려 눈길 닿은 곳에
당신은 향기 없는 목단 꽃으로 우뚝 서서
또 하나의 만남을 준비하고 있습니다.
아침 햇살에 핀 아지랑이 같은 미소로
내 마음 가득 빛이 되신 당신
맡을 수 없는 향기여서
더욱 애타는 여백입니다

그리움으로 만들어진 연못에
당신은 연꽃으로 피어
더 저리게 합니다
만남을 여운으로 남기기엔
이미 너무 짙은 고백이었습니다

기다리다 굳은 가슴
이제야 눈 녹듯 녹여
이 봄날 새움 트는
꿈을 꾸는 자유를 얻었습니다

진즉 오셨으면
이처럼 붉게 물든
진홍색 깊은 맛을
만들지 못했을 것입니다

오래 기다려 온 보람을
넉넉히 만들어 주신
당신을 사랑합니다

참 좋은 인연

　　때마침 1994년부터 생활 영어 붐이 일어났다. MBC 방송국에서 제작한 생활 영어 교재 녹음 테이프와 책자가 1세트당 480,000원이었다. 사서 공부를 하고 싶어 문의했더니 판매하는 여성이 왔기에 나의 사정 얘기를 듣고 1년 할부를 해 주면서 480,000원짜리를 반값에 해주었지만 들을 수 있는 녹음기가 없어 큰마음 먹고 오디오 세트까지 사게 되었다. 그렇게 시작한 영어 공부였다. 영어라곤 알파벳밖에 모르는 내가 책을 보며 들어가며 단어를 외워간다는 것이 신났다. 그리고 그때는 계좌이체가 활성화가 되지 않아 매월 판매한 여성이 와서 20,000원을 받아 가면서 올 때마다 먹을 것도 사오고 새로 나온 것이 있으면 갖다 주면서 인연이 되어 나중에는 자기가 몰고 다니는 지프차로 내가 한 번씩 집에 갈 일이 있거나 다른 곳에 볼일이 있을 때 자기가 가는 길이 같은 방향이면 꼭 태워다 주고 가는 고마운 사람이었다.

　　결국, 1년 동안 24만 원의 할부가 끝이 나도 봉사자로 인연이 이어졌고 나중에야 알고 보니 나보다 한 살이 적어 친구이자 의동생이 되어 지금까지 친동생보다 더 많이 도움을 주고 있는 이가 곽경희이다. 워낙

정이 많고 사교성이 있다 보니 사람들에게 사기도 몇 번 당했다고 하소연할 때 나도 서너 번 친했던 사람에게 돈을 빌려주자 그길로 발걸음을 끊어버리는 사람도 있었고 결혼을 빙자하여 돈이 필요하다 하여 뜯어 가고는 자취를 감춰버리는 것을 몇 번 당한 터라 그의 마음을 이해가 되었다. 그때 경희가 소개한 분이 신독엔지니어링 박종안 사장님인데 1996년 1월 어느 날 내게 오셔서 국제 와이즈멘 클럽에서 봉사금 300,000원을 전해 주셨다. 이것이 인연이 되어 꾸준히 매년 협회로 후원해 주셨고, 몇 년 뒤에는 의형제를 맺었다. 그리고 지금까지도 후원 회장을 맡아서 참 많은 것을 도와주시고 계신다.

깜짝 선물

　　그렇게 나름대로 열심히 산다고 해도 마음 한구석은 여전히 허전함에 채워지지 않는 것이 있었고, 늘 그러하듯 해 질 무렵이면 그렇게 많던 직원들이 하나둘 빠져나가 퇴근해 떠나는 것을 보면서 '저들은 갈 곳이 있는데 나는 언제까지 이렇게 쓸쓸하게 혼자 있어야 하는가?' 하는 마음에 외로웠다. 밤이 되면 적적해 아는 사람에게 전화하는 것도 한두 번이지 매일 할 수도 없고 또 그렇게 하면 전화 요금도 장난이 아니지 않은가? 그러다가 또 배가 고프면 혼자 라면을 끓여서 김○○이와 같이 먹기도 했다.

　　남는 시간에는 책도 보고 음악 들으며 글도 쓰다가 잠자리에 들면 꿈속에는 언제나 절벽 같은 길을 끝도 없는 길을 빠져나가려고 애쓰거나 아니면 철 고물이 잔뜩 쌓인 길을 빠져나가려고 몸부림치다가 깨어보면 꿈이곤 했다. 꿈을 깨고 나서 생각해 보니 이 꿈이 나의 현실을 반영하여 보여주는 꿈이구나 하는 생각에 새벽 기도를 시작했다. '이 절망에서 구원하실 분은 오직 주님이오니 더 이상 무의미한 고통을 언제까지 겪어야 하는지 알고 싶다며 환난이나 기근이나 곤고나 핍박당할 때 주께서 기억하신다고 하셨으니 나를 돌아보소서.' 날마다 이렇게 기도로 나아가면서 1996년 긴 겨울을 보내고 새해가 밝았다. 이렇게 한 겨울을 번민 속에 보내며 1997년은 새봄도 목련 꽃망울에서 피어났다. 한편으로 협회 일도 하고 '오솔길 사랑회' 봉사단 아이들 관리도 하며 사회 활동을 하고 있어도 여전히 공부하고 싶은 마음은 버리지 못하고 있었다. 왜냐하면, 100여 명에 가까운 아이들의 어른으로 좀 더 성장하여 이들을 바른길로 이끌어 주고 싶고 나 자신의 학식이 있는 반듯한 모습으로 서기 위해서 공부에 대한 열망의 불꽃은 가슴에 피우고 있어도 어디서부터 시작해야 할지 몰라 답답해하며 냉가슴만 앓고 있을 초봄에 나의 방에 중년 신사 한 분이 찾아왔다. 백운 프로덕션 박형규 사장님이다. 나의 역경 일대기를 영화로 제작해 보고 싶다고 제의를 하셔서 나는 느닷없는 일이라 어리둥절했다. 이 분이 나를 어떻게 알았으며, 얼마나 알고 있기에 이런 제의를 할까?

"아니 저를 어떻게 알고 왔어요?"

"방송과 신문 기사를 많이 봐서 이 선생에 대한 것을 이미 잘 알아요."

나는 전혀 생각하지 못한 제안이라 말을 못했다.

"홍렬 씨의 삶을 영화로 제작한다면 사회에 큰 귀감이 되고 많은 사람에게 신선한 충격을 주지 않겠나 싶어 제의합니다. 갑자기 찾아와 이런 얘기를 하니 좀 머쓱하죠? 대답은 생각해 보고 해도 되니 오늘은 이만…."

그분을 보내놓고 난 뒤 아무리 생각해도 내 삶이 영화로 만들기에는 내 세울 것이 없는데 싶었다. 대학교 1학년 여름 방학 때부터 지금까지 나를 제일 많이 알고 크고 작은 일뿐만 아니라 언제나 함께하는 좋은 친구이자 동생인 장성태 동생에게 어떻게 해야 할지 모르겠다고 조용히 물었더니 너무 좋은 기회라고 했다. 그래도 믿을 수 없었다. 내 인생이 그렇게 위대하게 산 것도 아니고 나의 신분은 원생에 지나지 않는데….

이 재활원이 되기 전 전쟁 고아들이 모여 살았던 고아원 시절부터 살았던 출신들이 몇 명이 직원으로 일하고 있는데 한 직원이 내가 1층의 10호 방에 있을 때 그 직원의 물건을 우리 방에 장롱을 갖다 놓고 쓰면서 우리 방에 시도 때도 없이 드나들면서 우리 방 아이들을 괴롭혔다. 하루 저녁에는 술을 마시고 와서 우리 아이들과 장난 반 괴롭힌 반 짓궂게 하기에 내가 참다가 못해 "윤○○ 씨 좀 나가주면 안 돼요?" 라고 한마디 했더니 그 직원은 대뜸 하는 소리가 "나는 이 재활원의 직원이야. 어디서 원생 주제에. 까불지 마소! 홍렬 씨가 아무리 날고뛰어도 원생 박에는 못돼요. 어디서 까불어 이거." 화를 내며 문을 쾅 닫고 나가버렸고 나는 너무나 큰 충격을 받았다. 그 뒤로 이곳에 있는 사람들은 모두가 다 은연중에 이런 생각 하고 있지 않을까? 혼자 짐작하니 너무 처참했다. 장애인이 된 것보다 더 비참하게 다가와 가슴 깊이 대못이 박혀 외부적으로 아무리 화려해도 근본 신분은 원생이라는 낙인을 떼 낼 수 없는 주홍 글씨처럼 따라다니고 있었다. 그런 앙금을 가지고 있는 내가 영화 제의를 받았을 때 가장 크게 마음의 무게로 다가와 아팠다. 그리고 황 기자와 몇몇 친한 분들과도 얘기를 해봐도 좋은 기회라며 열심히 살아온 보람이라며 격려해 주었고 축하해 주었다.

예배실에서 새벽마다 기도해 봐도 불안한 마음은 없었고 시간이 갈수록 하나님이 내게 주신 선물이라고 확신이 들었다. 그다음 주에 백운 프로덕션 박형규 사장님이 오셔서 점심을 시켜서 같이 먹으면서 여러 가지 얘기를 좋은 쪽으로 말해 주셨지만 나는 재활원에서 허락해 주지 않으면 못한다고 했더니 자기가 원장님을 만나서 허락받겠다고 했다. 결국, 그다음 주 3월 초에 계약하고 계약금 500만 원 중 200만 원은 현금으로 주고 남은 300만 원은 영화 시사회 때 받기로 하고 계약했다. 그리고 선물로 486 컴퓨터와 17인치 모니터를 받았다.

그 일로 인하여 또다시 기자들의 인터뷰가 쇄도했고, 각 언론에서 앞을 다투어 대구에서 36년 만에 자체적으로 제작한 영화, 그것도 장애인 영화라 더 주목받았고 나는 가는 곳마다 나를 알아보는 사람이 많았다. 한편으로 좋기도 했지만, 또 한편으로는 이런 것이 아닌데 하는 가식적인 것이 많아 내 마음을 불편하게 했다. 햇살이 강할수록 그 뒷모습은 초라한 것처럼 화려하고 요란한 속에도 정작 나의 내면은 텅 비어가는 느낌이었다.

그 덕분에 잠시나마 연예인들의 심정을 조금 이해할 수 있었고 '오솔길 사랑회' 봉사단 회원들도 더 많이 불어나 따로 활동하게 하고 그들

속에도 신앙을 가진 학생들이 많이 있어 믿지 않는 학생들과 마찰이 생기고 분쟁이 일어나 힘들어했어도 봉사하는 일에는 열심히 잘해줘서 고마웠다. 아이들이 내게 삼촌이라 부르기도 하고 아버지로 부르기도 했는데 아저씨로 불리는 것이 가장 많았다. 모두가 정겹고 귀한 아이들이라 좋았다. 협회 행사 때도 그들이 있어 든든했고 내가 초청받아 이동할 때도 동행해 줘서 수월했다.

나의 영역 밖에서는 영화가 제작되고 있었고, 나는 나대로 활동하고 글도 써 가며 또 언제든지 영화 제작진에서 부르면 가주기도 하면서 정신없이 몇 달을 보내고 초가을을 맞이하여 드디어 「앉은뱅이꽃」 영화 시사회가 휘황찬란하게 열렸다.

이름만 들어오던 스타들, 브라운관에서만 봐왔던 신성일 영화배우를 비롯하여 탤런트들이 많이 왔다. 그리고 대구에서 이름 있는 사회 저명한 인사들이 다 모인 듯했다. 화환이며 음식들이 넘쳤다. 내가 태어나서 그런 광경은 처음이라 뭐가 뭔지 정신을 못 차릴 정도로 화려하고 성대하게 치러졌다.

그리고 재활원 나의 방으로 들어오는데 보육교사 선생님들도 한목소리로 축하해 주기 위해 몇 분이 기다리고 있었다. 내 방의 아이와 백성현 목공예 선생님과 몇 명의 보육 교사 선생님들이 조촐하게 축하 파티를 열어줘서 고마워 코끝이 찡했다. 나는 조용히 생각하면서 하나님 이러시려고 그 모진 세월 겪게 하셨나 싶어 재활원 생활 12년의 세월이 주마등처럼 뇌리에서 영화를 보는 듯 선연하게 떠올랐다.

영화를 찍을 때부터 제작 비용 3억을 가지고 시작했지만, 추가 비용이 더 들었고 때를 맞추어 IMF라는 복병이 온 나라뿐만 아니라 전 세계적으로 경제 위기가 찾아왔다. 그렇게 잘 되던 공장들이 뻥뻥 넘어지고 문 닫는 소리가 여기저기서 들려오고 있을 때 문화예술계도 직격탄을 맞았다. 게다가 영화 시나리오 자체가 시대에 뒤떨어져 1960년대에나 있을 법한 영화여서 대중에게 큰 호응을 받지 못했다. 왕초보인 내가 봐도 이런 생각이 들었는데 대중들이야 오죽할까? 결국, 영화는 대구에 중앙시네마 극장에서 일주일 상영하고 명보 극장에서 일주일을 상영했지만 관객은 만 명도 못 채웠다. 극장은 수익 창출이 목적인 곳이어서 관람객이 많지 않으면 빨리 내려버리고 다른 것으로 교체해야 살아남는 냉엄한 곳이다 보니 백운 프로덕션에서는 백방으로 뛰어도 이미 승부는 끝났다고 나는 생각했다.

영화 제작사에는 미안했지만 내가 그것이 대박이 나서 벼락부자가 된다면 나의 교만이 하늘을 찌를 것 같으니 작은 보람만 안겨 주셨다고 생각한다. 물질에 궁핍하지 않고 조금만 여유 있게 살게 해 주셨다고 생각했다. 영화로 인하여 대구의 인쇄소에서 나의 시집 복사본을 찍어냈다. 내가 출판사에서 받은 시집도 많았지만, 복사본도 제법 많이 제작하여 무료로도 나눠주고 팔기도 많이 했다.

극장 두 곳에서 영화를 상영할 때 나는 그곳에서 팬 사인회를 했는데 '오솔길 사랑회' 회원들이 있어 가능했다. 그리고 내 시집이 서점에는 종결된 책이라 구할 수 없어 여기저기서 구입하고 팔아 주겠다는 사람들이 쇄도하여 서울 그랜드백화점에서까지 나를 초청해 팬 사인회를 할 수 있도록 한쪽 매장에 책을 진열하고 내가 불편하지 않도록 꾸며줘서 일주일간 여관방 하나 잡아놓고 시집을 팔았다.

그렇게 모은 돈이 꽤 되었다. 먹을 것이 있는 곳에 파리가 들끓는다 하지 않았던가? 그때 결혼하고 싶다는 생각을 많이 하고 있었다. 결혼을 빙자로 접근한 여자가 있어 몇 달을 사귀었지만, 어느 날 급한 일이 생겼다고 돈 좀 빌려줄 수 없냐기에 백만 원을 빌려주었는데, 얼마 되지 않아 또 빌려 달라기에 "지난번 것도 못 갚아놓고는 또 빌려?" 거절했더니 그길로 일방적으로 연락도 없고, 찾아오지도 않아 답답했다. 지금도 그러하지만, 당시에는 내 발로 갈 수 있는 것은 한계가 있어 그가 오지 않으면 만날 수 없는 처지였다.

해외로 가다

　　몇 번이나 그와 비슷한 일을 겪고 나니 이것은 아니라는 생각이 들어 물질 주신 것도 하나님이시고 하니 차라리 노후를 위해 좀 남겨두고 나머지는 봉사하고 동 사무소에 의뢰하여 어려운 독거 노인 세 가정을 매월 찾아가서 말벗도 되어 드리고 용돈 얼마를 후원하였다. 그리고 한편으로 글을 써 97년 12월에 월간 문학세계에 작품을 응모하여 등단했다. 그 작품은 1995년도에 의동생이 육군 장교로 근무하던 강원도 홍천에서 두 달 동안 그곳에서 쓴 글을 다듬고 재활원에서 시간 날 적마다 써 놓은 글을 응모한 지 한 달 만에 등단 소식을 들었다. 너무 기뻐 하나님께 기쁨의 눈물을 며칠이나 흘리고 어머님께 소식을 알려드렸더니 "내 아들 장하구나." 하시며 우셨다.

　　재활원에서도 그렇고 사람들이 그냥 장애인으로만 생각하던 사람들이 내가 조금씩 해 나가는 것을 보면서 안 된다고 헛꿈 꾸지 말라고 손가락질하던 사람들이 등단 기념회를 성대하게 열어 주었다. 영화는 흥행에 실패했지만, 그것으로 인하여 사람들의 관심도는 아직 식지 않아 더 조심스러웠다. 나는 그리스도인이고 이렇게 된 것도 주님의 특별한 은혜라는 것을 잊지 않았다.

32살 나이로 집을 떠나 재활원으로 입소할 때도 정상적인 절차가 아니었고, 이상하게도 상황 전개가 전혀 예기치 못한 곳으로 인도한 것은 나의 뜻이 아니라 주님이 나의 길을 예비하신 것밖에는 더 설명할 길이 없다. 그 암울한 지난 세월 속에 길도 끝도 보이지 않는 삶의 여정이 힘들었지만 하나의 꿈을 이루었다. 그렇게 공인 작가가 되는 꿈은 이뤘고 그 여파로 새로운 뭔가를 기대했지만 시간이 갈수록 그 열기는 사라지고 일상은 여전히 그날이 그날이었다.

밀알 선교단도 어느 정도 대구에서 뿌리내려 간사 직원들도 몇 명이 되었고 후원자와 봉사자들도 정말 많았다. 분위기도 장애인들을 격 없이 대하고 아무리 중증 장애인이라도 한 인격체로 대하는 그 모습이 아름다워 나는 더 열심히 참여하였다. 정우와 나와 목사님과 간사님들이 따로 시간을 내어서 모이면 밀알의 비전에 관해 토론도 하면서 국제장애인종합선교센터를 건립하여 장애인도 선교사로 키워 국내이든 해외이든 파송시켜 보자는 큰 뜻을 함께 품고 크고 작은 일에 적극적으로 동참하였다. 해외에도 '밀알 선교단'이 몇 곳이 있는데 캐나다 토론토주에 있는 '밀알 선교단'에서도 밀알의 밤을 개최하는데 나의 간증을 듣고 싶다는 뜻밖의 요청이 왔다고 김 목사님이 알려 주셨지만 처음엔 농담인 줄 알았다. 며칠 뒤에 또 얘기하면서 구체적으로 1998년 10월 31일 출국하여 11월 10일에 입국하는데 항공료와 숙박비는 그쪽에서 지불하기로 했고, 토론토주에 있는 한인 갈보리교회에서 밀알의 밤을 개최한다고 했다.

살다 보니 내가 외국을 다 가보나 싶어 너무 놀라운 일이라 재활원에서도 좋아하고 고산교회 권 목사님을 비롯하여 모든 성도가 축하해 주었다. 나를 알고 있는 주위 사람들도, 어머님을 비롯하여 온 가족들도 참으로 기뻐했다. 깊어가는 가을날, 간증을 위한 여행길에 올랐다. 서울에서 토론토까지 직항과 일본을 경유하는 항공 요금이 왕복 60만 원 차이가 있어 일본 나리타공항을 거쳐 토론토주로 가게 되었다. 태평양을 건너가는 비행기의 창밖 풍경이 경이롭고 아름다워 어느 곳이 하늘이고 어디가 바다인지 구분이 되지 않았고, 구름도 땅에서 보는 구름과 하늘에서 내려다보는 구름과는 비교가 되지 않았다. 형언할 수 없는 황홀한 구름 그림들에 눈을 떼지 못했다.

그렇게 장장 16시간을 비행기를 타고 날아가도 지겹지가 않았고, 기내 식사도 내 평생 먹어보지 못한 음식이어서 너무 맛있게 먹었다. 그렇게 몇 시간 눈을 붙이고 토론토 국제공항에 착륙했다. 마중 나오신 목사님 차를 타고 목사님 자택 숙소로 향하는 길에 창밖 풍경이 광활하고 산도 보이지 않아 하늘이 아주 넓게 펼쳐졌다. 집들도 빌딩이 전혀 없고 높아 봐야 2~3층 정도 되는 목제 건물들이 자연과 함께 잘 어울리도록 오목조목하게 자리 잡고 있었다. 차도인데도 전철이 깔려 있어 전차도 같이 다니는 풍경과 때마침 가을이라 가로수가 단풍이 들어 너무 아름답고 희열을 느끼게 했다.

토론토 목사님 자택은 아담한 이층집이었고 내가 걷기는 해도 계단은 불편하여 1층에 묵었는데 생에 처음으로 침대에서 김 목사님과 함께 잠을 잤다. 그다음 날 바로 갈보리 교회에서 밀알의 밤을 개최하여 긴장되는 마음으로 기도하며 준비하고 교회로 향했다.

대구 밀알의 밤을 할 때도 그랬듯이 그곳에도 공연과 간증과 목사님의 설교와 찬양을 순서대로 했는데 그곳은 좀 방대한 느낌이 들었다.

토론토 한인교포 장애인 한 팀과 미국교포 장애인 한 팀, 또 다른 한 팀이 와서 찬양과 연주와 몇 가지 공연을 하고 김 목사님이 설교하시면서 나를 잠깐 소개한 뒤에 내가 나가게 되었다. 내 옆에 어느 자매님이 내가 적어 간 간증문을 읽는 동안 내가 발로 글을 쓰는 모습이 대형 스크린을 통해 보여지게 했다.

그러자 여기저기서 흐느끼는 소리가 들리더니 어떤 사람이 통곡하면서 눈물바다가 되었고 그것이 캐나다 한인 신문 두 곳에 크게 기사화되었다. 그날 오셨던 성도님들이 서로 대접하겠다고 나섰는데 어떤 분은 자기 가정에 초대하고 어떤 분은 최고급 음식점으로 초대해 이름도 들어보지 못한 음식을 매일 먹었다. 바닷가재 한 마리가 어쩌면 그렇게 크고 맛있던지 네 명이 배 터지게 먹어도 남았다. 우리 돈으로 10만 원이 넘는 일본 도시락, 중국 요리, 프랑스 요리 등 정말 맛있는 음식은 다 먹어 본 것 같았다. 게다가 토론토가 미국과 국경지대라 말로만 들어오던 나이아가라 폭포를 구경하게 되었다. 얼마나 깊고 웅장한지 경이로움으로 가득 찬 날들이었다. 세계에서 가장 큰 꽃시계뿐만 아니라 관광도 여러 곳을 다녔다. 처음 토론토에 초청받았을 때는 간증을 한 번만하기로 했는데 세 곳에서 초청을 더 받았다. 하지만 마지막 한 곳은 일정상 참여하지 못하고 돌아왔다.

돌아오는 비행기 안에서 일정을 쭉 그려보면서 내가 이런 대접을 받아도 되나 싶었다. '십몇 년 동안 굶주려 온 보상을 하나님께서 채워 주셨구나.' 하는 생각에 눈물이 흘러 '주님, 감사합니다. 내 생에 이런 기회가 있을 줄 몰랐습니다.'를 속으로 외쳤다.

엇갈린 기회

　　사람의 일이 잘 나간다고 다 잘되는 것은 아닌가 보다. 그 시기에 재활원에서 나를 내보내기 위한 계획을 세워가며 나에게 조금씩 압박을 가해왔다. 방 하나를 나 혼자 쓰는 것이 위법이라고 한번씩 이 총무님이 말했다. 나도 결혼을 약속했던 사람이 있었지만, 언제부터인지 그 사람이 뭔가 속이는 것 같아 망설이고 있었다. 망설인 두 가지 이유가 있었는데 하나는 그 여인을 완전히 믿을 수 없었고, 또 하나는 내가 이 원에서 나가면 생활을 어떻게 꾸려가야 하나 하는 두려움이었다.

　그렇지만 어떤 일이 있어도 시설에서는 꼭 나가고 싶어 강 이사장님께 연락했다. 예전에 이 시설에 들어올 때 타자기를 잘 치면 취직도 생각해 보겠다고 하신 약속 이제 지켜주십사 하고 편지도 하고 전화도 드리며 몇 달을 끄는 사이에 그 여인은 떠나버렸다. 1999년 가을에야 직업보도관의 직원으로 채용되었는데, 월급 60만 원을 주는 대신 방을 얻어 나가는 조건이 붙었다. 이때까지만 그 여인이 기다려 줬으면 내 인생행로가 완전히 달라졌을 수도 있을 텐데 하는 생각에 기다려 주지 않은 그녀가 몹시 원망스러웠다. 타이밍이 맞지 않아 얼마나 속상했는지, 그 여인만 떠나지 않았으면 충분히 가정을 꾸리고 살 수도 있을 텐데 하는 생각에 너무 아쉽고 그리웠다.

혼자 집을 얻어 따로 생활하며 직장을 다닐 수 있을까 하는 걱정을 하면서 재활원 근처에 방을 구하려고 시간 나는 대로 한 번씩 나가봤지만, 한우아파트 외에는 딱히 다른 아파트가 근처에는 없었다. 사무실에서는 직원으로서 내가 할 수 있는 일을 찾으라고 요구를 했다. 나는 컴퓨터로 문서 만들고 메일로 공문을 보내어 홍보하는 일도 하면서 무슨 일이든 해야 한다는 압박감이 들던 차에 밀알 선교단에서 그룹 홈을 준비하면서 나보고 거기로 와달라는 러브콜을 여러 번 했다. 하지만 내 생각은 지금까지도 시설 생활을 했는데 또 시설 생활하는 것은 아니라는 생각에 거절했다. 하지만 세상일이란 내 의지와 뜻대로 다 된다면 무슨 걱정이 있겠는가? 내가 원하는 대로 되지 않는 것이 인생사 아니겠는가? 직업을 가졌으니 내게 주어진 일에 최선을 다하려고 내 나름대로 노력했다. 여섯 달 동안 월급이 통장에 입금되더니 그다음 달에 통장을 확인하니 월급이 입금되지 않아 사무실에 찾아가서 월급이 왜 안 들어오냐고 물으니 총무가 하는 말이 기가 막혔다.

"이 선생님에게 급여를 못 드리게 되었습니다."

"아니 왜요? 나는 나름대로 열심히 했잖아요."

"압니다. 그렇지만 복지법 규정상 이 선생님은 무학력이라 채용이 불가능해 감사가 나오면 문제가 됩니다. 두 번째는 취업을 시켜드리면 집을 구해 나가서 생활하도록 하라 했는데 아직 아무 준비도 안 하셔서입니다."

나는 다시 보육원 원장님을 만나 이렇게 되었다고 하니 원장님은 또 다른 말을 했다.

"이 선생님, 내가 총무를 만나 복귀를 의논할 테니 기다려 보세요."

이 사람들이 서로 다른 말을 하는 것을 보고는 선심 쓰는 척 하면서 '그들끼리 입을 맞춰놓고 있구나.' 하는 것을 직감했다. 이때가 2000년 4월이었다. 나는 총무에게 그럼 월급은 안 받을 테니 용돈으로 매월 20만 원 정도를 줄 수 있겠는가 했더니 그러겠다고 하며 약속은 받았지만 믿을 수 없었다. 그렇다면 이곳에 더 있을 이유가 없다는 판단을 했다. 밀알 선교단에서도 그룹홈에 들어오면 학력이 없어 정식 간사로는 안 되고 협동 간사로 세우겠다는 말을 듣고 정말 많이 울었다. 나는 그렇게 공부가 하고 싶었는데 기회가 주어지지 않아 못했다. 누구한테라도 공부하고 싶다고 의지를 보였더라면 누가 도와줘도 도와줬을 텐데 그 머리가 왜 안 트였을까? 가슴을 치며 후회를 해도 이미 때는 늦어버렸다. 그리고 나는 이미 시설에 대한 장단점을 다 알고 있는데 또 그런 시설에서 살아야 한다고 생각하니 나 자신이 한심하고 서글퍼서 새벽기도 때마다 펑펑 울었다. 이제 재활원을 떠나야 할 시기는 온 것 같은데 집으로 돌아갈 수는 없었다. 따로 집을 구하면 봉사자들이 있어 어렵지는 않으나 생계비를 어떻게 조달해야 하는지가 걱정이었다. 그때만 해도 기초생활 수급이라는 것을 몰랐기에 난감한 마음으로 나를 여기까지 인도하신 하나님께 기도로 구했지만, 속 시원한 응답은 못 받았고 날마다 기도하는 가운데 밀알을 떠올려 주셨다.

밀알 그룹홈에 들어가기 전에 목사님과 간사들과 회의를 했을 때 그곳에 들어가면 개인적인 활동은 전혀 할 수 없다는 말을 여러 번 들어왔다. 또 내가 직업을 가지고 있었던 시기라 그곳에 오면 간사로 채용하겠다고 약속은 했어도 나는 그것을 반신반의했다. 그것보다 중요한 것은 내가 만약 그룹홈에 들어가면 협회도 접어야 하고 오솔길 봉사단도, 또 내 개인적인 활동도 완전히 접어야 하는데 하루하루가 답답하고 캄캄한 앞날이었다. 슬프기도 하고 외로움이 너무 크게 와 닿을 때는 예수님의 말씀을 생각했다. "하늘을 나는 새도 제 둥지가 있고 여우도 제 굴이 있는데 인자는 머리 둘 곳이 없다." 말씀을 상기하면서 나도 내 가족 나를 반겨주는 그런 집이 뼈저리게 그립고 간절했다.

가장 큰 걱정은 장애인 문학협회의 일이었다. 옥포에 있는 김OO 회원에게 협회를 좀 맡아달라고 얘기를 했더니 맡겠다고 해서 출판기념회 때 회장 이취임식을 하였다. 밀알 그룹홈에 들어가게 된 결정적인 동기는 세계 장애인 선교센터의 비전에 꿈을 꾸게 된 이유가 크게 작용했다. 장애인들이 얼마나 힘들고 소망 없이 살아가는지를 잘 알고 있었기에 장애인들이 내세의 소망이라도 갖고 살도록 해 주고 싶은 마음이 간절했다. 또 그룹홈이 대봉동이라 시내를 자유롭게 혼자서도 다닐 수 있는 장점이 있어 좋은 조건이었다. 하지만 또 한편은 이 나이에 얽매여 산다는 것이 불편하고 시설에서 또 다른 시설로 들어간다는 것이 망설여졌다. 그렇지만, 김 목사님과 간사들과 몇 번의 만남을 통하여 그룹홈 운영의 의도를 알게 되었다. 내가 들어오면 어떤 역할을 해야 하는지 여러 가지 얘기를 나누고 또 한편으로는 따로 살 수 있는 길을 찾기 위해 많은 사람들에게 내가 독립하면 도와 달라고 부탁을 했더니 모든 사람들이 대환영의 뜻을 비쳤다.

그렇게 결정을 하고 재활원에서 두세 달 동안 퇴소 준비를 했다. 내 방에 있는 책이 엄청 많았는데 벽 두 면에 이중으로 가득 채워진 책을 정리하면서 가슴이 아팠다. 어떻게 모은 책인데 분신과 같은 책이라 한 권 한 권이 아까웠지만 3천 권이 넘는 책을 진열할 곳도 없었다. 내 집이 있으면 서재를 만들어 그곳에 두면 충분하겠지만 내 집이 없기에 눈물을 머금고 3분의 2 이상은 버려야 했다. 꼭 간직하고 싶은 책만 박스에 차곡차곡 채워도 30상자가 넘었다. 재활원에 입소할 때는 앉은뱅이책상과 2단짜리 책꽂이에도 다 차지 않았던 책이었는데 15년 재활원 생활에 늘어난 것은 책뿐이었다. 내가 사 모은 것은 100권도 안 되는데 조폐공사 직원 모임인 자유회에서 매월 사다 주신 것과 많은 사람이 방문하면서 한 권 두 권 갖다 준 책들이 12평 되는 방 양쪽 벽을 가득 채우고 있었다. 어느 책도 소중하지 않은 책이 없었지만 어디로 가도 이 많은 책을 다 가지고 가기에는 힘이 들었다. 짐도 되고 공간을 너무 많이 차지할 것 같아 울며 겨자 먹기로 몇 명의 봉사자를 불러서 정리하는 동안 그 책을 가지고 온 사람들의 손길과 얼굴을 떠올리며 아쉽고 고마운 마음에 눈가에 이슬이 촉촉이 젖기도 했다. 그렇게 내가 간직할 책 20상자와 기증할 책 100상자 정도를 구분했다.

두 달여 동안 집을 구했지만 내가 가지고 있는 돈으로는 턱없이 부족한 돈이었다. 그제야 돈을 아끼지 못한 것이 후회되었다. 그렇다고 흥청망청 쓰지는 않았다. 두세 번 사기를 당해 600~700만 원 날린 것 외 나머지는 의미 있게 써 왔기 때문에 땅을 칠 정도는 아니어서 위안으로 삼았다. 결국, 재활원에서 밀알 그룹홈으로 퇴소하기 전날 2000년 8월 30일, 나와 친하게 지냈던 모든 보육교사 선생님들, OO학교 선생님들께 인사를 하니 모두가 아쉬워했다. 눈시울을 적시는 선생님도 많았다. 이사장님께 나의 시화 액자를 한 점을 선물하고 "그동안 베풀어 주신 사랑에 감사하고 잊지 않겠습니다." 했더니 강 이사장님은 나의 등을 툭툭 쳐주시면서 말하셨다. "홍렬 씨는 여기가 친정이라 생각하고 언제든지 힘들면 다시 와요. 그동안 좀 더 신경 써주지 못해 미안하고…."

***

제4부

인생 제4막

새로운 여정

새로운 곳에서 적응한다는 것은 적응력이 천부적인 재능을 타고나기도 해야 하지만 타고난 재능이 없더라도 모두가 힘을 모아 나가면 앞설 수 있는 것은 하나님이 맡기신 달란트를 땅에 묻지 않고 사용하고 노력하는 것이다. 예전부터 내 집 같이 다니던 곳이었지만 막상 그곳에 입주해보니 너무나도 낯설고 생소했다.

내가 왔다고 밀알의 목사님과 모든 간사들과 식구가 환영 만찬을 거창하게 해주는 바람에 오랜만에 밥 다운 밥을 먹고 애기꽃을 피우다가 짐도 다 풀지도 못하고 첫째 날 밤을 보냈다. 아침에 잠결에서 누군가가 부엌에서 도마에 칼질하는 소리가 너무 정겹게 들려와 까마득하게 잊고 살았던 소리를 들으며 15년간 재활원 생활이 주마등처럼 쭉~ 떠올랐다.

그룹홈의 장애인 식구는 나를 포함하여 5명이었다. 내가 왔다고 목사님과 사모님, 간사들이 다 와서 아침을 함께 먹는데 화기애애했다. 또, 나의 친정 같은 곳인 고산교회 목사님과 장로들과 여러 집사님이 심방차 오셔서 예배도 드리고 후원 약정도 해주고 가셔서 나무나 감사하고 마음이 든든했다. 김 목사님과 사모님이 나와 나이가 같아서 지금까지 친구처럼 지내면서 많은 일을 해온 터라 신뢰할 수 있어 더 좋

있다. 내가 오기 전에는 간사들이 그룹홈에 상주했는데 내가 들어오면서 밤에는 그룹홈 식구들을 내가 관리하게 됐다. 낮에는 간사들과 함께 일도 하고 시간이 갈수록 사는 재미가 있는 그룹홈이었고 점차 안정되어 장애인 식구들이 한 가족이 되어 나를 잘 따라줘서 고마웠다.

함께 장도 보러 가고 국채보상운동기념공원과 방천 둑 공원에 식구들이랑 나들이를 가기도 했다. 그룹홈에 들어온 후 기초수급자 신청을 했는데 매월 40여만 원이 나와 그것을 다 그룹홈에 넣고 정직원으로 채용하려고 했다. 하지만 학력이 없다는 이유로 불가능하다고 해서 협동 간사로 일을 하게 되었다. 수급비 대신에 얼마의 월급을 주겠다 하기에 또 한번 배우지 못한 것에 통탄했다. 나는 그냥 협동 간사로 있되 월급은 받지 않고 기초수급비 일부는 밀알에 주고 나머지는 나의 개인 생활비로 하겠다고 합의를 하고 나서 자유롭게 생활을 하게 되었다. 시내에 나가 처음으로 극장 가서 영화도 보고 내가 입고 싶은 옷을 사 입기도 했다.

밀알 그룹홈은 대구시 중구 대봉동의 대백프라자 옆에 자리 잡고 있어 시내 중앙로하고는 전동휠체어를 타고 가면 20분이 채 걸리지 않았다. 공동체 생활이라 다소 규제는 있었지만 그래도 재활원과는 비교도 안 될 정도로 자유로운 생활이어서 사람 사는 맛을 제대로 느꼈고, 어느 정도 안착되자 내 마음에는 뭔가를 해야 한다는 생각이 꿈틀거렸다. 밀알 선교단에서도 뭔가 목표가 있는 생활을 하자는 의견이 돌고 있을 때 2001년에 그룹홈 식구들로 조직된 합주단을 만들자는 의견이 모여서 시작하기로 했다. 각자 악기는 자기 사비로 구매하도록 했는데 나는 망설임 없이 키보드 신디사이저를 샀고 정우는 하모니카를, 다른 식구들은 효과음을 내는 악기를 샀다. 현 간사는 선교단에 있는 피아

노를, 김한나 간사는 지휘를 맡아 몇 달간 연습했는데 아무리 집중해도 나는 음악에 대한 지식을 하나도 배우지 못해 음표도 모르고 무슨 장조도 하나도 모르는 상황이었다. 어디가 도자리인지 어디가 솔 자리인지 배우지도 못하고 연주하려니 연일 틀려서 애를 먹었다.

게다가 왼쪽 엄지발가락 하나로 건반을 치는데 건반 규격이 손가락 규격이 맞추어 만든 것이라 건반 하나를 치면 양옆에 있는 건반까지 다 건드려져 연주가 되지 않았다. 하지만 타자기도 그러했고 컴퓨터 자판기도 마찬가지로 다 극복해 냈지 않았는가 싶어 함께 모여서도 연습을 하고 혼자서도 주구장창 연습해온 결과, 네 달이 지날 때쯤 건반을 제대로 칠 수 있었다.

그렇게 하면서도 마음속에는 공부를 해야 한다는 열정이 있어 시간만 나면 대봉도서관을 찾았다. 도서관은 전동휠체어를 타고 집에서 5분 거리여서 더 좋았다. 3층 열람실에는 장애인용 책상이 높낮이를 조종할 수 있게 되어 있어 높이를 낮추어 책도 보고 글도 쓸 수 있었는데, 남의 손을 빌리지 않고도 혼자 할 수 있어 너무 편했다.

2001년 가을에 밀알의 밤을 서문교회에서 개최했는데 장애인 합주단 공연을 처음으로 선보였다. 은혜와 감동의 물결로 시작되어 여러 곳에서 공연 초청이 들어왔고 가는 곳마다 은혜와 감동이 넘쳐 헌금도 많았고, 작정 헌금도 많이 해줘서 좋았다. 가는 곳마다 목사님이 밀알 소개하고 장애인 사역에 대해 설교하고 수화 찬양단이 수화로 무용까지 했는데 합주단은 늘 하이라이트였다.

나하고 남정우는 메인인데 정우가 하모니카 연주할 때는 나는 심벌즈와 큰 북으로 박자를 맞추고 내가 키보드로 연주할 때는 다른 식구들이 박자를 맞추고 하는 것이 사람들에게 신선한 충격을 주었다. 그렇게 하나님께 영광을 돌려 드려 기분이 정말 좋았다. 공연하고 오면 후원금이 점점 쌓여갔다. 밀알에서는 그 보답과 봉사하는 차원으로 노숙자 센터에 가서 장만해간 음식도 나누어 주고 공연도 하면서 장애인들도 이렇게 열심히 하고 있다는 용기와 희망을 심어주고 오기도 했다. 합주단 공연을 위해 밀알에서 홍보도 많이 했고, 가는 곳마다 은혜와 감동이 넘쳤던 것은 하나님이 우리를 그렇게 쓰셨기 때문이라고 믿는다. 우리들의 연주가 그렇게 뛰어난 것도 아니고 오직 장애라는 특성을 가진 것 때문이고 그 장애로도 하나님께 쓰임 받는다는 것이 얼마나 감사한 일인가?

그리고 12월 한 달 동안은 매주 토요일과 일요일 저녁 6:30~9:40까지 동대구역에서 목사님과 그룹 홈 식구와 간사들과 봉사자까지 20~30명이 모여 밀알보와 모금함을 갖다놓고 간사 한 명이 기타를 치며 찬양을 부르면서 모금을 했다. 추운 날에는 잠깐 포장마차에 들어가 어묵과 국물을 한 컵 마시고 나와 다시 찬양하며 모금해보면 세 시간 정도 짧은 시간을 모금했

는데도 적게 들어와도 60~70만원이요, 많이 모금될 때는 130만 원이 넘게 모금되어 목사님이 수고한 사람을 모아 야식을 시켜 먹으며 밤늦도록 웃음꽃을 피웠던 것이 한때의 낭만처럼 느껴진다. 공연은 공연대로 한 달에 한두 번씩은 잡혔다. 잘나갈 때는 매주 나갈 때도 있었고, 가끔은 한주에 두 번 할 때도 있었다.

눈물의 합격장

또 한편으로는 공부하자는 붐이 일어나 정우와 형기와 내가 검정고시를 쳐보자는 의견이 자연스럽게 나왔다. 2002년에 세운 계획 중의 하나가 검정고시에 도전하는 것이었다. 이것을 목표로 1월 중순에 남문시장 근처의 중고 서점에서 아홉 과목의 중학교 입학 검정고시 문제집을 샀다. 그것으로 목사님 사모님 그리고 봉사자들이 가르쳐 주었다. 이미 상식적으로 알고 있는 것이었지만 학문적으로 이해하는 게 힘들었다. 음악이나 미술, 수학이 좀 생소하게 느껴져서 힘들었고 이때 음악의 음표도 알게 되었고 장조도 어떻게 이루어지는지 배웠다. 다른 것은 다 비교적 쉬웠다.

5월 셋째 주 일요일에 중입 검정고시 시험을 어느 중학교 교실에서 쳤는데 난생처음으로 시험장에 들어가 보는 거라 얼마나 긴장되고 떨리는지 다리가 후들거렸다. 다른 사람들은 의자에 앉아 책상에서 시험 문제지를 풀어나갔는데 나는 교실 땅바닥에 자리를 펴놓고 문제를 풀었다. 다른 사람보다 과목당 10분씩 시간을 연장해줘서 50분에 한 과목을 쳤는데 아침 8:30분 들어가 오후 5:00가 다 되어서야 마쳤다.

점심시간에 사모님과 간사들이 찬합에 밥과 반찬을 잔뜩 싸오셔서 격려도 해주고 배부르게 먹은 덕분에 시험을 잘 볼 수 있었다. 평균 84점을 맞아 합격증을 받은 날, 온 밀알의 가족과 목사님 사모님까지 축하 파티를 해줘서 너무 기뻤고 그것을 들고 어머니 계시는 작은 형 집으로 달려갔다. 하지만 어머니는 이미 당뇨합병증에 치매까지 왔고 기력도 없어 일어나지 못하시고 내 얼굴만 겨우 알아보셨다. 합격증이 무엇인지 어떤 의미인지를 전혀 생각하지 못하시는 모습을 보면서 내가 너무 오래 기다리게 해드렸나 싶어 목이 메어 눈물만 흘리고 그룹홈으로 돌아왔다. 나를 학교 보내지 못한 것이 어머니 가슴에 한이 되셨는데 이제야 그 한의 합격증을 가져왔지만 좀 늦었던 것 같다. 그런 생각에 억장이 무너지는 마음으로 그룹홈에 와서도 가슴이 너무 아팠다.

몇 년만 더 빨리했더라면 그 한을 풀어 드렸을 것이고, 그 누구보다 기뻐서 춤까지 덩실덩실 췄을 텐데…. 너무 죄송한 마음에 한동안 방황을 했지만, 마냥 방황하고 있을 수만은 없어 마음을 다잡았다.

청천벽력 같은 소식

연이 바람을 타고 날을 수 있는 것은 연줄을 팽팽히 잡아 주는 누군가 있기 때문이다. 영적으로 하나님이시고 육적으로는 부모님이다. 어머니는 어려서부터 든든한 울타리가 되어 주셨고, 아무것도 해 주지 않으셔도 있는 그 자체로 내게 은신처가 되어주셨다. 항상 힘겹고 지칠 때마다 어머니를 생각하며 시름을 이겨왔다고 해도 과언이 아니었다. 그런데 중입 검정고시 합격장을 들고 갔을 때 어머니 모습이 너무 쇠약해진 것을 보고 온 뒤로 마음이 아파 무슨 일을 해도 손에 잡히지 않았다.

그렇게 몇 달 지난 가을 어느 날, 아침을 먹고 있는데 집에서 전화가 걸려와 어머니가 위독하다고 빨리 오라 해서 허겁지겁 정신없이 범어교회 집사님 차를 타고 갔더니 어머니는 이미 동공이 풀려 있었다. 나는 어머니의 손도 꼭 잡고 볼을 비벼도 봤지만 아무 표정 없이 눈가로 눈물만 한줄기 흐를 뿐이었다. 형수의 말에 의하면 일주일 전부터 이랬는데 눈을 감지 못했고 간밤 꿈에 어머님이 빨리 가야 하는데 발이 안 떨어진다고 하시기에 나를 못 보셔서 그러신 것 같아 급히 불렀다고 했다. 어머니는 나를 보신 후 그날 저녁에 숨을 거두셨다. 큰 울타리가 무너지고 은신처가 사라진 것 같아 너무 마음이 아프고 가슴이 먹먹해 넋을 놓아버렸다. 나를 위해 고생만 하시다가 효도 한 번 못 받으시고 보내드린 것이 너무도 비통하고 말로 다 표현할 수 없어 통곡만 하고 있는데 형제들은 나의 건강을 걱정하며 울지 말라고 말렸다.

다른 형제들은 가족이라도 있지만 나는 끈 떨어진 연과 같아 더 슬프고 마음의 평정을 찾지 못해 안정이 되지 않았다. 삼우제를 마치고 나는 어머니가 계셨던 방에서 형님과 형수님이 어머니가 쓰시던 물건을 하나둘 처분하는 것을 보았다. 어머니의 흔적이 사라지는 것을 보고 있자니 더 눈물이 쏟아졌고, 나는 풀이 죽어 기진한 몸으로 그룹홈으로 돌아왔다. 목사님이 위로한답시고 이상한 농담을 하기에 나는 화가 나서 한마디 쏘아붙였다. 다음날도 화가 안 풀려 목사님한테 전화를 걸어 나는 이런 대접 받으려고 이곳에 오지 않았다고 하면서 나는 따로 나가겠다고 했더니 바로 목사님과 사모님 그리고 간사들이 와서 잘못했다고 사과를 했다. 간사들도 용서하라고 하는 소리에 나도 잘못했다고 하고 넘어갔지만 왠지 마음이 텅 비고 허전해서 뭘 해도 열정이 나지 않아 오랫동안 방황을 하다가 혼자 야간 열차를 타고 정동진까지 다녀왔고, 몇 달 동안 마음을 추스르지 못해 힘들어했지만 결국 혼자 감내해야 했다.

낙 엽

한 잎 낙엽으로 지신 어머니
오늘은 둥그런 봉 넘어 해가 되셨다

80 여생 쌓아 놓은 큰 사랑
천년이 흘러도 마르지 않을
변치 않을 그 깊음이
한 토막 침묵
낙엽 뒹구는 곳에
어머니 바람 소리
살아 못다 한 애심
산상을 울린다

산을 넘어가신 어머니
낙엽 되어
우리 집 마당에서 서성인다.

생전에는 흔하디흔한 그리움
오늘은 뼈에 사무친다

추억의 그룹홈

대봉동 밀알 그룹홈은 상가 건물이라 건평이 60평이라 기억 자로 한쪽에 방 두 개 화장실과 부엌, 다른 쪽에 방 두 개가 있고 나머지는 대형 홀로 되어 있었다. 이쪽 방 두 개는 그룹홈 식구들 생활하는 방으로 사용했고 저쪽 큰 방은 주간보호 아이들의 교육과 놀이 터였다. 작은 방에는 목사님과 간사들이 휴식하거나 회의실로 사용했고 40평이 넘는 대형 홀은 다목적 용도로 사용했다. 주일날은 예배당으로, 화요 모임 때는 대구 시내에 있는 장애인과 봉사자가 프로그램을 만들어 글을 모르는 장애인은 글을 가르치고 오락을 좋아하는 장애인은 장기나 바둑을 두고 독서 모임도 했다. 저녁때는 70~80명이 모여 범어교회나 다른 교회에서 저녁을 준비해 오면 맛있게 먹고 예배를 드리고 나면 밤 9시가 넘어 끝이 났는데 복음을 전하는 의미도 있었고 모여 대화하고 소통하는 것도 유익했다.

2002년 한일 월드컵 경기할 때가 제일 인상에 남는데 우리나라 경기가 있을 때마다 빔프로젝트로 대형 스크린과 빵빵한 오디오를 틀어 놓고 악기로 사용하는 북을 가지고 와 응원하고 있으면 동네 사람들도 모여 함께 응원했던 순간이 떠오른다. 경기장에 가지 않아도 현장감 그대로 느껴졌던 그 넓은 홀에 빼곡히 앉아 북을 치며 박자에 맞추어 외치며 대한민국을 응원했던 그 순간이 아직도 잊혀지지 않는다. 또 매월 한 번씩 밀알보를 남정우가 편집했는데 그는 목 밑으로는 완전 마비되었지만 구부러진 검지손가락 두 개로 어깨를 움직여 독타 치듯 하며 컴퓨터를 자유자재로 다루었다. 그가 편집한 것을 인쇄소에 맡겨 4~5천 부 넘게 인쇄를 해 오면 봉사자들이 서너 명씩 조를 짜서 스테이플러로 찍어주면 그것을 받아 반을 접어 주는 팀과 봉투에 넣고 밀봉하는 팀 그리고 마지막에는 지역별로 분류 작업해서 우체국으로 보내는 작업이 2~3일이 걸렸다. 나도 스테이플러로 찍은 밀알보를 반으로 접어 봉투에 넣는 작업을 거들면서 사람들과 어울리는 것이 너무 신나는 일었다. 그렇게 하다 보니 나를 따르는 사람들도 많았는데 여성들이 더 많이 따랐다.

하지만 언제까지 그렇게 살 수 없다는 생각을 하던 차에 목사님과 사모님이 다시 공부하라고 부추겼지만 나는 아직 어머니가 돌아가신 그 충격 때문에 생각만 했을 뿐, 실천에 옮기지는 못했다.

때마침 인터넷 카페 모임의 붐이 한참 일어나서 채팅 바람이 불고 있을 때 나도 여러 카페에 회원으로 가입해 활동하면서 전국 회원들이 대구에서 한 번씩 모일 때는 나도 참가했지만, 취향에 맞지 않아 모임에는 가지 않고 호산나 채팅방에 한 번씩 들어가 사람들과 대화를 했다. 미국에 사는 교포가 나를 알고 있어 놀랐고 여러 명과 대화를 하고 있었는데 유독 나에게 관심을 보이는 서울에 산다고 하는 여자가 나와 몇 달을 대화를 주고받았지만, 공연이 계속 잡히는 바람에 한동안 채팅방에 못 들어가 소식이 끊기고 말았다.

새로운 도전

　　2004년이 시작되고 나는 뭔가를 결심하기 위해 이동열 간사에게 부탁하여 그룹홈 지하실 예배당 겸 창고로 사용하는 곳을 사용할 수 있었다. 그곳에 성경책과 다른 책 몇 권과 필기도구를 가져다 놓고 아침만 먹고 가서 저녁 먹을 때까지 거기서 기도하며 성경책을 읽고 글도 쓰면서 그렇게 보름 정도를 보냈다. 하지만 간사들과 목사님이 말이 많아지는 바람에 다시 일상으로 돌아와 정우랑 나랑 극장도 가고 공원을 거닐면서 얘기도 많이 했다. 그 당시 밀알 선교단에서는 수화 찬양단과 우리가 공연하러 다니면서 후원금이 많이 모여 그 기금으로 땅을 사서 밀알 건물을 짓자는 의견이 있었고, 가을부터 한창 땅을 사려고 시간만 나면 목사님과 간사들이 땅을 보러 다녔다.

　　나는 어머니에 대한 충격에서 2년 가까이 방황하다가 2004년 봄부터 조금씩 벗어나고 있어 고입 검정고시를 준비하다가 2년여간 들어가지 못했던 호산나 대화방에 시험 공부하다가 지루하거나 머리를 식히기 위해 한번씩 잠깐 들어가 보곤 했다. 합주단 공연 연습을 매일 했고 화요일마다 모임도 있었고 공연도 계속 잡혀 연습을 하며 시험을 준비했다. 힘들고 머리가 혼란해지면 잠시 짬을 내어 채팅방에 들어가 대화를 했는데 예전부터 나에게 관심을 보이던 그 여자와 다시 채팅을 두 달 정도 하다가 어느 날 그 여자가 갑자기 자기하고 사귀자는 얘기를 하는 것이었다. 나는 아직 얼굴 한번 보지 못하고 이름만 겨우 알 뿐인데 말도 안 된다고 거절했더니 몇 차례 더 대화하면서도 자기랑 사귀자는 말을 하기에 나는 그와 사귀기로 약속했고 결혼까지도 얘기가 오갔다. 그래서 한번 만나자고 약속했더니 자기는 간질이 있어 직장도 못 다녀서 돈이 없다고 하기에 열차표를 끊어 보냈더니 대구에 오는 김에 아는 친구를 잠깐 보고 나에게 오겠다 하여 그러라고 하고 식당을 잡아놓고 내 친구 홍군하고 기다리고 있었다. 또 오는 길을 모른다고 전화가 와 홍군을 보내 데리고 왔는데 밥을 먹으면서 나하고는 얘기하지 않고 친구랑 계속 얘기를 하고 있어 나는 무시당하는 것 같아 화가 났다.

"너는 절대로 장애인하고 결혼할 사람이 아니고 장애인과 결혼할 생각도 하지 마라." 하고 보냈다.

그전부터 서로 전화번호를 알고 있어도 채팅방에서만 잠깐씩 얘기를 나눴는데 자기가 잘못했다고 한 번만 용서해달라고 애걸하기에 끝까지 거절하지 못해 다시 사귀기로 했다. 나는 고입 검정고시 준비를 하면서 연애 아닌 연애도 같이 하면서 잠시나마 한꺼번에 토끼 두 마리를 다 잡겠다는 부푼 꿈을 잠시 꾸어 봤지만 시험 날을 이틀 앞둔 아침에 억장이 무너져 말도 안 되는 문자가 와 있었다. 내용인즉 '오늘 자기가 대전에 놀러 가는 중이라고 하며 남자 친구와 하룻밤 자고 온다.'는 것이었다.

그것을 보는 순간 이 여자가 제정신인가 싶어 화가 머리끝까지 올랐지만 마음을 가라앉히고 답장을 보냈다.

"네가 가는 것은 자유이지만 적어도 결혼을 약속한 남자가 있는데도 그런 행동을 한다면 너도 하나님을 믿고 있기에 하나님이 용서하지 않을 것이다.", "다시는 너를 인정하지 않겠다." 하고 보내놓고 가만히 생각하니 정상적인 여자가 아니라는 생각이 들었다. 그리고 몇 시간이 지나서 문자가 오기를 "지금 병원 응급실에 가는 중이라고 열차를 타고 가는 중에 위경련이 일어나 여행도 못 가게 됐어. 내가 벌 받았나봐." 나는 아예 무시하고 말았다.

다음날 전화가 와 어젯밤에 퇴원했다며 내일 시험도 치고 하니 오늘 나에게 와서 밥을 사 주겠다며 집 주소를 알려주면 찾아가겠다고 하는 것이었다.

"절대로 오지 마라. 너라는 여자는 사람도 아니야. 적어도 생각이 똑바로 박힌 여자라면 내일 시험을 앞두고 있는 것을 알면 용기를 주고 시험에만 집중하도록 해주는 것이 장래를 약속한 사람의 도리가 아니냐." 말했다.

"그래서 가려고 하잖아. 제발 주소만 알려 달라고!"

애원을 했지만 나는 끝까지 거절했다.

그리고 다음 날, 무거운 마음으로 시험장에서 시험을 봤지만, 문제가 하나도 머릿속에 들어오지 않았다. 두 달 동안 열심히 했는데 그런 일이 없어도 여섯 과목의 문제가 어려운데 이런 일까지 겹쳐 너무 어처구니가 없었다. 그래도 나름대로 최선을 다하고 돌아와서 다음날 인터넷으로 교육청 홈페이지로 답안지를 맞추어 보니 형편없는 점수라 너무 실망이 되어 죽고 싶을 만큼 괴로웠다. 하나님을 믿는 사람으로 이래서는 안 된다고 생각되어 동부교회 금요기도회를 다니면서 울기도 많이 하고 회계를 하면서 평정심을 되찾게 되었다.

그리고 한 달 뒤에 혹시나 하는 마음에 교육청 홈페이지에 들어가 확인을 해보니 합격자 명단에 내 이름이 올라와 있었다. 그 한 달 동안 의 악몽 같은 시간을 보낸 것은 긴 터널 속을 달리다가 터널을 빠져나 오는 순간 갑자기 환해지는 그 환희, 희열 같은 것이라는 느낌을 받았 다. 비록 두 달간의 짧은 시간이지만 사모님이 영어를 가르쳐 주셨고 남정우는 어려서 이미 초등학교를 졸업했고 저번에 나보다 먼저 고입 검정고시를 합격하여 나에게 문제를 잘 풀도록 도와줬다. 봉사자 김 집사님은 수학 과외선생이라 너무 재미있게 가르쳐 주셨고 여섯 과목 중에 네 과목은 그리 어렵지 않아 두 달 조금 넘게 준비했는데 그 여 자와의 사건만 없었더라면 점수를 더 많이 받았을 텐데, 평균 64점, 턱 걸이로 합격할 줄은 몰랐다. 이것은 하나님이 도우심이 아니고서는 설 명할 수 없는 일이었다.

나는 그 큰 시련의 아픈 상처를 안고 정신없이 시험을 쳤으니 문제의 유형이 A 유형과 B 유형이 있었는데 나는 A 유형을 쳤는데 답안지를 맞춰 본 것은 B 유형이었다는 것을 나중에야 깨달았다. 평균 64점으 로 합격하고 나서 학문의 깊이를 좀 더 많이 알고 싶어 대입 검정고시 는 학원에서 제대로 배우고 싶어 몇 곳의 학원을 간사님하고 찾아 다 녀봤지만 나 혼자 다닐 수 있는 학원을 찾지 못했다.

인식을 깨다

> "내가 두려워하는 날에는 내가 주를 의지하리이다. 내가 하나님을 의지하고 그 말씀을 찬송하올지라 내가 하나님을 의지하였은즉 두려워하지 아니하리니 혈육을 가진 사람이 내게 어찌하리이까"
>
> [시] 56:3~4

간사들이 동행하며 시내에서 좀 크다는 일신학원을 비롯하여 몇 곳을 다녀 봤지만 혼자 전동휠체어를 타고 다니기에는 들어가는 입구부터 계단이 나를 가로막았다. 그러다가 만경관 극장에서 영화를 보고 나와 시내를 혼자 쇼핑도 하고 여러 가지 생각을 하면서 집으로 돌아가는 길이었다. 그곳에서 얼마 되지 않는 곳에 한양 검정고시 학원 간판이 보여 가장 먼저 전동휠체어가 갈 수 있는지부터 확인해 봤더니 협소하지만 경사로도 있고 엘리베이터도 있었다.

학원의 수업 교실은 4~5층이었고 사무실은 3층에 있어 무작정 사무실로 들어갔더니 직원이 돈을 몇 푼 주면서 가라고 했다. 나는 그 직원 손길을 뿌리치면서 말했다.

"나는 구걸하려고 오지 않았어요. 이 학원에 수강신청 하려고 합니다."

직원들이 의아해 하면서 사무장을 소개해주었고, 나는 사무장에게 이만저만한 나의 사정 얘기를 했더니 사무장은 말했다.

"안 됩니다. 우리 학원에는 장애인이 공부할 수 있는 시설이 갖추어 지지 않았고 게다가 장애인이 수강하면 다른 수강생들에게 방해되어 안 됩니다."

예전에 컴퓨터 학원에서도 거절당한 경험이 있어 이번에는 또 물러 설 수 없었다.

"사무장님, 하나만 알고 둘은 모르시네요. 장애인도 배울 권리가 있고 또 내가 있으므로 다른 수강생들에게 오히려 도전정신이 생기지 않겠습니까?"

사무장은 잠시 생각하더니 말했다.

"그럼 어떻게 해 드릴까요? 자리가 좁아서 안쪽은 불편할 것 같은데…. 전 과목 다 수강하시겠습니까?"

나는 제일 뒷자리에 의자 하나만 치워주면 된다고 했고, 그리고 우선 영어, 수학 기초를 배우고 싶다 하고 두 과목을 신청한 뒤 10월 초부터 매일 남들보다 조금 빨리 가서 문 입구에 만들어둔 나의 지정석에서 공부를 시작했다. 내가 있는 교실에는 30~40명 되는 수강생들이 공부했다. 처음에는 이상한 눈초리로 보며 자기들끼리 쑤군대고 빈정거리는 소리도 들려왔지만, 거기에 신경 쓰지 않고 수업에만 열중했더니 한 달쯤 되니 나를 대하는 태도가 조금씩 달라졌다. 나는 엘리베이터 안에서도 내가 먼저 인사하니 그들은 그제야 하는 말이 '저런 몸으로 몇 번이나 올까?' 했단다. 그런데 그들보다 더 열심히 하는 것을 보면서 자기들은 몸이 멀쩡한데 나보다 못하다는 생각이 들어 도전 정신이 생겼다며 먹을 것도 가져와 나눠주었다. 책장도 넘겨주는 아줌마들도 생기고 모두가 대단하다며 나를 추켜세워 줬다.

그 와중에 밀알의 밤을 서문교회에서 열었는데 교회도 다니지 않는 사람들이 와 보고 너무 감동받았다며 나더러 이렇게 훌륭한 사람인 줄 몰랐다며 꽃다발을 사다 주고 축하해 주며 칭찬이 자자했다. 이것은 내가 한 것이 아니라 하나님이 나를 통하여 영광 받으시려고 주신 달란트라고 내게 칭찬하지 말고 하나님께 감사하시라고 말했다.

시간이 흘러 12월 말에 사무실에 가서 대입 검정고시 수강 신청하려고 사무장을 만나니 나보고 고맙다고 인사를 하면서 나 때문에 수강생들이 수업 열기가 대단하다고 했다. 나는 2005년 1월부터 대입 검정고시 전 과목을 수강신청을 했는데, 1년 수강료가 120만 원에 교제 책값이 30만 원이 따로 있다고 해서 내게 너무 큰 부담이었다. 기초생활수급자로 생활하는 사정 얘기를 했더니 사무장은 잠시 생각하더니 교제는 무료로 주고 수강료도 반으로 삭감해 월 5만 원 1년 할부로 해주겠다고 했다. 너무 기쁘고 감사한 일이었다. 하나님께서 '두드리는 자에게 열어 주시고 구하는 자에게 길을 열어 주셨구나.' 하는 것을 느꼈다. 그룹홈으로 돌아오는 길이 마음으로 감사가 넘쳤고 얼마나 기뻤는지 목사님과 간사들에게 얘기했더니 좋은 일이라며 파티까지 열어 줬다.

희망의 새해

그리하여 1월 2일부터 아침마다 7시에 일어나 학원에 갈 준비를 하는데 모든 것을 급하게 서두르지 않으면 안 됐다. 밥도 빨리 먹어야 하고 세수도, 옷 입는 것도 서두르지 않으면 안 되는 중증 장애인이라 더 바빴다.

그래도 이렇게 할 수 있다는 것이 얼마나 행복한 일인가? 불혹의 나이를 훌쩍 넘어 섰을 때 이런 기회가 주어졌다는 것이 참으로 감사했다. 밀알 그룹홈 식구들이 도와주고 간사들이 협조해 줘서 학원을 다닐 수 있었다.

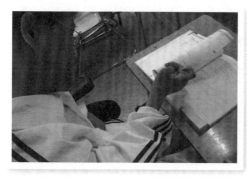

1월 중순이 되자 영하의 날씨가 계속 이어지더니 그날은 집 안에 있어도 싸늘한 기운이 느껴져 춥겠다고 생각했다. 하지만 몸의 특수한 구조상 장갑도 손가락이 펴지지 않아 못 끼고 양말을 신으면 발가락으로 필기를 할 수 없었다. 그렇게 양말을 신지 못하고 운동화만 신었기에 집을 나서니 추위가 더욱 장난이 아니었다. 심상찮은 추위 속을 뚫고 전동휠체어를 타고 가는 데 5분도 못 가 귀가 시려 오고 손가락이 아파 오기 시작했다. 집에서 한양검정고시 학원까지는 아무리 빨리 가도 35~40분은 걸리는 거리여서 추운 날에는 되도록 빨리 학원에 들어가는 것이 상책이었다. 최단시간에 들어가야 한다는 생각으로 쉬지 않고 달렸다. 그런데 신호가 걸려 길을 건너지 못하고 대기하고 있는데 신호가 왜 그리 길게 느껴지는지 손이 떨어져 나갈 것 같았다. 아픔을 겨우 참으며 신호가 빨리 바뀌기를 기다리고 있는데 어느 아주머니의 친절함 때문에 내 마음속 샘에서 따스한 물안개가 피어오르는 일이 있었다.

그분은 빨갛게 얼어 싸늘해진 나의 손을 꼭 잡아주며 말하셨다.

"장갑도 안 끼고 다니세요? 목도리를 가져왔으면 감아 주고 싶은데."

자상하게 대해 주시면서 자기가 가진 거는 사탕 몇 알뿐이라며 사탕을 까서 입에 넣어 주시고 미안하다는 말을 남기고 가시는 뒷모습에서 손난로보다 더 따뜻한 기운이 감돌아 멀리 사라질 때까지 한참 바라보았다. 그분의 작은 행동은 추위를 이겨내도록 나에게 큰 용기를 주었다.

대입 교실 수강생은 60명이 넘었고 많게는 70대에서 10대까지 다양한 연령층으로 구성되어 있었다. 그때 만난 짝꿍이 김형우이다. 형우는 20대 청년이지만 꼭 내 옆에 앉아 필기도 도와주고 모르는 문제는 자기가 풀어 주면서 이해시켜 주는 고마우면서도 유일한 동창이자 짝꿍이다. 그룹홈에도 몇 번 봉사자로 왔고 지금도 끈끈하고 든든한 협회 후원자로 활동하고 있다.

학원 측은 탁자 하나를 다리를 잘라 내가 발로 필기할 수 있도록 해 주었다. 공부하고 배운다는 것이 얼마나 재밌고 신나는 일이었다. 30여 분이 걸리는 거리지만 점심도 집에 와서 먹고 오후 2시부터 오후 수업이 다시 시작되어 공부하고 오면 5시가 넘었다. 집에 와서는 복습을 조금 해놓고 다른 일과를 해 나갔다. 그전 해 겨울부터 밀알 선교단은 칠곡 다부동에 땅을 구입하여 건축에 들어갔는데 정우와 나는 이미 시설에 살아 본 경험이 있어서 가능하면 들어가지 않고 싶어 했다.

그리고 네 달이 후딱 지나고 4월 5일 대입 검정고시를 예습 삼아 쳤다. 이번 시험을 치는 요령도 익힐 겸 어떤 문제가 출제되는지 타진한다는 가벼운 마음으로 시험을 봤다. 어차피 학원은 1년은 다닐 수 있으니까. 지난해 8월에 고입 시험처럼 애타는 일도 아니라서 쉽게 생각하며 쳤다. 다음날 교육청 홈페이지에 답이 떠 맞춰보니 평균 61점으로 턱걸이로 합격이 되었다.하나님께 감사하며 기뻤지만, 어머니가 살아 계셨으면 얼마나 좋아하셨을까 하는 마음에 너무 아쉬웠지만 그룹 홈 식구들이랑 많은 사람들이 좋아해 주고 보는 사람마다 축하해 주어 이 모든 것이 하나님의 은혜라 생각했다. 나 자신을 극복하고 새로운 기회를 주셔서 감사했다.

갈등의 끝은

한편 2001~2004년까지 밀알 선교단에서는 수화찬양단과 합주단이 큰 교회에서 공연하고 오면 하루에도 현금 후원 모금이 2,000~3,000만 원 정도 모였고, 후원 약정카드도 수십 장이 들어왔다. 작은 교회에서 해도 현금이 수백만 원과 후원 약정카드도 들어와 돈이 어느 정도 모이자 다부동에 땅을 사서 6·25 격전지 바로 아래 야산자락 1,200평을 매입했다. 2004년 가을부터 공동체를 짓기 시작했고 한편으로는 선교단 일은 그대로 진행되어 갔다. 월간 밀알보 발송 작업을 하는 날이 되면 인쇄소에서 5,000부가 넘는 인쇄물을 받은 다음 날부터 그룹홈 식구는 물론이고 자원봉사자 10여 명과 간사들까지 매달려 작업을 했다. 40평이 넘는 홀에 사람들이 북적대 잔칫집을 방불케 했고 음식도 푸짐하게 준비했는데 봉사자들이 오면서 싸 오기도 했다.

그뿐 아니라 하루가 멀다 하고 많은 사람이 드나들면서 밀알 선교단에 일이라면 누구도 발 벗고 대기하고 있는 사람들이 밀알의 자산이었고 필요한 것과 그룹홈에 필요한 것을 가져다주는 사람들이 참으로 많아서 좋았다. 나는 꼭 뭘 사 오고 가져다주는 것도 좋았지만, 누구라도 헌신하고자 준비하고 있는 사람들이 얼마나 많은지 하나님은 사람을 통하여 역사하시는 분이라는 것을 실감케 했다. 그래서 그런 분들을 소중히 생각하고 더 아름다운 관계를 맺어 가야 한다고 생각했다. 그런데 어느 순간부터 사람을 대하는 것이 내가 생각하는 것과 조금 달라 실망감도 느껴졌지만, 그 많은 사람을 다 관리하기에는 역부족이라고 이해는 하면서도 한 사람 두 사람 떠나는 사람이 생길 적마다 쓸쓸한 마음을 떨치기는 어려웠다.

처음 우리와 약속했던 밀알 국제 장애인 선교 센터 건립은 한마디 말도 없이 사라졌고, 오로지 공동체 건축에만 모든 간사들과 목사님이 몰입되어 갔다. 그 산골에 장애인을 데리고 가면 고립되는 것은 불 보듯 뻔한 일인데 장애인일수록 교통 편이가 원활한 곳에 살아야 하고 병원도 가까이 있어야 빠른 치료가 가능하다. 하지만 처음 우리 약속과 너무 달라서 크게 실망했다. 그곳에 들어가면 사람들과 소통의 기회도 많이 사라질 텐데 하는 생각을 하고 있었지만 이미 2004년 초겨울부터 다부동에 건축을 시작하면서 그룹홈 식구들도 예전 같지 않아 관심과 사랑을 쏟는 일이 식어갔다. 하루는 점심을 우리끼리 해결하라고 해서 정우랑 나는 시장을 봐와서 된장국에 무우를 투박하게 썰어 넣어 끓여 맛을 보니 쓴맛이 났다. 김은경 자매를 부르니 달려와서 이것저것 다 넣고 끓여준 것이 부대찌개라 했다. 그렇게 한 끼를 먹고 나서 생각했다. 어쩌면 이런 생활이 언젠가 계속되는 날도 오지 않을까?

밤낮없이 모든 간사들과 목사님 심지어는 구원이까지 다부동에서 집을 짓는 데 동원되었고 나는 학원을 다니면서 그룹홈을 돌보았다. 정우와 함께 형제같이 지내면서 그렇게 지내고 2005년 1월이 되자 목사님과 홍 국장이 정우랑 나를 따로 불러 여러 가지 얘기를 나누고 의논을 했다. 나는 대입 검정고시 학원을 다니면서 정우랑 나의 앞길에 대해 의논을 하면서 의견을 좁혀갔지만, 나도 그렇고 정우도 이미 시설의 장단점을 너무 많이 겪어왔기에 또 시설로 들어가는 것은 싫었다.

그때부터 서로 간의 신경전이 시작되어 일주일에 두세 번씩 목사님과 홍 국장이 우리를 혼란스럽게 했다. 정우도 그렇고 나도 내 앞길을 인도하시는 분은 오직 하나님이시라 기도하는 수밖에 없었다. 하루는 우리에게 나가라고 하면서 집도 구해 주고 생활이 안전하도록 도와주겠다 해놓고 또 하루는 못 하겠다 같이 들어가서 꿈을 키우자 했다가 또다시 나가라고 했다가 우리는 도대체 어느 장단에 맞춰 춤을 춰야 하는지 갈피를 못 잡게 했다. 학원에서 재미있게 공부하고 오면 또 신경전이 벌어지고 마치 출애굽 할 때와 비슷해서 바로와 같이 변덕이 죽 끓듯 느껴지는 순간이었다.

그런 신경전이 장장 8개월 동안 이어지면서 우리를 진 빠지게 했고 지치게 했다. 처음에는 못 들어간다고 했지만 목사님과 홍 국장이 계속 어느 날은 독립하라 했다가, 며칠 안 가 또 못 보낸다고 했다. 결국, 같이 들어가겠다고 했는데도 못 믿었는지 계속 반복하기에 몇 번 다투기도 했다.

학원비도 내 개인 돈으로 다니고 있는데 밀알에서 대주는 것처럼 말을 하고 그렇게 껄끄러운 관계 속에서 전국 밀알 사랑의 캠프에 참가하고 왔다. 8월 셋째 주일을 삼 일 앞두고 주일 오후 예배 설교를 나보고 해달라고 부탁하기에 다른 간사가 있는데 왜 나한테 시키냐 하니 평상시에는 목사님이 못하면 사모님이 하고 아니면 홍 국장이 했는데 그날따라 다들 출장이 잡혔다 했다. 부득불 내게 부탁한다기에 순종하는 마음으로 요나서를 준비하여 설교했다. 그리고 설교하는 시간에 하나님이 나의 마음으로 요나를 계속 생각하게 하셨고 그 후 목사님과 의논하면서 다부동으로 들어가기로 합의를 봤고, 그해 10월 초에 그룹홈 식구들과 사무실도 다 옮겨갔다.

산골 오지의 꿈

다부동 산골짜기는 가을 풍경은 너무 아름다웠다. 아침에 창문을 열고 보면 온산에 안개와 운무가 자욱하고 그 아래로 울긋불긋 단풍으로 물든 나뭇잎들이 환상적인 한 폭의 그림이었다. 풍경은 날마다 새로웠다. 사람 소리는 우리 식구들밖에 들리지 않았고 아침에 청아한 산새 소리만 들려오는 수도원 같았다. 그렇게 북적대던 선교단 봉사자들 몇 명 빼놓고는 얼굴 한번 볼 수 없었다. 정우나 나는 시내 한 번씩 볼일이 있어도 간사들이 차를 태워주지 않으면 꼼짝 못 하는 신세가 되어버렸다.

석양이 질 무렵 땅거미 내려앉아 어둑어둑해지면 다른 사람들처럼 가족이 기다리는 곳이 없다고 느낄 때 그 허전함과 텅 빈 가슴을 달래지 못해 40일 아침 금식기도를 하게 되었다. 그러고 있는 중에도 밀알의 밤 행사를 위해 밀알의 식구들은 합주 연습을 계속하면서 나는 3년째 나 혼자 10,000원짜리 티켓을 400장을 넘게 팔았고 많이 팔 적에는 500장 넘게 팔았는데 목사님도 간사들도 그렇게 많이 팔지는 못했다. 이것은 하나님의 은혜이고 간사들 두세 사람 몫을 한다고들 말하지만 나는 내가 하는 것이 아니고 주님이 내게 맡기신 일을 다할 뿐이라고 생각했다. 맡겨진 이상 최선을 다해 노력할 뿐이다. 칠곡에 있을 때도 400장

넘게 팔아 내가 나가면 최고 요리집에서 후한 대접을 받았다. 11월에 밀알의 밤도 성황리에 잘 마치고 목사님은 수고한 간사들과 수화 찬양팀 그리고 나와 봉사자 몇 명과 함께 중국 북경으로 여행을 가자고 약속했다. 명목상으로는 단기 선교였지만 사실상은 관광 여행이었고, 개인 부담 반 선교단에서 반을 부담하기로 하고 가는 여행이었다.

여행비는 인당 60만 원이었지만 나는 수급비로는 그만큼의 큰돈을 마련하기 어려워 몇몇 사람에게 도움을 청했더니 육군 장교로 있는 김동민 임정옥 부부가 60만 원을 다 보내주었다. 나는 이것은 아니다 생각하고 목사님에게 40만 원은 돌려줘야겠다고 얘기를 했더니 목사님은 다른 사람에게 후원하라고 했지만 나는 양심상 그러면 안 된다고 돌려보냈다. 장성태 동생이 20만 원 또 다른 곳에서 나머지를 채워줬다.

나는 대입 검정고시를 합격하고 나서 대학교를 진학하고 싶어 했고 밀알에서도 어느 정도 생각을 하고 있었다. 다부동 공동체에 들어가면서 40일 아침 금식 기도를 시작하면서 계속 생각했던 것은 대학 진학이었다. 전동휠체어로만 등교하고 모든 활동을 혼자서 해낼 수 있는 대학은 하양에 있는 대구 대학밖에는 없었다. 게다가 가지고 있는 돈은 조금 있었지만 그것으로는 턱없이 부족하고 기초수급으로는 말이 안 되었다. 그 때도 서울에 있는 그 여자와는 한 달에 한두 번은 연락하고 지냈다.

그래도 믿음으로 기도한다면 길은 하나님께서 열어 주시리라 확신했다. 첫째, 다부동에서 잘 적응하는 것과 둘째, 대학교를 진학하는 기회를, 셋째, 결혼하는 것. 이 세 가지 제목과 함께 밀알의 여러 가지 일과 많은 인연을 위해 중보기도로 매일 새벽마다 일어나 기도를 했다. 또 김OO 회원에게 회장직을 5년 전에 물려 줬는데 그분 역시 전신마비 장애인이라 5년간 활동을 전혀 못 해서 회원들도 다 흩어지고 이사님들도 다 떠났으며 후원자 개발도 못 해 나보고 협회가 해체될 위기에 놓여 있다며 내게 다시 맡아달라고 부탁을 했다. 목사님하고 의논하고 내가 다시 맡기로 하고 따로 나의 개인 전화 070 인터넷 전화를 사무실에 넣고 요금은 내가 부담하기로 했다.

생활관 공동실이 따로 있었지만 나는 따로 자면서 식구들을 돌보며 챙겼고, 또 내가 도움받을 것이 있으면 언제든지 강진이나 구원이에게 도움을 받기도 했다. 외부에서 방문객이 오면 가장 먼저 나와 정우가 사용하며 업무를 보는 사무실로 모셔서 나를 소개하고 정우도 소개했기 때문에 나는 항상 긴장하고 대기하고 있어야 했다. 어차피 인생은 미래라는 미지를 향하는 모험이 아닌가? 미래란 가만히 있다고 오지 않는 것은 아니다. 가만히 있어 오는 미래는 그저 지나갈 뿐이고 가난한 미래이다. 교회를 다니면서 진리를 알게 되고 주님은 내게 개척하는 인생을 가르쳐 주셨다. 그리고 노력하면 된다는 신념과 꿈을 심어 주셨다.

나는 어디서나 헛되게 살고 싶지는 않았다. 적어도 내가 개척하고 만들어 가는 미래를 꿈꾸어 왔다. 2005년 밀알의 밤도 성황리에 끝이 나고 이곳저곳에서 공연 초청이 들어와 한두 곳에 해주고 또 준비하면서 그렇게 지내고 있던 12월 초, 아침 금식 기도가 오 일 정도 남아 있는데 서울 그 여자에게서 전화가 왔다. 나는 별로 할 말이 없었지만 왔으니 받기는 했고 몇 마디 안부 말을 주고받다가 갑자기 자기가 하고 있는 인터넷 카페 회원 한사람을 소개해 주고 싶다고 했다. 한 번 당한 사람에게서라 '뭐 특별한 사람일까 기대할 게 있을까?' 생각했다. 마지못해 해보라고 했더니 네이트온 채팅 주소를 서로에게 알려 주면서 소개할 사람이 있다고 빨리 대화방에 들어오라 하기에 하던 일을 잠시 접어두고 대화방으로 들어갔다. 서울 그 여자는 지금의 아내가 된 우리 집 사람과 나, 두 사람이 서로 간절히 기다리고 있다고 거짓말로 속여 대화방을 만들어 대화하게 했다. 우리는 서로를 소개했고 아내는 장애를 극복하고 시인이 된 작가의 얘기를 나누다가 나를 소개받았다고 했다.

칠곡 외각지에는 단풍이 물들어 온 들판이 향기 없는 화원을 이루고 있을 때 매일같이 서로의 일터에서 네이트온을 열어놓은 상태로 짬짬이 시간을 쪼개어 대화를 나누었다. 크고 원대한 얘기는 아니지만 일상 속에 잔잔한 대화는 날마다 이어지는 가운데 이해와 관심의 폭은 깊어가고 있었다. 그렇게 일주일이 넘어가던 어느 날, 갑자기 내가 있는 공동체 식구들에게 그가 장사하고 있는 돈가스로 점심 대접 봉사를 하고 싶다는 제의를 하기에 좋다고 했다. 포항에서 포터 트럭을 타고 온 그녀는 15명의 식구들에게 푸짐하게 점심봉사를 해 주었는데 하나도 낯설지 않았다. 마치 오래전부터 만났던 사람처럼 정감이 느껴진다고 했더니 자기도 왠지 모르게 오늘 처음 만났는데 예전부터 알고 지내던 사람 같다고 했다. 단 한 번의 만남도 없었고 서로가 어디서 무엇을 하며 살았는지 몰랐음에도 왜 그런 생각이 들었을까? 이것이 인연이 되어 오누이로 발전하게 되었다. 지성이면 감천이라 했든가 새벽마다 간절했던 기도를 하나님이 기억하셨을까? 겨울의 찬바람이 뼛속까지 파고들어 오고 있을 때, 그날도 열려 있는 대화창으로 잠깐씩 얘기는 나누었지만 서로가 바쁜 일상이고 특히 그는 동업이긴 해도 가게에서 장사하는 입장이라 밤 10시가 넘어서야 그녀나 나도 깊은 대화를 할 수 있었다.

그날 밤에도 서로의 살아온 이야기라든지 가게에서 장사하면서 있었던 얘기를 나누다가 갑자기 대화 중에 내게 언젠가는 모르지만 나를 모시고 살고 싶다는 말을 했다. 내가 시인이니까 시골집을 구해 함께 살면서 자연을 벗 삼는 시인으로 남게 해 주고 싶단다. 전혀 생각하지 못한 제안이라 나는 믿기지 않아 그냥 해보는 말이겠지 하며 흘려보내는 말로 들었는데 그 뒤로 몇 번을 더 똑같은 얘기를 하기에 나는 말했다.

"그 마음은 고마운데 지금은 혼자니 그런 말을 할 것이나 언젠가 결혼을 했을 때 그 말이 성립될까?"

"아니예요. 결혼하면 남편을 설득시켜 이해하도록 할 거예요."

"그러지 말고 나랑 결혼하면 어떠냐? 하하하."

"…"

하얀 눈이 펑펑 쏟아졌다. 창밖에는 온 세상이 하얀색으로 그려진 한 폭의 그림, 어딘가에서 비쳐 오는 사랑의 촛불이 자리 잡고 있었다.

2006년 1월 1일부터 5일까지 중국 북경에 단기 선교 여행을 갔다. 수화 찬양팀과 봉사자까지 30여 명이 북경에 가서 자금성을 비롯하여 민속촌, 만리장성, 북경광장, 누에로 비단을 짜는 공장 하며 으리으리한 여왕 궁에 우리나라 한강보다 더 큰 인공호수까지 여러 곳을 다녀

오면서 그녀에게 기념 선물로 비단 손수건을 사 왔다. 그녀는 그사이에 직접 손수 뜨개질을 하여 조끼를 짜서 줄장미 문양을 넣어서 나에게 주려고 포항에서 칠곡까지 달려와 주었다. 그 정성이 지금도 생각하면 마음이 따뜻해진다.

청혼의 결정

지금까지 내 앞에 놓인 장애물은 하나님이 힘과 지혜를
주셔서 잘 극복했지만, 결혼은 또 다른 성격이고 혼자의 의지로도 이룰
수 없는 것이 결혼이다. 인간에게 가장 큰 귀로이고 중요한 길이고 상
대방과 일치가 되어야 이뤄지는 것인데 바람의 무게도 정하시는 하나님
이 우리의 길도 예비하셨다. 조끼를 선물 사건으로 밀알 식구들도 부러
워하며 좋아했다. 나는 그때 청혼하기 시작했는데 자기는 사귀는 사람
이 있다며 거절했다. 하지만 한 번도 사귀는 사람에 관한 얘기를 한 적
도 없고 생활 속에도 느껴지지 않았다. 매일 밤 채팅하느라 전등은 꺼
놓고 채팅을 했지만, 모니터 화면이 환해 창문에 커튼을 치고 있어도
밖에서 불빛이 비친다고 홍 국장과 목사님이 눈총도 주고 꾸지람도 들

없지만, 그 산골짜기에서 소통할 수 있는 것이라고는 채팅밖에 없었다. 매일 하루도 빠지지 않고 얘기를 주고받으면서 기회가 생길 적마다 청혼을 하고 나니 그녀도 어느 정도 마음의 동요가 생기는 것을 느꼈다.

그리고 1월 중순이 넘어가는 어느 아침에 전화가 걸려 와서 자기가 오고 싶은데 가도 되냐고 했다. 얼마나 좋던지 오라고 했더니 조금 있다가 전화가 또 와서 기다리지 말라는 말에 좀 실망한 마음으로 아침을 먹고 내 일을 한참 하다가 화장실 간 사이에 그녀는 나를 놀라게 하려고 사무실 문 뒤에 숨어 있었다. 그런 줄도 모르고 나는 책상으로 가다가 인기척이 나기에 돌아보니 그녀였다. 얼마나 반갑고 좋은지 서로 껴안고 기뻐했다.

"못 온다기에 실망했는데 왔네?"

"놀라게 하려고 그랬죠."

점심을 먹고 산책을 하면서 얘기도 하고 자연을 구경하면서 그날 네 번째 마지막 청혼을 하면서 마음속으로 결심했다. '이번에 거절하면 더 이상 청혼하지 않고 내 갈 길을 다시 찾아야지.' 했는데 그녀는 조건을 제시했다. 아이들이 있는데 애들이 반대하면 못하고 찬성하면 하겠다고 하고는 자기가 가지고 온 차에 나를 태우고 팔공산으로 드라이브를 했다. 그녀는 피곤했던지 내게 기대 잠을 자기에 나도 살짝 졸다가 깨니 저녁때가 되어 저녁을 닭백숙을 시켜 먹고 있는데 전화가 왔다. 합주 연습 시간인데 안 오냐고 해서 급하게 공동체에 내려주고 그녀는 포항으로 가 버렸다. 이것은 내 힘이나 지혜 능력으로는 안 되는 것이라는 것을 알고 하나님께 구하는 수밖에 없어 며칠을 고민하며 기도하다가 기도원에 가 고 싶어 인터넷으로 기도원 몇 곳을 찾아 연락처를 알아 연락을 했다. 경주 쪽 한 곳에서 와도 된다는 답을 듣고 같이 가주겠냐고 했더니 가겠 다 하여 때마침 구정 설날이라 아침에 우리 큰형 집으로 오라고 했더니 와서 인사를 시키니 온 가족들이 얼마나 반겨주는지 참 고마웠다.

그리고 경주로 가기 전에 포항에 자기가 살고 있는 아파트에 가자기 에 갔더니 고등학교 1학년 딸 아이가 거리낌 없이 처음 보는 나에게 친 구랑 세배를 해서 깜짝 놀랐고 세뱃돈을 주었다. 이런저런 이야기를 하 다가 경주에 있는 기도원으로 향했다.

2박 3일을 기도로 부르짖고 눈물로 호소해보니 마음이 평화로웠다. 그 러고 나서 얼마간 뒤에 100일 아침 금식기도를 시작하겠다 하니 자기도 같이 하겠다고 했다. 장사를 하면서 금식기도 하는 것이 쉽지 않을 텐데 함께 하겠다고 하니 고맙기도 하고 뭔가 확신이 들었다. 결국, 아침 6시 에 전화로 하루도 빠지지 않고 기도하는 중에 발렌타인데이가 되었다.

그날 택배가 왔는데 그 녀가 보낸 것이었다. 뜯어 보니까 하얀 골판지로 만 든 2단짜리 케이크 상자를 예쁘게 만들어 그 속에 온 갖 초콜릿과 사탕을 두 상

자에 가득 담아 보냈다. 너무 놀라 전화를 했더니 상자는 딸이 만들었고 초콜릿은 자기가 사 보냈단다. 밀알에서도 난리가 났다. 목사님도 아직 이런 것 한번 못 받았다고 부러움의 대상이 되었다. 한동안 화젯거리가 되었고 밀알의 온 식구와 간사들 목사님이 둘러앉아 나눠 먹는 즐거움을 가졌다.

  그렇게 우리는 점점 가까워졌고 포항에서 적응하는 시간을 갖고 싶다고 그녀에게 말했더니 그러자고 모시러 오겠다 하여 그녀의 집으로 가게 되었다.

아름다운 시간

　　그렇게 하여 보름 정도 포항에서 생활하는 시간을 가졌다. 어쩌면 그녀에게는 힘든 시간이었을 텐데 단 한 번도 힘든 내색을 보이지 않았고 나와 팔짱을 끼고 아파트 4층까지 오르락내리락하는 것이 너무 자연스러웠다. 아침마다 씻겨주는 것까지는 괜찮았는데 목욕은 지금까지 누구에게 맡겨본 적이 없었다. 더욱이 여자한테는 상상도 못 했는데 조금도 주저하지 않고 능숙하게 목욕을 시켜 주는데 오히려 내가 여자 앞에 내 몸을 보인다는 게 너무 쑥스러웠다.

　　그러는 사이에 작은 개척교회에서 간증 집회 초청을 받고 금요기도회 시간에 간증을 했더니 몇 명 안 되는 전 성도와 목사님까지 눈물을 쏟으셨고, 사례비로 30만 원을 받아왔다. 때마침 해병대에 복무하던 아들이 외출을 나와 집에 있어 용돈 하라고 10만 원을 그녀를 통하여 전해 주고 며칠 더 있다가 칠곡으로 돌아왔다.

　　밀알 공동체로 돌아오니까 말들이 많았다. 아직 결혼도 안 했는데 이렇게 오래 있으면 안 된다며 공동체 이미지가 나빠진다고 목사님과 홍 국장이 나를 나무랐고 밀알 공동체 전체 분위기가 싸했다. 왜 그런지 밀알 식구들도 그렇고 간사들과 심지어는 나하고 굉장히 친하게 지내던 식당 담당 집사님도 포항에 며칠 있다가 오니까 남 대하듯 했다. 그런 가운데 외출해서 볼일을 보고 와서 식사 때를 놓쳐 저녁을 혼자 먹는데 반찬이 너무 없어 달걀프라이 하나 해 달라고 두 번이나 얘기 해도 들은 체도 안 해서 나는 화를 내며 "나는 이런 대접받으려고 여기 오지 않았다." 하고 숟가락을 놓고 사무실 방으로 돌아와 버렸다.

　나중에야 장 간사와 주방 담당 집사님이 찾아와 미안하다고 잘못했다고 하면서 간식을 주고 갔다.

꿈 같은 일들

밀알 그룹홈에서 6년을 생활하면서 가장 절실한 것은 따뜻한 가족의 손길이었다. 너무나도 그리웠고 아무리 좋은 음식을 먹어도 마음이 채워지지 않는 그 무엇이 있었다. 그녀와의 대화와 아침 기도는 계속 이어졌고 그녀는 나와 결혼을 결심하면서 기도 속에서 두 사람이 합의해 결혼 날짜를 5월 20일 토요일로 잡아놓고 상견례를 하자고 약속했다. 그녀 쪽은 밀알 김 목사님 내외분과 내 쪽에는 작은형님 내외가 왔는데 정말 해괴한 일이 벌어졌다. 형님 내외는 우리 결혼을 깨판 놓으려고 왔는지 도우려고 왔는지 도무지 이해 안 되는 행동과 근거 없이 화난 얼굴로 우리를 무시해 황당하게 했다. 무엇 때문에 화가 났는지도 몰랐다. 점심을 먹기로 약속하고 우리 나름대로 좋은 식당을 잡아놓았는데 식당에 들어서자 작은형수님은 화난 표정으로 와서 우리가 인사를 해도 받아주지 않고 대화도 거부했다. 목사님과는 언제 알았다고 다정하게 얘기하는 모습을 보면서 나는 화도 나고 그녀에게 얼마나 미안한지, 이 사람이 무슨 죄가 있다고 이런 수모와 모욕을 당해야 하나 싶어 쥐구멍에라도 들어가고 싶은 심정이었다. 지금까지 나는 살면서 누구에게 비굴하지 않았고 장애인이지만 정당하지 않은 것에는 절대로 굽히지 않고 살아온 성격이었는데 그 모멸감을 그녀 때문에 참고 있자니 견디기가 힘들었다. 그 순간, 주님의 십자가 고난이 뇌리를 스치는 바람에 머리끝까지 올라왔던 화를 억제하고 "형수님 아무리 못난 사람이라도 시동생입니다." 고함을 지르고 우리는 점심도 먹는 둥 마는 둥 하고 나와 버렸다.

나를 걱정하고 혹시나 살다가 헤어진다면 어쩌나 하는 노파심에서 그랬다 하더라도 우리한테 그러면 안 되었고 상식과 도덕을 누구보다 강조한 사람들이라 도저히 이해가 되지 않았다. 그날 종일토록 그녀에게 죄인 아닌 죄인이 되었다. 칠곡 밀알에 가는 길에 결혼식 계획을 잡았다. 신부는 한복 한 벌 맞추고 나는 양복 한 벌 사 입고 신부 가족은 부르지 말고 내 가족과 지인들만 모시고 간소하게 치르기로 약속을 했다.

결혼 날을 두 달 반 정도 앞두고 협회 일까지 겹쳐 더 바쁘게 생활해야 했다. 지난해 밀알 선교단이 칠곡으로 들어갈 때 내가 그곳에 들어가는 대신에 개인 활동도 허락을 받았었다. 김 회장이 넘겨준 회장직을 다시 맡게 되면서 3월 말까지 청민문학상 작품 공모전을 나와 그녀가 회원들에게 공모 안내장을 보내기도 했다. 하지만 예전에 내가 처음에 시작하던 때와는 작품이 절반도 들어오지 않았다. 목사님이 300만 원을 지원해 주겠다고 약속을 해놓고도 응모가 끝이 나자 응모된 작품이 너무 적어 다 못 주겠다고 하며 150만 원만 지원해 줘서 대상도 뽑지 못했다. 결혼식 준비보다 출판기념회 준비가 더 시급해 나하고 알고 지내던 시인에게 임시 편집부장을 맡겨 나의 일을 대행하도록 했더니 우리에게는 한 번도 상의도 하지 않고 『민들레』 책 이름을 『문학클

래식』으로 바꿔놓고 책 속에 광고도 자기 사무실 광고를 넣어 황당했다. 하지만 두 가지 일을 병행하기에는 무리여서 출판기념회를 6월 초로 미뤄놓았다. 나는 5월 초에 밀알에서 완전히 나와 포항으로 이사했고 아침 금식기도를 마치는 날 딸아이가 봄 소풍을 가는 날이었다. 아침에 이것저것 챙기더니 과자를 세 개를 엄마에게 건네주면서 아빠 드려라 하는 소리를 해서 귀를 의심할 정도로 놀랐다. 또 그날 오전 10시쯤 군 복무하는 아들에게서 전화가 걸려와 받았더니 약속이라도 한 듯 안부 인사를 하면서 아빠라고 불러줘서 이게 꿈인지 생시인지 분간할 수 없을 정도로 너무 쉽게 이뤄지는 것이 믿기지 않을 정도였다.

청혼했을 때도 몇 번의 청혼을 거절한 것은 그녀 혼자가 아니라 아들과 딸이 있어 그들이 엄마의 재혼을 반대하면 할 수 없기에 받아들이기 어려웠다고 했다. 이 약속 또한 아이들이 반기를 들면 못 할 수도 있다는 단서하에 받은 약속이지만 왠지 그리 나쁜 느낌은 아니었다.

"처음에는 반대하려고 했는데 그래도 엄마의 인생이 중요하니까요."

참으로 마음을 졸였는데 그 한마디가 천군만마를 얻은 기분이라고 하면 어울리는 표현이 될까? 암튼 아이들의 의견을 무시하면서 결혼할 수 없기에 참 답답하고 어디서 풀어나가야 하는 건지 몰랐는데 이렇게 쉽게 실마리가 풀리고 있다는 느낌이 들었다. 군대 간 아들도 잠깐 봤을 뿐이고 누구보다 완고한 아들이라 심하게 반대할 줄 알았는데 오히려 딸아이보다 더 쉽게 허락을 해줬고, 이날 약속이라도 한 듯 같은 날 아빠로 인정해 준 아이들이 너무 고마웠다. 이것이 기도의 힘인가? 너무 순조로운 출발이라 믿기지 않을 정도로 빠르게 진행되어 갔다.

적어도 3~4년은 흘러야 한다고 예상했던 결혼이 만난 지 몇 달 만에 급진전 되는 것이 오히려 불안하기까지 했다. 그리고 나는 욕심부리지 말고 기다리면서 최선을 다한다면 나를 아버지로 인정해 주리라 생각했다. 하지만 이렇게 오랜 시간이 흐르지 않고 너무 쉽게 진행되는 것 같아 의심이 들 정도였다. 아직 결혼식도 하지 않았음에도 아빠로 불러줘서 그 이상 기쁜 선물이 없었다.

신혼의 첫 출발

　　나의 활동 무대가 대구인지라 살림을 그녀가 살고 있는 포항에 있는 아파트로 합쳐 놓고 살면서 크고 작은 일들은 모두 대구에서 봐야 하는 형편이었다. 청첩장도 대구에 있는 지인을 찾아다니며 돌렸고 협회 행사 준비도 병행해 나가야만 하기에 그녀와 나는 일주일에 두세 번은 대구에 와야 했다. 그렇게 준비를 하는 어느 날 뜻하지 않게 정우가 서울 MBC 가족애 발견에 제보를 넣는 바람에 결혼식 일주일 전부터 녹화 촬영이 시작되었다. 이른 새벽부터 자정이 넘도록 촬영을 하면서 식대를 제외한 신부 드레스와 신부 화장 신랑 턱시도에 리무진 차량까지 결혼식 비용을 방송국에서 스폰서를 받아 제공해 줘서 뜻하지 않게 화려하게 밀알 공동체 마당에서 야외 결혼식을 하기로 약속을 했다. 하지만 3일 전부터 장대비가 쏟아지기 시작하여 많은 사람들이 전화가 걸려와 걱정했지만 나와 그녀는 걱정이 전혀 되지 않았고 오히려 평안했다. 주님이 알아서 하실 것이라 확신하고 있었기 때문이다. 결혼식 날 새벽에야 거짓말같이 비가 그쳐서 언제 비가 왔나 싶을 정도로 5월 하늘에 구름 한 점 없이 화창했다. 모든 자연이 깨끗이 씻겨 온산과 들이 깨끗하고 맑고 공기도 신선하여 오는 사람들이 다

놀랐다.

처가 쪽에서는 아무도 오지 않았지만, 하객들이 마당을 꽉 채울 정도로 성대한 결혼식을 올리게 되었고 하나님의 은혜를 다시 실감할 수 있었다. 무엇보다 잊을 수 없는 것은 아들이 나를 두 시간도 보지 않았는데 동생을 설득시켜 엄마의 재혼을 승낙해 준 것이었다.

어떻게 생각하면 참으로 어렵고 복잡한 관계가 될 수도 있었겠지만 하나님의 은혜로 욕심내지 않고 있는 그대로 아이들을 대하고 싶어 노력했던 것이 그 아이들에게 마음에 들게 되었나 보다. 결혼 생활이란 어렵게 꼬이면 한없이 많은 문제가 발생하고 작은 일에도 감정이 쌓이고 하겠지만 우리 부부에게 애들이 너무 자연스럽게 아빠로 존중해 주고 이해해주는 마음이 너무 벅찬 감격이었다. 주님이 나를 이렇게 만들려고 그 힘들고 고달픈 단연을 겪게 하신 거라 생각했다.

결혼식을 올리고 신혼 여행을 가기로 하고 따로 50만 원을 마련해 놨지만 우리가 이렇게 결혼을 할 수 있는 것은 주님의 은혜이기에 선한 사마리아인처럼 어려운 곳에 작은 힘이 되자고 했더니 아내도 동의를 해 줬다. 전국 밀알의 캠프 때 알았던 서울에 사는 아가씨가 백혈병에 걸렸다는 소식을 듣고 최○○ 동생과 홍○○ 씨와 몇몇 사람이 비행기 왕복 티켓을 끊어 보내줘서 그 아가씨 집에 초대되어 융성한 대접을 받고 한참 동안 얘기 꽃을 피우다가 미리 준비한 돈을 책 속에 넣어 포장해 선물하고 왔다. 비행기 속에서 우리는 10년 뒤에 이때 여건을 만들어 신혼여행을 약속했지만, 아직 그 약속을 지키지는 못했다.

혼자가 아니기 때문에

아내가 동업하던 돈가스 가게에 투자했던 동업 자금을 다 받지 못하고 가게를 물려주고 나니 당장 생활비와 딸아이 학비가 문제가 되었다. 주민센터에 가서 기초수급 대상 신청을 했더니 첫 달 43만 원이 나와 항의를 했다. 그러니 답변은 아내가 일할 수 있기 때문이란다. 나는 대구에 있는 인권센터와 밀양에 있는 복지사로 일하는 동생에게 전화했더니 바로 주민센터로 전화를 걸어 항의를 해줘서 그다음 달부터 70여만 원이 나왔지만 턱없이 부족한 돈이어서 축의금으로 들어온 돈을 야금야금 써가며 협회 일을 하다가 아내가 말했다. "여보, 우리 생활하기도 어려운데 협회를 꾸려가기에는 너무 무리예요. 협회를 접읍시다. 네? 여보."

나 또한 이제는 혼자가 아니고 가장이 되었으니 가정을 지켜야 한다는 생각에 어깨가 무거워하던 차였다. 결국 전국에 있는 회원들에게 이런 사정이 있어 협회를 접기로 했다고 이해를 구하는 편지를 보냈더니 몇몇 회원이 답장이 우리의 가슴을 먹먹하게 했다.

"우리 같은 중증 장애인은 이 협회가 있어 희망을 갖고 살아가고 있는데 이 협회마저 없으면 어디에 희망을 걸고 살아갈 수 있겠습니까?

하니 제발 협회만큼은 존속시켜 주십시오."

이 편지를 보면서 우리 부부는 한참을 고민하고 있을 때 포항에 우리와 가깝게 지내는 형님이 우리 포터 차와 자기 승용차를 맞교환하자고 하여 150만 원을 더 주고 차를 바꿨다. 그리고 아들이 해병대에서 제대했지만 가정 형편을 알고 며칠도 쉬지 못하고 마트에서 일하면서 매월 70만 원을 생활비 조로 주는 바람에 형편이 나아졌다. 지금도 그때 일을 생각하면 아들에게 한없이 미안하기도 하고 고맙기도 하여 마음의 빚을 지고 있는 것을 항상 느끼고 있다.

김대중 대통령 시절이라 가스비가 장애인 차에는 50%로 할인 혜택이 있었고 가스비도 지금의 반값도 안 되어서 몇몇 장애인의 편지를 받고 우리 부부는 그 장애인을 한번 만나보자고 했다. 그리고 그때부터 장애인 한 사람 한 사람을 만나러 다녔다. 만나는 장애인마다 안 본 것보다 더 못해 결국 협회를 살려보자고 마음을 굳히고 대구에 아는 사람들을 만났다. 전임 회장이 어떻게 했는지 회원들은 분산되어 버렸고 이사들도 다 떠나버려서 처음 시작할 때보다 더 어렵고 힘들었다.

한 가정의 가장으로 가정을 돌봐야 하는 것도 어려운데 협회를 세워보려고 매주 두세 번은 대구를 비롯하여 전국을 다니다 보면 때로는 밥도 제때 못 먹고 잠도 차 안에서 잘 때가 많았다. 나는 대구에 한 번 가면 최대한 많은 사람을 만나고 올 욕심으로 시간 때 별로 약속을 다 잡아놓고 포항에서 대구까지 고속도로를 시속 170킬로 넘게 달려 사람을 만나 얘기하고 또 이동해 다른 사람을 만났다. 연예인보다 더 바쁜 일정을 소화할 수 있었던 것은 내 옆에 아내가 든든한 매니저 역할을 해주었기 때문이다.

당신이 있어

당신이 있어
작은 꽃잎에 담긴 행복도 놓칠 수 없습니다

산길을 거닐며
삶의 향기를 맡아봅니다
산새 가락에 스며드는 내 노래가
당신 귓전에 울려 퍼져
더없이 좋은 미로입니다

당신이 있어
온 산 안아 포근한 이 순간
계곡마다 숨겨진 신비로움이
진실한 사랑의 맛으로 빚은 하루
이 깊은 감동을 이제야 느껴봅니다

당신이 있어
마음 가득 채워지는
지금 여기가 천국입니다

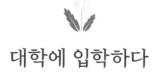

대학에 입학하다

몇 달을 그렇게 다니다 보니 차량 가스비만 한 달에 50만 원 가까이 들었다. 장애인들을 만나러 다녀보니 복지 사각지대에 놓인 사람들이 너무 많았고 복지 혜택을 받아도 제대로 다 받지 못하는 사람들이 너무 많아 우리 부부는 마음이 아팠다. 우리도 복지 제도를 몰랐다면 국가에서 나오는 것을 반도 못 받고 생활했을 텐데 하는 생각을 하며 우리는 차 안에서 많은 얘기를 하면서 다녔다.

딸아이는 고등학교 졸업을 하고 대학을 진학 준비를 하면서 손재주가 뛰어나 제과 제빵을 전공하려고 원서를 다섯 곳에 넣었는데 다 합격해 입학금이 제일 저렴한 곳을 찾고 있을 쯤에 주위 사람들이 나보고 대학을 가라고 권했다. 하지만 집 형편이 어려운데 걱정이 되면서도 마음 한편에는 대학에 대한 미련이 있었다. 하여 밀알 선교단의 목사님한테 얘기했더니 밀알의 밤 행사를 해서 입학금을 해 주겠다 하여 용기를 냈다. 비록 정규대학은 아니지만 사이버대학이라 입학금도 120만 원이고 수업도 집에서 컴퓨터로 강의를 듣고 시험도 집에서 컴퓨터로 쳐도 되어서 편리했다. 장성태 동생이 아는 영진사이버대 임우현 교수님과 연결해 줘서 내가 궁금한 것을 통화해 여러 가지 알아보니 친절하게 답변을 해주셔서 입학하기로 결심하게 되었다. 아내도 잘했다고 격려해 줬지만 학업도 중요하지만 가정이 더 중요하고 딸아이의 학비도 걱정이었다. 하지만 다행히 기초수급자라 국가 보조금이 조금 지원이 되어 전문대를 들어갔다.

내가 생전 처음으로 학교 문턱을 밟고 입학하는 날 너무나도 감격스러웠다. 그룹홈에서 공부를 해 검정고시로 고등과정을 마치고 꿈에도 그리던 대학교 교정에서 수많은 학생들 대열에 내가 서 있다는 것이 믿기지 않았다.

대학을 들어간 딸은 조교로 일하면서 성적이 좋아 장학금을 받게 되어 큰돈 들이지 않고 다녔고, 내가 입학하여 대학을 다닌다는 소식을 요양원에 계시는 아버지가 듣고 형제들이 조금씩 주는 용돈을 모아 두셨는지 작은형님을 통하여 300만 원을 보내주셔서 '아! 역시 부모는 다르구나.' 하는 생각을 했고 그 큰돈을 어떻게 모았을까 하는 생각에 가슴이 먹먹해 왔다. 내가 대학을 입학하자 아들도 나하고 같이 영진사이버대 사회복지학과에 들어가게 되어 같은 학과에 같이 입학해 대학생이 한 가정에 세 명이 되어도 빚도 지지 않고 학업을 할 수 있었다. 이것 역시 하나님의 도우심이 아니고는 불가능한 일이다. 통상적으로 한 가정에 대학생이 한 명만 있어도 허리가 휘청거리는데 세 명이 동시에 다녀도 빚지지 않았다는 것이 지금도 생각하면 신기할 따름이다.

이렇게 하여 내가 집에서 자립하겠다고 결심하고 꿈꾸었던 세 가지의 꿈이 20년 만에 이루어졌다.

꿈이 있다면 좌절하지 않는다

황금 물결이 출렁이는 가을 길을 따라가노라니 코스모스가 만발하게 피어 나를 반겼다. 대학 2학년 2학기 중간고사를 마치고 모처럼 가져보는 여유다. 이제 그 지긋지긋한 시험도 기말고사만 치르면 졸업이라고 생각하니 한층 마음이 홀가분해진다. 비록 사이버대학이기는 하지만 내 생애에 처음으로 입학이라는 것을 하던 날은 마치 초등학교 입학하는 아이처럼 두렵고 겁이 나서 뭐가 뭔지 그저 어리둥절하기만 했다. 내 나이 49살에 혼자 검정고시를 공부한 지 1년 반 만에 초, 중, 고 과정을 다 마치고 대학 진학의 꿈을 가졌었는데 나의 직업이 시인이라 국문학을 공부하고 싶었다. 그러나 내가 맡고 있는 장애인문인협회 일을 위해 많은 장애인들을 만나면서 그들의 어려움과 고통을 알고 나서부터 사회복지학 전공을 해야겠다고 생각했는데 문제는 등록금이었다.

내 몸 하나 제대로 움직이기 힘든 중증 장애인에다 당시 나의 생활은 정부에서 주는 기초수급으로 생활하고 있었던 터라 대학 진학과 등록금 마련은 쉬운 일이 아니었다. 이런저런 고민과 갈등 속에서 나 자신의 욕심보다 가족을 먼저 생각해야 했고 대학생활의 꿈보다 한 가정의 가장으로서 짊어져야 할 짐이 우선이기에 어깨가 더 무거웠다. 뇌병변 1급 중증 장애로 사지는 물론 손가락 하나 내 의지대로 사용하지 못하는 장애인이 남편 노릇, 아빠 노릇 하기도 버겁고 먹고 살 궁리부터 먼저 해야 할 처지라 대학은 더 이상 생각하지 못하고 가슴속에 묻어 둬야만 했던 날들이었는데 대학의 꿈은 현실이 되어 열심히 대학생활을 하였다. 그러나 대학생활이라는 것이 혼자 검정고시 공부할 때와는 확연하게 달랐다. 매일 강의를 들어야 했고 가정 형편이 어려워 교재를 구입하지 못한 탓에 오직 강의에만 의존해야 했다. 발로 글을 쓰는 것이 느리다 보니 필기가 되지 않아 듣는 것과 눈으로 익히는 것이 전부였기에 오로지 들어 이해하고 자료에만 의존할 수밖에 없었다.

나는 어렸을 때부터 내가 해야 한다고 마음먹으면 어떤 경우가 있어도 해내는 성격이었고, 그것이 나를 지키는 길이고 자존감을 높이는 것이라고 생각했기 때문에 더 열심히 노력하였다. 한 과목 한 과목마다 문학을 하는 나에게는 너무나 유익한 과목이었고 호감을 갖고 흥미롭게 들었다. 리더십 관리는 카리스마와 파워가 있어야 리더의 자격이 있다는 고정관념의 틀을 깨게 했고, 자원봉사론은 그동안 '오라기회'와 '오솔길 사랑회'라는 봉사단을 창단하여 100여 명의 회원들과 봉사활동을 한 경험이 있어 많은 도움이 되었다. 인간발달과 사회환경, 사회복지 발달사는 사회 역사와 철학을 더 구체적으로 배울 수 있는 기회가 되어 좋았다.

첫 중간고사 때 일주일 동안 계속되는 시험이라는 긴장감과 중압감을 난생처음으로 당하면서 치른 시험이었지만 그 결과는 너무나도 저조한 성적이었다. 실망과 좌절이 너무 커서 공부할 맛이 나지 않았다. 너무 초라한 나 자신을 보면서 실망이 컸지만 여기서 포기란 있을 수 없다는 생각이 나의 마음을 다잡게 했다. 무엇이 잘못되었는지 곰곰이 원인 분석을 해 보았다. 어차피 오프라인 시험임에도 불구하고 자료 하나 찾아보지 않고 필기 한번 하지 못하고 오로지 기억만으로 시험에 임했으니 결과야 뻔할 수밖에…. 문제점을 발견하고 그 문제를 해결할 수 있도록 한 힘도 이 학과를 공부하면서 얻은 힘이라면 실천에 옮기는 것도 내 몫이라고 생각했다.

그러나 사이버라는 것이 학생들 대부분이 제때 공부하지 못하고 뒤늦게 직장생활을 하면서 공부를 하는 처지라 서로가 시간에 쫓기다 보니 함께 정보 공유할 수 있는 동료가 없다는 것도 가장 큰 아쉬움으로 남았다. 나는 여기서 포기할 수 없었기 때문에 강의 수업을 들으면서 다른 사람보다 조금 더 노력한다는 마음가짐으로 수업 들어가기 전에 먼저 자료를 훑어보았다. 강의를 들으며 한 번 더 보고 단원평가를 치면서 정리하고 그렇게 시간을 투자하는 만큼 지식 또한 확실하게 챙길 수 있었다. 기말고사 때는 자료도 찾아보고 집사람에게 자료를 찾아 달라고 해서 보면서 시험을 친 결과 성적이 조금은 올랐으나 만족할 만한 것은 아니었다. 문제는 공부하지 않으면 아무리 자료를 찾아보고 한다고 하더라도 너무 넓은 범위에서 시험 문제가 나오기 때문에 자료를 찾다가 보면 시간이 다 지나가 버리니까 처음에 몇 문제까지는 자료를 찾을 수 있을지 모르지만 몇 문제만 지나가고 나면 시간에 쫓기어 그냥 머릿속에 가지고 있는 짧은 지식만으로 해야 할 수밖에 없었다.

다시 한 번 또 좌절의 쓴잔을 마시기는 했지만 나의 한계는 여기가 끝이 아니라고 다시 마음을 굳게 다지면서 1학년 2학기를 마쳤다.

장애인문인협회 작품 공모에 출판 기념식에 가을 행사에 대외적인 활동에 수업에 몸이 열 개라도 모자랄 형편이었다. 그렇게 1학년을 기말고사 성적이 평균 80점 가까이 되어 마치고 2학년이 되니 또다시 등록금이 문제였다. 참으로 답답한 나날을 보내며 휴학계를 낼까도 생각하고 있었는데 2학년 때 새로운 제도가 생겼다. 미래 장학금 제도가생겨 평균 70점 이상 되면 국가에서 장학금을 받을 수 있다는 정보였다. 2학년에는 등록금 걱정 없이 공부를 했다.

32살에 장애인의 몸으로 겁도 없이 자립하겠다고 집을 나와 여기까지 온 그 과정이 너무 힘겨워 자살을 시도한 적도 있었다. 하지만 내 생명의 주인이신 하나님께서 나를 보호하셨고, 집을 나오면서 품었던 세 가지의 꿈이 있었기에 결코 행군을 멈출 수 없었다. 그 첫째는 시집을 내는 것이고 둘째는 공부하는 것 그리고 세 번째는 결혼하여 내 가정을 이루고 사는 것이었는데 영진사이버대학 졸업과 동시에 세 가지 꿈이 모두 이룬 셈이다.

지금까지는 나 개인을 위한 꿈을 이루었다면 앞으로는 내가 이룬 것을 누리며 이제부터는 두루두루 보살피는 복지사로서 소외되고 좌절 속에 살아가는 사람들의 편이 되어 주고 그들에게 희망의 빛을 안겨주는 것이 앞으로 내가 이루어야 할 목표라 여겼다. 많은 사람에게 영향을 주지 못하더라도 단 한 사람이라도 제대로 살아갈 수 있게 한다면 그것이 값어치 있는 인생이고 복지사가 가져야 할 사명이라 생각한다.

내 앞에 놓인 어려움이 태산같이 높을지라도 결코 좌절할 수 없는 것은 뜻을 모아 최선을 다한다면 아무리 높은 산이라도 반드시 넘을 기회는 주어지기 때문이다. 꿈이 있는 자여, 한 번 더 용기를 내어 바로 그 자리가 새로운 출발점이 되기를….

질주의 끝은

학업 중에도 시간만 나면 대구, 안동은 시내 다니듯 했고 서울이다, 강원도 평택이다, 전라도 광주, 심지어는 제주도까지 행사를 했고, 회원들의 행사에도 참석하면서 회원의 동향도 알고 인맥도 넓혀 갔다. 3년 동안 그렇게 다닌 거리가 1년에 5만 킬로미터를 넘었고, 몇 번의 사고로 죽을 고비를 넘기기도 했다. 우리가 살고 있는 아파트는 계단밖에 없어도 안동과 마산에 살고 있는 회원이 오면 아내는 꼭 4층까지 끌어올려 식사 대접을 했다. 그리고 나면 3, 4일은 몸살을 하는 아내의 모습에 못난 남편이라 늘 미안했다.

봄에는 『민들레』 출판 기념회와 문학상 시상식을 열고 가을에는 협회 기금 마련을 위해 1일 호프집을 하면서 장소 구하고 티케팅과 음식 재료를 준비하기 위해 장 보러 다니는 시간이 두 달 이상 걸렸고 당일 음식을 만들어 내는 일까지 아내는 봉사자 몇 명과 함께 1인 4역을 했다. 그렇게 힘겹게 협회를 운영하면서 나는 대학을 졸업했고, 졸업하기 전날 네이버 메인 화면에 나의 졸업 소식을 영진 대학에서 크게 소개하는 바람에 졸업식장에는 신문, 방송사에서

열띤 취재 경쟁을 벌이는 속에서 졸업했다.

힘겹게 협회를 운영하는 것을 지켜보신 ㈜신독 박종안 사장님은 나와 의형제를 맺고 우리 협회 일을 많이 돕고 계셨는데 한번은 우리 집에 와보시고 대구로 이사 오면 어떻겠냐는 제의를 하셨다. 하지만 아파트 살 때 낸 대출이 있다고 했더니 자기가 대구에 집을 얻어 줄 테니 오라고 몇 번을 권하셔서 아내와 나는 몇 번의 망설임 끝에 결국 아파트를 팔아 빚을 갚고 대구로 왔다. 빚을 갚고 남은 돈은 협회 밑으로 야금야금 표시도 없이 들어갔고 나도 노후자금으로 마련해 두었던 2천몇백만 원이 소문도 없이 협회 운영비로 들어갔다. 포항에 살 때부터 월간지 『민들레 향기』를 집에서 다 편집하고 무한 리필 복합기로 뽑아 스테이플러로 일일이 찍어 발송 작업을 아내와 나, 둘이서 했는데 꼬박 10일이 걸려 발송 작업이 끝나면 진이 다 빠졌다. 그러자 그 민들레 향기를 보신 분들이 후원을 조금씩 해주시기 시작했고 박 사장님이 스스로 후원회장을 맡아 후원자를 많이 당겨 주셨다. 집도 5천만 원에 단독 주택을 얻어 주셨는데 지금은 9천만 원까지 올려주셨고 우리가 편안하게 살고 있다. 친형제도 그렇게 안 하고 있는데 그분은 협회 일도 발 벗고 나서 주시지만, 우리 개인적으로도 많이 도와주시는 고마운 분이시다. 감사하고 미안한 마음에 우리가 살아 있는 동안은 그분의 사랑과 정성을 잊지 못할 것이다. 그분께 보답할 수 있는 것은 우리가 더 열심히 살면서 협회를 잘 이끌어 가는 것밖에는 더 없다.

이 사

마음이 떠나니
정든 땅도 낯설다
보금자리이던 집도 서먹한 시간
등 돌린 곳에
겨울바람이 차갑게 문을 닫는다

높은 아파트 창으로
한 점 두 점 짐이 빠져나가고
아련히 추억만 텅 빈 공간을 채운다

뭐라 말하고 싶은데
그 무슨 몸짓이라도 나눴으면 하는데
벌써 이별이 눈치를 챈다

덜커덩 문 닫는 소리에
한 편의 영화가 끝나고
자막 같은 여운이
정적 속의 별 되어 뜬다

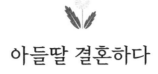

아들딸 결혼하다

　　내가 결혼하고 포항에서 5년을 살면서 협회 일을 도모해 보려고 여러 가지 방법을 모색하고 연구를 해봐도 인맥이 없으니 순조롭지 않았다. 포항에서 5년 넘게 버티다가 결국 아내가 어렵게 징만했던 아파트를 팔고 박 사장님이 얻어 주신 대구로 이사와 단독 주택에 살게 되었지만, 대구에 이사 와보니 아파트에 살 때와는 판이했다. 지은 지 사십 년이 넘은 주택이라 1월 말에 이사를 왔더니 한겨울에 외풍도 심하고 보일러도 기름 보일러에 거실은 대청마루라 대책이 없어 막막했는데 포항 신계교회 목사님이 오셔서 연탄 보일러와 겸용으로 쓸 수 있도록 손수 놔주시고 가셨다. 거실에는 연탄 난로를 놓고 나니 겨울에도 살 만했다. 기름 보일러로는 돈이 감당이 안 됐지만 연탄은 1천 장을 지하 창고에 넣어도 100만 원도 들지 않았고 1년 동안 걱정이 없었다.

　　그렇게 살다 보니 가정도 협회도 조금씩 안정되어 가는 세월 속에 아들딸도 직장을 다녔는데 어느덧 결혼시켜야 할 나이가 돼 갈수록 아내와 나는 조금씩 걱정을 했다. 내가 장애인에다 친아빠도 아니라 참 마음이 무거웠고 아팠다. 내가 저들의 장래를 가로막는 것은 아닌지 걸림돌이 되면 어쩌나 하는 생각에 늘 기도로 순탄한 길을 열어 주기를 간구하고 있었다. 어느 날 아내가 아들에게 장난처럼 외국 출장을 자주 나가니 외국 아가씨를 꼬셔 오라고 했더니 아들은 화를 내더니 서너 달이 지나자 사귀는 아가씨가 있다고 했다. 한번 보자고 했더니 데리고 와서 인사를 시켜 너무 놀라게 했다. 함께 저녁을 먹는데 아무렇지 않게 대해줘서 너무 신기했다.

"아버지가 장애인인데 괜찮으냐?"

"괜찮아요. 어머님, 저희 아버지도 장애인인데요. 뭐."

"너희 아버지는 어디가 장앤데?"

"손가락 하나가 잘렸어요."

"야! 그게 무슨 장애냐."

"하하, 괜찮아요, 어머니."

참 이상한 일이었다. 저런 사람도 세상에 존재하고 있구나. 아들과 사귄 지 한 달 만에 찾아오는 용기도 그렇고 우리 집 형편이나 내력도 남다른데 결혼까지 결심해주다니 너무 고마웠고 기특했다. 이것이 하나님의 보살핌이라고 안 할 수 없었다. 사위도 아들이 다니는 회사에 직원이자 동생으로 지내는 남자를 딸에게 소개해 너무 순조롭게 결혼으로 이루어져 우리가 걱정했던 것이 아무 문제가 되지 않았다. 아들이 결혼하고 1년 뒤에 딸도 결혼식을 올려 아들딸이 썼던 방이 텅 비어 허전했다. 한동안 아침에 자고 일어나면 아빠하고 어디선가 나올 것 같았다.

언제까지 품 안에 있을 줄 알았는데 적당한 때에 자기 가정을 이루고 사니 안심이 되었다. 요즘 추세가 사고가 돈이 많아도, 적어도 혼자 사는 젊은 사람들이 얼마나 많은가? 그런데 우리 아이들은 가정을 이뤄 아름답게 살고 있고 손자 손녀들의 재롱을 일주일에 한 번씩 볼 수 있으니 얼마나 감사한 일인가? 오누이 두 가정이 우애 있게 사는 모습을 보면서 흐뭇한 마음이 든다. 한 주에 한 번씩 모이면 왁자지껄하니 사람 사는 맛이 따로 있는 것이 아니라 바로 이런 것이 소박하지만 행복이요 화목한 가정이 아닌가 싶다.

부잣집 못지않게 우리 집에는 '우애'라는 말이 있다. 높은 시청률을 기록하며 인기리에 막을 내렸던 드라마 「재벌집 막내아들」에서 볼 수 있는 내용을 보아도 그렇다. TV 속의 드라마, 특히 막장 드라마일수록 재벌집 사람들은 항상 서로를 잡아먹지 못해 안달이 나 있는 것처럼 묘사된다. 갖은 잔머리를 다 써서라도 증오하고 싸워 더 갖기 위해 목에 핏줄을 세우는데 이들은 탐욕과 자존심의 노예가 되었기 때문이다. 아무리 많이 가져도 탐욕에 지배당해 만족을 모르고 상대방을 품고 사랑하는 법도 모른다면 차라리 먹고 살 만큼만 가지고 우애가 돈독하게 사는 것이 더 행복하지 않은가? 많이 가지고도 서로 원수처럼 사는 것보다 이렇게 서로 위하고 배려하고 이해하며 만나면 반갑고 웃음꽃이 피는 것이 진정한 행복이 아닌가?

억만금을 줘도 살 수 없는 것이 이런 행복이다. 이 모든 것이 나의 의지가 아니다. 하나님의 은혜이니 나는 그저 감사할 따름이다. 욕심 부리고 억지를 부려서는 절대로 되는 것이 아니다.

물은 낮은 데로 흘러가는 것이 순리고 바로 흘러가도록 길만 터주면 우리의 역할은 다하는 것이다.

문학 강의를 하다

　　포항에서 5년을 살다가 대구에 이사 온 이후 매월 한 번
씩 장애인과 봉사자를 우리 집으로 초대해 문학 토론회를 열었다. 처음
에는 장애인 서너 명과 봉사자 한 명이 모여 나와 아내까지 여섯, 일곱
명이 두 시간 동안 자신의 작품을 한 편씩 가지고 와서 열띤 토론을 했
다. 각자의 작품에 대해 서로 돌아가면서 치열하게 공방을 주고받았고,
다른 기성 작가들의 작품도 한 편씩 골라 보고 낭독도 하며 우리가 본
받아야 할 점, 배워나가야 할 창의력이나 작품 구상력이나 사고력 같은
것을 얘기 하다 보면 오후 2시부터 4시까지로 정해놓은 시간은 언제나
훌쩍 넘겼다. 중간에 간식과 티타임을 정해 놓았지만 열띠게 공부하다
가 보면 언제 두 시간이 흘러갔는지 모를 정도로 재미있고 유익한 시간
이었다. 이렇게 회원이 한두 명
씩 늘어났고 한참 많이 모일 적
에는 16~18명까지 모이게 되어
큰 대청마루가 꽉 찼다. 얘기꽃
도 피우고 친분도 쌓이게 되자
끝이 나도 우리 집에서 아내가

밥을 해 먹이고 밤늦게까지 놀다가 가는 회원도 더러 있었다.

지금 생각하면 아내도 그렇고 나도 순수한 마음으로 그 일을 했으니 그때를 아내와 한번씩 회상하며 감회에 젖기도 한다. 협회를 운영하면서 처음으로 문학 모임을 시작했던 것이 정말 좋은 추억으로 많이 남았다. 그 당시에만 해도 문학에 열정이 많은 사람이 이날만 오기를 기다리는 사람이 많았고 봉사자들도 한번 와본 사람은 꼭 빠지지 않고 와서 돕기도 하고 문학이 무엇인지 알아 가는 재미가 있다고 다음 달이 기다려진다고 했던 봉사자도 있었다.

그렇게 3년을 하게 되면서 소문이 나서 달서구 장애인 자립센터에서 연락이 와 나보고 문학 강사로 모시고 싶다며 1주일에 한 번씩 두 시간을 해달라고 부탁을 했다. 나는 처음에는 거절했다. 왜냐하면, 지금까지 어디에 소속되어 일해 본 적이 없었고 문학 강의는 1994년도에 볼런티어센터에서 한 달에 두 번씩 1년을 해 본 것이 전부이고 정식으로 배운 적도 없어 못 하겠다고 했더니 소장까지 직접 찾아와서 부탁하였다. 그때는 거절할 수 없어 승인해놓고 나서 생각을 하니 내가 먼저 더 많이 알아야 한다고 생각했다. 때마침 아내가 대구교대 평생교육원에서 대구 문협 회장이신 구석본 선생님이 화요일 저녁에 문학 강좌를 한다고 하며 수강생을 모집 중이라고 했다. 아내와 같이 가서 강의를 듣고, 나는 나대로 인문학 책을 따로 사보면서 요점 정리를 했다. 컴퓨터로 자료를 만들어 센터에서 강의하니까 처음에는 네다섯 명밖에 없었다. 담당 선생님이 와서 들어보더니 홍보를 했는지 한두 명씩 늘었고 나도 이왕 강의를 시작했으니 홍보를 부탁했고 봉사자까지 하여 상반기에 18명이 강의를 듣게 되었다.

소장은 내게 올해는 시범사업이라 강사료를 일주일에 3만 원밖에 못 주는데 내년에 정식 사업으로 따내면 강사료를 조금 더 올려주겠다 했다. 나는 혼자 생각으로 내가 대학 복지학을 공부하면서 결심한 것이 있어 단 한 명이라도 제대로 가르쳐 자신의 꿈을 키워주는 것이 나의 목표로 삼았고 하반기에는 문학 강의를 마치고 30분 정도 상담도 겸했더니 한 장애인은 너무 좋아했다.

강사료라 해봐야 한 달 네 번 하면 12만 원이고 센터에 행사가 있으면 강의를 못 했다. 처음에는 한 시간 하고 티타임 10분을 할 때 간식을 챙겨 주더니 몇 회 지나니 간식이 없어 아내가 아예 간식을 챙기다 보니 강사료보다 간식비가 더 들 때도 있었다.

하반기에 알게 된 대구대 학생들이 봉사자로 오면서 은빈이, 준호, 신웅이, 동미 등 여러 명의 학생이 오히려 장애인들보다 더 문학에 관심을 가졌고 열정을 보여 왔다. 그래서 겨울 방학 때 우리 집에서 특별 문학 강의를 그들에게 하면서 민들레 봉사단이 생겼다.

다음 해에도 또 센터에서 강사로 요청했지만 여러 가지 사정으로 센터에서는 못하고 집에서 일주일에 한 번씩 3년을 했다. 김성현이라는 회원은 휠체어에 안 앉으면 못 앉고 누워서 생활하면서 움직일 수 있는 것은 왼쪽 엄지손가락으로 휴대폰에 글을 쓰는 장애인이 자기 소원이 죽기 전에 시집을 한 권 내고 싶다고 하여 그 말이 얼마나 간절하게 들렸는지 모른다. 그가 쓴 작품을 보니 초등생 수준이고 아직 글

쓰는 기초가 전혀 안 되어 있었다. 그를 집중적으로 가르치니 잘 따라와 주고 집에 가서도 카톡이나 문자를 주고받으며 기초와 창의력과 기승전결이라든지 여러 가지를 가르쳐 주었다. 그가 보내주는 작품을 보며 창의적인 문장은 칭찬해 주면서 수정하고 보완해야 할 문장은 얘기해 주고 그렇게 2년을 가르쳤더니 수준이 엄청 높아져 이젠 작품이 좋다 싶어 서울에 있는 월간 문학세계에 내가 추천하여 등단까지 시켰고 그렇게나 소원이던 시집을 내도록 도와주었다. 협회를 이끌어 오면서 한 일 중에 가장 큰 보람이고 지금도 몸은 가장 악조건임에도 작품 활동을 왕성하게 하는 것을 보면서 '아~, 이것이 진정한 복지사의 역할이고 문인으로 살아가는 보람이구나.' 하는 것을 느꼈다. 이렇게 할 수 있었던 것도 아내의 공과 헌신이 있었기에 가능했다.

휠체어 장애인이 한번 왔다 가면 온 거실 바닥이 얼룩지고 비 오는 날에는 휠체어 바퀴 자국마다 흙과 물 묻은 그대로 거실로 들어오면 마당인지 거실인 분간할 수 없을 때도 있었다. 그때마다 걸레질을 몇 번이나 해야 했고 장애인들이 밤늦게까지 있으면 저녁까지 다 해 먹여 보냈다.

인생 나눔 멘토 강사가 되다

　　새로운 체험을 한다는 것은 신나고 좋은 추억의 장도 되지만 다리 하나 건널 적마다 신중하지 않으면 낭패를 보게 되는 것이 새로운 체험의 교훈이다. 여행은 다니다가 싫으면 안 가면 그만이지만 새로운 일의 체험은 어렵고 힘들어도 끝까지 의무를 다할 때야 얻어지는 보람이다.

　2015년 한참 문학 강좌를 하면서 협회 일도 좀 더 창의적으로 해 나갈 방법을 연구하면서 두 번째 시집 『하늘찾기』를 출간하고 문학 강의를 계속하면서 새로운 것을 만들기 위해 문화예술재단 홈페이지에 들어가 보니 새롭게 시작하는 프로그램에 눈길이 갔다. 인생 나눔 멘토 강사 모집 광고문이 있어 열어 봤더니 청소년을 대상으로 인생 나눔 멘토링을 전국적으로 250명을 뽑는다는 공고를 보고 1차 서류접수를 넣었더니 합격자 발표날에는 다른 일이 있어 보지 못했고 다음날 홈페이지에 합격자 발표 난에 나의 이름이 있었다. 깜짝 놀랐다. 이게 무슨 일인가! 나는 서류를 접수해 놓고도 설마 되겠나 하여 아내에게도 말하지 않았는데 1차 합격이 되자 아내에게 말했더니 아내는 너무 좋아했다.

"아니 당신이 언제 이런 걸 알았냐?"

"나도 무심결에 넣어 본 거야. 소가 뒷걸음치다가 쥐 잡은 거지 뭐 아직은 몰라."

일주일 뒤에 2차 면접이 있다고 6월 초에 장소와 시간을 알림 문자가 왔고, 마침내 면접을 보려고 차를 타고 집에서 20분 거리를 가면서 내가 학교도 직장도 다니지 않아 아직 면접이라는 것을 드라마 속에서 신입생과 면접관이 1대 1로 질문하고 답하는 것이겠지 생각할 뿐이었다. 아내와 나는 어떤 질문을 하면 어떻게 답을 해야 할까 하는 얘기를 나누다가 막상 면접 보는 회관에 도착하니 이미 많은 사람이 와 있었고, 직원들의 안내로 몇 개의 방에 1차 합격자들을 한 홀에 16명씩 투입하여 네 명이 한 조로 하여 세 가지의 주제 중 하나의 주제를 선택하여 토론하라는 것이었다. '나는 말도 어눌하고 느려 토론이 될까?' 걱정하면서 토론에 들어가기 전에 잠시 기도를 했다.

'주님! 이 토론이 순조롭게 할 수 있도록 도와주십시오. 안 되어도 좋으니 좋은 경험한 것으로 생각하겠습니다. 예수님 이름으로 기도합니다. 아멘.' 하고 눈을 떠서 서로 자기소개부터 하는데 그곳에 모인 사람들 모두가 다 내로라하는 전문성을 가진 사람들이 다 모여서 다양한 분야의 음악, 무용, 미술, 심지어는 학교 교장 선생님으로 퇴직하신 분 방송 아나운서 종사자 그 외의 다양한 직업과 전문가가 집합한 곳이었다. 면접관 2명이 돌아다니면 토론하는 모습과 주제에 맞게 조리 있게 말하며 문제점에 대해 해결점을 찾아내어 적응하게 하는 것이었다.

우리 조는 비행 청소년이 어떤 문제를 가지고 있고 해결점을 어떻게 찾아 적응시켜야 하는가에 관해 토론하는 것으로 정했다. 리더자가 있없는 데도 어느 순간부터 내가 토론을 리드해 나갔다. 왜냐하면, 대학에서 배운 것도 있고 봉사단을 이끌면서 상담한 경험이라든가 아이들의 심리와 환경에 민감한 관계가 있다는 것을 봐왔고 해결책도 조금 알고 있었기 때문이었다.

토론을 마치고 나와 차를 타고 오면서 아내에게 말했다.

"오늘 떨어져도 좋은 경험했다고 생각하자."

아내도 의견이 같았다.

"당신이 말이 느리고 어눌해서 토론이 되겠나 걱정했는데 의외였어요. 감독감도 당신을 유심히 보고 적는 모습을 봤어요."

그리고 일주일 뒤에 저녁을 먹고 있는데 2차 합격했다는 문자를 받았다. 아내와 나는 안 될 줄 알았는데 합격이라니 너무 기쁘게 감사했다. 하나님은 이렇게도 쓰시는구나. 6월 말에 전국에 합격자 연수가 있었고 연수를 통해 여러 가지 프로그램 진행에 참석하여 배우기도 하고 만들어 발표도 하면서 많은 사람을 알게 되었다. 일류 호텔에서 최고급 음식을 대접받으며 강사 수료증을 받았다. 250명 뽑는데 750여 명이 지원했고 그중에 장애인이 서울에 하반신 장애인이 뽑혔고 내가 뽑혔다고 했다.

강사로 뛰다

우리나라 다섯 개 도를 나누어 50명씩 하여 그 지역의 출신들은 그 지역에서만 활동하도록 했지만, 그해의 첫 사업이라 문화예술재단 쪽에서도 완벽한 준비를 갖추지 못해 강사들의 전문성이나 성향을 파악하지 못한 상황이었다. 그렇게 부산 해운대에서 워크숍을 가졌다. 나는 비행 청소년, 아니면 편부모 가족 아이들을 원했는데 재단에서 배정한 곳은 군대마다 관심병사 쪽이었다. 2인 1조로 두 시간을 정해 내가 먼저 하든지 아니면 나와 1조로 된 그분이 먼저 하든 한 시간씩 나눠 첫 강의를 K2 공군 사령부에 관심병사들을 상대로 나의 살아온 이야기 하며 준비한 강의를 하고 발가락으로 키보드 연주로 마치고 나오는데 감독관이 병사들에게 오늘 강의가 어땠냐고 물으니 병사들이 하나같이 다른 사람이 하는 것보다 훨씬 감동적이었다며 제대하면 꼭 한번 만나 뵙고 싶다는 병사도 몇 명 있었다. 그러고 네 달 동안 여섯 곳을 다니며 강의를 하면서 좀 부드럽게 하려고 질문을 하기도 하고 궁금한 점이 있으면 질문해 달라고 해도 환경이 군부대라 군기가 들어 농담해도 웃지도 못하는 모습을 보면서 '역시 군대는 다르구나.' 하는 것을 느꼈다. 그렇게 경상남북도에 있는 군대를 다니며 멀게는 경남 창원까지 가서 강의하고 도마다 최우수 강사를 5명을 뽑아 사례 발표를 하는데 내가 최우수 강사로 뽑혔다. 그런데 12월에 종결 워크숍을 하면서 사례 발표를 하려고 가다가 차 바퀴가 펑크 나는 바람에 시간을 지키지 못해 사례 발표를 못 하고 1박 2일간의 여정을 재미있게 마치고 돌아왔다.

그리고 그해 10월부터 멘토 강사로 뛰고 있는 사람들로 구성되어 아동보호 센터에 있는 아이를 부모 맺기를 신청을 받았는데 나는 몸이 불편해 신청을 못 했다.

그 프로그램은 매주 만나 쇼핑도 하고 공연 관람, 여행, 선물도 사주고 카톡이나 편지도 주고받았다. 3개월 동안 친분을 쌓아가는 프로그램을 진행하다가 2016년

1월에 프로그램 종료하는 날 부모 맺은 강사와 아이들이 한자리에 모아놓고 문화재단에서 준비한 다채로운 프로그램을 하는 자리에 나를 특별 초청 강사로 초대되어 특강을 하게 되었다.

나는 이 프로그램이 끝나는 것이 아니고 새로운 시작이 되어야 한다고 하면서 여러 가지 얘기로 강의했다. 돌아오면서 뜻깊은 프로그램이라는 것을 생각하며 이런 프로그램은 더 확산되어야 하고 한 아이를 프로그램이 끝났다고 연을 끊지 말고 그 아이가 성장하여 반듯하게 살아갈 때까지 보살펴 준다면 훈훈한 사회로 발전하지 않을까 하는 아쉬움이 남았다. 어쩌면 단기간 연을 맺었다가 프로그램이 끝나면 나 몰라라 하면 그 아이들은 지적 장애인이 아니기 때문에 영특한 두뇌를 가진 아이들이라 살아남기 위해 나쁜 쪽으로 이용하려는 아이들이 되지 않을까 염려된다.

민들레를 피우기 위하여

한 해를 꼬박 세고 새로 찾아온 아침의 나라에 형형색색의 물결로 넘치는 4월, 오늘은 햇살도 유세를 떤다. 2년 넘도록 코로나 19라는 힘의 세력 앞에 꼼짝없이 당하고 움츠렸던 사람들의 얼굴도 화사한 웃음꽃들이 거리마다 그간의 회포를 푼다고 분주하다. 우한에서 일어난 바이러스 전쟁이 소리도 없이 보이지도 않게 무차별 공격을 했다. 속수무책으로 방어 한번 못하고 이유도 모른 체 전 세계적으로 수백만이 죽고 나서야 그 공포에서 해방되어 사회적 거리두기가 해제되어 이 봄을 맞이하게 되니 더 새롭다. 힘겨운 싸움을 잘 견디고 맞는 봄의 선물이라 화사한 햇살에 봄꽃이 보석보다 더 빛나고 아름답다.

살아 있어 고맙고 살아 있기에 누리는 승리자의 벅참을 푸른 하늘을 나는 새와 같이 즐기는 사람들의 모습에서 행복이란 단어를 떠올리게 한다. 해마다 피어나는 민들레꽃을 보면서 생각나는 것은 우리 민들레 문학상도 이처럼 언제나 활짝 피어나야 할 텐데 하는 간절함이 공모 기간 내내 가슴을 태우게 한다.

아내는 페이스북으로 친구로 맺은 모든 장애인에게 계속 공고문을 올렸고 나는 메일로 응모한 회원에게 마우스를 12번이나 클릭하여야 겨우 한 통의 메일을 보냈다. 이렇게 600~700통을 보내는 시간이 꼬박 5일이 넘게 걸려야 하는 이유가 왼쪽 엄지발가락 하나로 다 하고 나면 발가락부터 무릎, 허리 어깨까지 통증이 말도 못 할 정도로 심하기 때문이다. 병원에서 통증 주사를 열다섯 곳을 맞고 와야 겨우 견디고 생활을 한다. 그렇게 힘들게 메일을 보냈지만, 보낸 메일을 확인한 회원은 겨우 절반 조금 넘고 작품을 응모한 회원은 100여 명에 불과했다.

작품은 공모 마감인 3월 31일에서 보름을 앞두고 응모자가 조금씩 들어온다. 그동안 문학상 작품 공모를 해 왔지만 단 한 번도 공모 기간을 넘기지 않고 많은 회원과 신인들도 많이 응모해 와서 보람 있게 일을 했다. 그러나 코로나 여파로 모든 행사가 중단된 후유증 때문인지 아니면 수많은 회원이 코로나로 고통받은 탓에 의욕이 상실된 것인지 알 수는 없어도 올해만큼 마음 졸였던 적은 없었던 것 같다.

이 땅에 장애인이 400만 명이 넘고 그 가족과 종사자까지 포함하면 엄청나다. 그중에 글을 쓰는 문인도 꽤나 많다고 들었는데 아직 그들을 다 아우르지 못하고 있는 것이 우리 협회의 현실이고 보면 아직 우리 협회가 할 일이 무궁무진하게 많다. 하지만 함께 앞장서서 일할 수 있는 손길이 너무 없다. 지금 당장 내가 몸이 더 악화가 되어 이 일을 못 하게 되면 협회의 모든 일이 정지될 수밖에 없는 상황이다. 하여 하루빨리 후임자를 세우고 인수인계하여 더 많은 일을 할 수 있도록 하는 것이 나의 의무이다.

언제나처럼 문학상 공모가 끝이 나면 꼭 한두 명이 전화를 걸어 "왜 자기 작품은 안 뽑아 주느냐?" 항변을 한다. 다른 곳에서는 입상됐는데 우리 협회는 비상식적으로 뽑는 게 아니냐고 욕도 많이 먹었지만 우리 협회만큼 공정하게 심사하는 데는 그리 많지 않을 것이다. 대구 문인협회에 의뢰하여 심사위원을 정하여 심사를 맡길 때는 이름과 그 사람의 작품 외에는 아무 정보를 주지 않고 오직 작품만 가지고 심사하라고 맡긴다. 그래야 공정한 심사가 되고 사심 없는 심사가 되기 때문이다.

어떤 회원은 이미 다른 곳에 발표된 작품을 응모하기도 하고 또 다른 회원은 남의 작품을 도용해 응모하기도 하지만 요즘같이 정보가 빠른 세상에서 누가 제보를 해도 입상자 발표하자마자 금방 제보가 빗발치듯 들어온다.

이것이 같은 장애인이고 함께 활동하는 회원이지만, 주최하는 마음과 응모자의 마음가짐이 다르다는 의미이다. 26년간 회장직을 수행하는 동안 여러 가지 어려움도 많았지만, 무엇보다 시상금과 책값 마련하는 것이 힘들었다. 돈이 가장 많이 들어가기도 하지만 작품성이 있는 책을 발간해야 한다는 점이 가장 어렵고 신경 쓰이는 것은 회장으로 있는 책임 때문이다.

협회 창단 이후 지금까지 회장직을 맡아 26년간 일하면서 월급 한 푼 받아 본 적이 없고 오히려 협회가 어려우면 사비로 충당하며 협회를 이만큼 세워놓았다. 겨울을 지내는 동안 모든 자연이 죽은 듯하지만, 어느 순간에 땅이 녹고 물이 흐르고 싹이 트지 않는가? 이것이 봄의 역할이라면 우리 협회도 몸은 비록 불편하지만, 더 건강한 민들레를 키워 문학을 통해 일편단심 민들레의 역사를 이어갈 수 있다면 더 바랄 것이 없겠다.

우리 민들레 문학이 창의적인 의식을 깨워 바른 생각으로 사회를 높은 지성과 영성으로 새롭게 길을 열어가는 마중물이 된다면 그야말로 금상첨화의 역할이 되지 않을까? 칼이나 총은 위협할 수는 있어도 펜은 마음을 돌이켜 얻는 힘이 있다.

2023년 6월 3일, 창단 30주년 민들레 30호 출판기념회
및 제25회 민들레문학상 시상식

2024년 5월 25일, 민들레 31호 출판기념회

문학의 향기는?

모 대학의 자연 생명학을 연구하는 교수가 수업 중에 학생들에게 이런 질문을 했다.

"여러분은 나비가 꽃을 선택했다고 생각하십니까? 꽃이 나비를 선택했다고 생각하십니까?"

교수의 질문에 한 학생이 대답했다.

"교수님, 나비가 꽃을 선택해서 꽃으로 간 것 아니겠습니까?"

그러자 교수는 말했다.

"그냥 보면 나비가 꽃을 선택하는 것처럼 보이지만, 꽃이 향기를 발산해서 자신을 드러냈기 때문에 나비는 그 향을 찾아간 것이라네."

실제로 꽃은 두 가지 향기를 가지고 있다. 해로운 곤충과 이로운 곤충을 구분해 향기를 퍼트린다. 꽃의 향기는 바람결에 흩어지지만 때로는 사람도 꽃이 되어 저마다 향기를 피운다. 그동안 살아온 대로 걸어온 대로 생겨난 내면의 향기다. 오늘 하루 거울 속 나와 여러분의 얼굴은 어떻게 비치는가? 그리고 우리의 내면의 꽃 안에는 어떤 향기가 담겨 있는지 그것을 질문하는 문학상 공모의 취지이고 의미다.

꽃잎 떨어져도 꽃은 지지 않았다. 그 향기가 세상에 남아, 우리의 기

억 깊은 곳을 찌르고 있었다. -『하이바이, 마마!』중에서

『하이바이, 마마』의 짧은 한 문장 속에 깊은 의미와 함께 삶의 지침을 말하고 있다.

예전에는 강건해야 80이라 했지만, 지금은 강건하면 100년도 넘게 살 수 있는 시대이다. 하지만 오래 산다고 다 좋은 것도 아니고 그렇다고 나쁘다고도 말한다면 문제가 있다.

조물주가 사람에게 특별하게 주신 것은 생각하는 사고력과 말하는 표현력과 새롭게 만들어 갈 수 있는 창의력을 갖도록 하신 것이다. 어머니 배 속에서 태어나 몇 달도 못 살고 세상을 떠난 신생아일지라도 그 나름 부모의 가슴에 깊은 향기가 남아 있고 치열한 전쟁의 현장 속에도 삶의 향기는 더 짙게 묻어나오는 것은 생명의 소중함을 극대화해주는 인간의 근본적인 것이 무엇인가를 확인시켜주는 것이리라. 평범한 일상과 잔잔히 강물 흐르듯 누구나 비슷한 환경이지만 그 속에서 각자의 모양과 특색은 있는 법이다.

생물학 교수님의 질문이 꽃이 나비를 부르는 것이냐? 아니면 나비가 꽃을 찾아오는 것이냐? 하는 말은 생존의 향기와 관련된 문제다.

문학도 우리의 삶에 향기를 불어넣는 작업이다. 나이 많은 어르신들의 얘기를 들어보면 희로애락이 없는 어르신은 아무도 없다. 다들 한결같이 하는 공통적인 얘기가 그가 살아온 이야기를 글을 쓴다면 책 몇 권을 냈을 것이라 한다. 그 말은 맞겠지만 정작 그 글 속에 얼마나 감동과 교훈과 깊은 향기가 있느냐가 문제다.

올해로 우리 협회에서 민들레문학상 공모를 26년째 하고 있다. 해마다 100여 명이 넘는 분들의 작품을 받고 있지만 하나도 비슷한 작품

은 없고 모양과 색깔, 향기도 다 다르다. 그만큼 같은 시대를 살아가는 삶의 얘기라 하여도 다양한 표현과 창의성이 있고 생명의 가치관이 다양하고 호소력이 다르다. 나비나 벌이 꽃을 찾는 것과 꽃이 향기를 내어 나비와 벌을 부르는 이유는 생존의 법칙도 따른다. 문학도 죽은 사람을 얘기할 수도 있지만, 살아 있는 우리들의 이야기가 훨씬 더 감동과 호소력이 주어진다. 생명의 존엄성과 살아있기에 아름다운 향기를 낼 수 있을 것이다.

나는 협회 회장직을 수행해 오면서 참 많은 어려움도 겪었고 장애인 문학이 왜 존재해야 하는지를 너무나 잘 알고 있다. 어렵고 힘든 상황 속에도 한 통의 편지가 큰 용기와 희망을 이야기하는 것은 편지 한 통 속에 사랑의 향기가 가득하기 때문이고 목마른 자에게 한줄기 생수와도 같은 것이기 때문이다. 죽은 자는 말이 없듯이 희망도, 향기도 없고 표현도 없는 것이 무덤이다.

지금 우리 사회가 병들어 가고 있는 것은 사람을 사람으로 보지 못하는 것이 가장 큰 약점이라 여긴다. 생활 문화는 점점 고도화되어가고 사람이 발명한 컴퓨터 AI 인공지능이 인간의 능력을 장악해 가는 시대에 인간의 존엄성이 약화되어 가지만, 우리가 잊지 말아야 할 것은 사람만의 가질 수 있는 정서와 따뜻한 정, 그리고 깊은 사고력과 상상력으로 나타낼 수 있는 것이 필요하다. 그것이 바로 문학의 향기다.

올해도 문학상 공모를 하면서 큰 기대를 갖고 있는 것은 이런 맥을 이어가도록 기회를 제공하는 것이기에 유한한 삶의 이야기를 무한하고 풍부하며 생기발랄한 향기로운 문학 작품이 많이 응모되기를 기대해 본다.

작은 반도체 칩 하나에 대백과사전 몇 권이 입력된다면 우리 두뇌 세포 하나는 반도체보다 10배 20배가 넘는 것이 입력되는 세포가 2억 개가 넘게 살아서 움직이고 있다. 우리 두뇌야말로 우주공간과 맞먹을 정도로 크고 방대하다. 이 방대한 세포를 가지고 있어 무한하다고 할 수 있고 무한한 가능성을 창의적으로 발휘한다면 대자연보다 더 위대한 작품을 쓸 수 있는 것이 사람의 능력이다. 조물주는 우리 인간을 창조하시고 자유의사를 주셨을 때부터 너희는 요것만 가지고 사용하라는 것이 아니고 풍요롭게 써도 못다 쓰게 하셨다. 우리의 내면을 아무도 예측하지 못하도록 하여 당신의 고유권한을 침범치 못하기에 더 엄중한 존재성을 지닌다.

　한때는 문학상 상금을 조달할 길이 없어 막막했던 순간도 있었고 협회 운영조차 할 수 없어 정말로 협회를 접고 싶을 때가 한두 번이 아니었지만 이런 문학의 향기를 저버릴 수 없었다.

아내의 헌신

　　나의 아내는 언제나 야당이다. 늘 자신이 강조하는 말 중에는 자신의 신조가 들어 있다. 박정희 대통령이 국정 수행을 잘할 수 있었던 것이 육영수 여사가 집안에서 야당의 입장에서 조언을 잘했기 때문이라며 자신도 작품세계에서나 회장의 역할을 할 때도 자신이 야당이 되어야 더 좋은 생각과 아이템을 만들어 낼 수 있다고 한다.

　한결같이 된다면야 얼마나 좋으랴마는 사람의 감정이란 늘 변하고 있어 모든 일에 늘 반대의 입장만 고수한다면 좋은 것은 아니지만 맹종하며 칭찬만 해도 간신배가 되는 것이다. 나라에나 가정이나 다스리고 이끌어 가는 것은 일맥상통한 일이다. 다른 게 있다면 그 범위가 크고 작은 것이 차이일 뿐이다. 내가 온건파라면 아내는 강경파이고 내가 독단적이라면 아내는 물꼬를 터주는 역할을 한다. 70의 나이라면 결혼생활이 평균 40년이지만 우리는 아직도 20년도 채 못 된다. 어제 온 가족이 모여 저녁을 함께 먹으며 많은 얘기를 하다가 아들이 연애시절에 어디를 가면 우리를 같이 가자고 하여 우리는 좋아하며 멋모르고 참 많이 따라다녔다고 얘기했다. 우습기도 했지만 나는 지난날을 회상해보는 시간이 되었다. 아내가 혼자 애들을 키우며 그 아이들에게 사람이 살아가는 도가 무엇인지 그것을 잘 심어줬고 아이들도 그런 것을 잘 받아들이고 승화시켰다. 연애하면서 꼭 둘이 가서 오붓한 추억을 가져도 아무도 나무랄 사람이 없을 텐데 나를 생각하여 좋은 곳이 있거나 맛있는 음식이 있으면 시부모를 꼭 모시고 가려는 생각을 어떻게 했을까? 딸도 역시 고등학교 대학 시절 친구들보다 우리랑 더 많이 여행을 다니더니 사위와 결혼을 앞두고 우리와 여행을 했다. 강원도 고성에서 2박 3일간 통나무집 펜션에서 숙박하면서 처음으로 통일전망대, 전쟁유적지를 돌아보았고 삼척에서 아바이 순대도 먹고 오징어순대와 최고의 커피숍에도 가보고 했다. 그리고 세 달 뒤에 결혼했고 사위 역시 어디가 생각나면 우리를 꼭 모시고 가서 함께 여행했는데 내가 최대한 불편하지 않은 곳을 찾아 예약하는 마음이 갸륵하다.

그러나 이제는 우리 부부는 둘 다 백발이 되어가고 있다. 언제까지 아내는 젊을 줄 알았는데, 예전에는 휠체어 밀고 꽤 먼 길도 지치지 않고 다녔는데 이제는 집에서 가까운 병원도 힘겨워한다. 그러면서 장애회원을 챙기고 1년에 한 번씩 어려운 곳에 김장 봉사를 한다. 처음에는 몇 가정 하다가 해마다 점점 늘어나 사비로는 감당할 수 없어 5년 전부터는 청송에서 밭농사를 직접 지어 지난해는 450포기 넘게 김장해 여러 곳으로 나눠 보내줬다.

소크라테스가 유명한 철학자가 되었던 것은 불우의 악처가 있었기 때문이라고 하지만 언제나 내가 무엇을 하려고 얘기를 하면 반기를 들거나 아니면 자기 귀에 거슬리는 말을 하면 화부터 내고 한다면 이미 그것은 부부로 인정할 수 없다.

내 아내에게 미안한 것은 노후가 되어가면서 이제는 이런 일은 손을 놔야 할 텐데 점차 지쳐가는 모습에 웃음까지 잃어 가는 것 같아 안타깝다. 예전에는 애교도 떨고 농담도 잘 받아 주던 아내가 지금 작은 일에도 짜증을 내고 웃음을 잃어버린 것 같아 안타깝고 삶의 여유를 되찾게 해주지 못해 늘 미안하다.

미래 이렇게 맞다

새해의 창문 열었더니 기다렸다는 듯이 밖에서는 상큼한 찬 공기가 들어오는 동시에, 그동안 내 몸을 보호하고 체온을 유지해 줬던 침실 공기는 미련 없이 앞다투어 빠져나가 버렸다. 묵은 한 해 동안 애지중지하며 정도 들고 애정도 쏟았건만, 한 마리 새처럼 혹 날아가버리는 동시에 온 침실 곰팡내와 인간의 호르몬 냄새까지 다 가지고 나가는 통에 나의 침실은 아무것도 달라진 거나 변한 것이 없음에도 움츠러들게 한다.

새해란 두려움에 이르게 하는 것인지도 모른다. 아무것도 변한 것이 없음에도 우리의 마음가짐은 새로워져야 하는 두려움과 막연하지만, 희망과 기대치를 가져야 한다는 부담감이 있다. 미래는 내가 가고 싶다고 가고 안 가고 싶다고 가지 않는 것은 아니다. 어차피 미래는 시간 가는 만큼 오고 어제 해가 뜨고 지고 오늘 해가 뜨는 만큼 미래는 이미 와 있다. 그 미래를 어떻게 준비하고 맞이해야 하는가는 우리가 준비하는 만큼 풍성하게 기회가 주어지고 만들어 갈 것이다. 아니 풍성하지 않더라도 최소한 빈 껍질로는 남지 않을 것이다.

지난해 우리 협회가 30주년을 보내고 다시 새로운 해를 맞이했다.

30년이 흐르는 동안 많은 희열감도 있었고 힘든 순간도 많이 겪어야 했지만, 무엇보다 안타까운 일은 문학에 열정을 쏟으시던 분들이 한 분 두 분 유명을 달리하시고 있다는 사실이다. 지난해에도 고 우덕호 님을 비롯하여 몇 분이 세상을 떠나셨다는 연락을 접할 때마다 먹먹해지는 마음을 감추지 못했다.

앞이 전혀 보이지 않으면서도 자연을 보는 듯 노래했고 전혀 가보지 않고도 직접 가본 그 이상의 상상력으로 주옥같은 작품을 써 오신 분들이 있었기에 우리 협회가 존재의 의미를 갖게 했다. 그렇게 한 분씩 떠나고 난 빈자리를 더 빛나는 작품으로 채워 더 많은 사람이 공유하고 공감대를 키워 가주기를 기대하는 마음으로 26회 민들레문학상 작품 공모를 했다. 사회는 변하고 문화도 더 많이 변해 가는 만큼 문학의 정신세계도 확장되어 가야 한다. 조금 숨이 트인다고 가던 길을 멈춰 서 있다고 미래가 오지 않는 것은 아니다. 그래서 미래는 맞서야 하고 맞닥뜨려야 자신의 모양을 만들어 가는 것이다.

나 또한 이런 개척정신으로 시간 시간마다 문학의 열정을 불태워 왔기에 지금의 내가 있고 협회를 26년째 이끌어 온 저력이 되었다. 물론 이 저력의 힘을 갖게 한 것은 하나님이 내게 개척자의 정신을 심어 주셨고 많은 분의 따뜻한 마음과 응원, 아낌없는 도움 덕분이지만 내가 개척하는 노력을 보이지 않는다면 많은 분의 도움도 무용지물이 되고 빛을 보지 못하고 사라지고 만다.

협회를 시작할 때 10년만 견뎌보자고 간절했던 그 마음이 20년을 버티어 왔고 30년을 맞이했지만, 이제는 다 이루었다가 아니라 이 땅에 장애인과 그 가족이 점점 각종 사고로 자연 재난과 각종 병으로 그 범위가 늘어가고 있는 것이 현실이고 보면 그들의 삶의 속사정도 다채로울 것이다. 그런 얘기들이 어마어마하게 쏟아질 수 있음에도 글에 대한 두려움과 애착심이 부족하고 의지력이 약해지는 추세가 되어가는 것 같아 아쉬운 마음 금하지 못하겠다.

조금 열린 마음으로 깨어 있다면 글 쓰는 묘미에 빠져 얼마나 자신의 내면의 세계가 신비롭고 눈으로 볼 수 있는 것은 빙산의 일각이라는 것을 알게 될 것인데 인간이 된다는 것은 몸의 형체로만 되는 것은 아니다. 사리 판단과 정신, 의식 속에 많은 학식과 도덕심과 지혜롭고 너그러운 미덕심이 골고루 갖추어지고 있어야 비로소 인간다운 인간이 되는 것이다.

요즘 하루가 멀다 하고 범죄 소식을 접하면서 생각하는 것을 보며 문명의 시간은 앞다투며 발전되어 가는데 정신세계는 점점 낙후되어 가는 것을 느낀다. 자신의 욕구와 이기심을 채우기 위해서는 아무 죄의식을 생각하지 않고 저질러도 아무런 양심의 가책도 못 느끼는 것이 범죄자들의 공통적인 분모처럼 되어버렸다. 다 아는 사실이지만 사람이 동물과 다른 것은 언어구상 표현력과 양심을 가져 생각하는 마음과 영성을 가지고 있다는 것이다. 육체가 영성을 지배한다면 동물에 지나지 않고 영성과 지성이 육체를 다스리면 사람다워지는 것은 분명하고 누구도 반론할 수 없는 사실이다.

그런 의미에서 훌륭한 문학 작품은 보면 볼수록 인격을 다듬어지고 새로운 의식을 깨는 데 큰 이바지가 되지만 요즘 사람들은 1년 동안 책 한 권 읽지 않는 사람들이 참으로 많다. 인터넷 사회라 손에 들고 있는 핸드폰만 열면 세상 모든 정보가 들어오기 때문이다. 하지만 인간의 본성이라는 것이 봐서 유익한 것보다 보지 않아도 될 것과 봐서는 안 될 것에 더 관심이 쏠리고 그렇게 손이 가다 보면 자신도 모르게 중독성에 빠지게 되는 것이 사람의 심리이고 약점이다. 현대인의 대다수가 중독을 하나씩은 가지고 있다고 한다, 하지만 그 농도 차이는 행동에 옮기느냐 아니면 억제되고 통제가 되느냐 하는 그 순간의 차이에 따라 갈림길은 완전히 달라진다. 복잡한 사회가 되고 다양한 문화가 도입되어도 삶의 원칙은 변하지 않아야 한다. 법이 아무리 강화가 되어도 개개인을 통제할 수 있는 것은 한계가 있다.

이번에 나는 70년을 살아온 얘기를 한 권의 책으로 엮는 작업을 마무리하면서 한 가지 깨달은 것이 있다. 내가 문학인이 된 것이 행운이라는 것을 새삼 느꼈다. 그토록 힘겹고 말로 다 할 수 없는 역경의 순간을 하나하나 회상하며 적어 내려가다 보니 때로는 어떻게 견뎌 왔을까 하는 생각과 그때를 떠올리면 가슴이 먹먹해졌다. 중간엔 며칠을 가슴앓이하면서 글을 이어가지 못한 순간도 있었다. 그런 과정이 있었기에 오늘의 미래를 맞이하였고 행복이라는 명패도 가슴에 붙일 수 있게 되었다. 앞으로도 이러한 개척정신을 발휘하는 것이 나의 의무와 숙제로 남아 있다. 육체적으로는 풍전등화 같은 삶이지만 가슴 속의 불꽃은 화산과 같아서 내 마음을 뜨겁게 한다.

앞으로도 이 뜨거운 열정이 식지 않고 더 좋은 작품세계로 행보를 넓혀 갈 것이다.

석양을 바라보는 인생

고 개

멀~건 그리움으로 하루를 넘는다.
내가 넘어야 할 능선 재를 잠시 바라보면
누군가 무엇인가 기다려 주지 않을까?
아련히 잊고 있었던 얘기들이 달려올 것 같아
내 마음 이미 미루나무 꼭대기에 걸렸다.

능선을 넘는 고행은 그리 길지 않건만
벌써 숨이 차온다.
가족이란 연이 은신처가 되기도 하지만
이 고개를 넘어가야 할 오늘은
천근만근의 무게로 발목을 잡는다.

언제까지나 은혜의 은혜로 크는 화초였던 나

오늘 한없는 힘겨움에 땀 냄새 풀풀 풍기며

내 거친 몸짓에 뜨겁게 달아오르는 아지랑이

부대껴 깨지고 넘어지고 부서져도

넌지시 손잡는 풍경 속에

다시 그려 넣는 사랑의 연

멀찌막이 석양이 지는 황혼

인생의 절정과 마감이 교체하는 시간

내 마음 문도 닫아야 할 때

아직 남아 있는 바람이 나의 기력을 깨운다.

하루의 고개가 평생이 걸린다.

      사람이 한평생 사는 동안 얼마나 많은 고개를 넘어야 할까? 힘겹게 넘었다 싶어 숨 돌리고 보면 더 큰 고개가 눈앞을 가로막는 삶의 고비, 또다시 힘을 다하여 오르다 보면 인생은 석양에 머문다. 멀다고 투정부렸던 길, 어려서는 하루가 1년처럼, 한 달이 10년 같이 길었던 길, 지금까지 걸어온 길을 뒤 돌아보면 짧기만 하다. 아직 해볼 것도 많고 가보고 싶은 곳도 많은데, 어느새 머리 숲은 갈대밭이 되었고 눈물 꽃 웃음꽃 피웠던 얼굴은 내가 어떻게 살아왔는지…. 누가 봐도 미간에 깊게 팬 주름이 굳이 구구절절 말하지 않아도 품위에서 나타날 때도 된 듯싶은데, 아직 나는 여전히 부족하고 발 디디는 곳마다 나의 치부가 드러나고 말은 주님의 성품을 닮아가야 한다고 했지만, 아직도 나의 기질의 태양은 한낮의 뙤약볕인 듯하다. 이런 억세고 고집스러운 나를 품어 주시는 이가 나의 주 나의 하나님이시니 감사함으로 날마다 채워갈 수 있다. 인생의 첫 단추가 어그러져 모든 것이 허물어졌지만 오늘까지 무탈하게 살아가도록 도와주신 나의 주님과 인연의 고리로 남아 주셨기에 오늘도 환한 미소로 화답할 수 있어 좋다.

어려운 고비마다 나의 주 나의 하나님이 천국의 소망으로 위로해 주시므로 그 엄청난 폭풍도 견뎌낼 수 있었고 지금도 조금만 더 견디면 영원한 나라에서 평화롭게 살 것을 생각하며 시간이 갈수록 몸의 통증과 싸우고 있다.

예전에 대구에 뇌성마비 장애인의 어머니로 불리던 인품 좋고 자상하시고 언제나 변함없이 따뜻한 마음으로 장애인들을 대해 주시던 고 노재교 님이 입버릇처럼 말씀하셨던 얘기가 생각난다.

"장애인치고 마음에 안 걸리는 장애인 없지만 그중에 뇌성마비 장애인이 가장 마음에 애잔하게 걸린다." 하며 우리를 만날 때마다 애타는 마음으로 뭘 못 도와줘서 미안해하셨다.

내가 젊어서는 그때 그분의 심정을 잘 알지 못했는데 나이가 들고 늙어 올해 70이 되니 급격하게 체력도 저하되고 손과 팔이 점점 마비되고 몸의 근육이 경직되면 온몸이 뻣뻣해지면서 통증이 얼마나 심해지고 있어 너무 힘들다.

얼마 전부터는 경직이 너무 심해 밥알 한 톨 넘기는 것도 괴로웠고 숨 쉬는 호흡조차 어려워 혼자 힘들어 잠시 기도했다. '죽는 것은 두렵지 않은데 이 고통 좀 덜하게 해주세요.' 큰 바위틈에 끼어 손가락 하나 움직일 수 없는 몇 시간을 보내고 겨우 힘이 빠져 경직된 몸도 조금 풀려 지쳐 생각하니 뇌성마비 장애인이 된 것이 얼마나 처참한가 다시금 느끼게 했다.

생각은 있어도 언어 장애로 말도 못 하고 눈으로 볼 수는 있어도 가지 못하고 맛있는 음식이 있어도 누군가 먹여주지 않으면 먹을 수 없다.

몇 년 전만 해도 이렇게까지는 아니었는데 지난해부터 마비 증세가 심해지더니 이제는 밥 먹는 것도 안 된다. 얼마나 남아 있을까 나의 시간이….

> "사망의 줄이 나를 두르고 스올의 고통이 내게 이르므로 내가 환난과 슬픔을 만났을 때에 내가 여호와의 이름으로 기도하기를 여호와여 주께 구하오니 내 영혼을 건지소서 하였도다 여호와는 은혜로우시며 의로우시며 우리 하나님은 긍휼이 많으시도다."
>
> [시편] 116:3~5

이 자서전이 나의 인생을 정리하는 시간을 주어진 것 같아 나는 멀지 않아 먼지로 돌아가도 이 책은 남게 되어 감사하다.

이 책이 현세대에 힘겹게 살고 있는 모든 이에게나 다음 세대를 살아갈 사람들에게 내세의 소망과 비전을 갖게 마중물이 된다면 나의 고통의 시간은 헛되지 않으리라.

지금까지 40여 년간 변함없이 지지해 주고 격려해 주고 있는 피붙이보다 더 끈끈한 우애로 함께 해준 장성태 아우님, 30여 년 물심양면으로 아끼지 않으시고 도와주시는 박종안 형님, 나의 자서전 원고를 교정해 주시고 여러모로 도와주시는 김학조 선생님, 협회 이사이자 의동생인 이대주 님, 한외근 고문님, 최경집 고문님, 우리 협회 여러 이사님, 우리 하늘문교회 정동진 목사님 이하 여러 장로님과 모든 성도님께 감사를 전한다. 참빛교회 이찬석 목사님은 침술로 암 환자를 고쳤다는 소문이 나서 내가 포항에서 5년간 생활하다가 대구로 이사 온 뒤 생명을 유지하기 어려울 때 아는 전도사님을 통하여 찾아갔지만, 나 같은 장애인은 처음이라 침을 놓는 게 불가능하다 하셔서 몇 시간을 떼를 썼더니 겨우 놓아 주셨지만 몇 초도 못 있어 통증이 너무 심해 뽑고 그렇게 몇 주를 더 다니면서 치료를 받았더니 조금씩 회복되어 목사님도 기도하시면서 자신감을 갖게 되셨고 우리는 갈 때마다 성경을 보면서 신앙 이야기를 하면 시간 가는 줄 모르게 친분을 쌓아 가자 내가 침을 맞는 것이 신기해하셨다. 몇 달을 침을 맞고 나서야 나의 건강이 회복되었고 2년간 1대1로 줌 영상으로 에스라 성경 공부를 매주 목요일마다 하면서 신앙 성장에 큰 도움을 주신 육체적, 영적의 은인이시라 정말 고마운 분이다. 또한 물베기한정식 사장 배동섭 형님, 나의 주치의자 후원자이신 평화신경외과 원장님, 동서 라이온스 클럽 회원님들 그 외에 이 모양 저 모양으로 도와주시고 격려해 주시고 있는 많은 분을 일일이 다 열거는 못 하지만 여러분 각자의 색깔로 조명을 비춰 주셨기에 나의 인생이 무지개로 빛나 주님의 약속을 이룰 수 있도록 채워 주셔서 감사드린다. 무엇보다도 내 옆에서 손발이 되어 주고 있는 사랑하는 아내와 아들 며느리와 딸과 사위가 든든한 힘이 되어 행복이라는 명패를 가슴에 새길 수 있어 두 손에 올림픽의 월계관보다 더 멋진 면류관을 가지고 기다리고 계신 나의 주 나의 하나님께로 향하여 달려갈 수 있어 감격의 눈물로 나의 주님 앞에 무릎을 꿇는다.

당부의 말씀

가끔 아내와 함께 여행을 다니다 보면 절벽 같은 깎아진 바위산 틈새로 나무가 자라 싹이 나고 꽃을 피우는 것이 너무나도 신비롭게 느껴져 한참을 바라보게 된다. 아무도 가꾸지 않고 누구의 손길도 닿지 않지만 그렇게 아름다운 꽃이 핀다는 것이 조물주이신 하나님의 솜씨이리라. 우리의 손이 닿지 않아 더 아름다워 보이는 것은 극한 환경 속에서도 생명력이 꿈틀대고 있다는 것이다.

이 책을 끝까지 보신 여러분은 실패나 난관에 빠졌을 때 이제는 끝났다고 포기하고 있지는 않는지? 잠시 잠깐 옆을 돌아본 적이 있는지? 그 순간을 어떻게 극복했는지? 이 책을 보시면서 한번쯤 자신의 내면의 거울에 자신을 비춰보는 기회가 되었으면 좋겠다. 아직도 자신의 내면에는 무한한 가능성이 내재되어 있다. 한 번의 실패로 다 잃은 것은 아니다.

발등에 불이 떨어졌다고 그것만 보고 있다면 화상은 점점 더 깊어질 것이다. 바로 옆에 뭐가 있는지 누가 있는지 잠깐의 시선을 돌리는 여유만 있다면 불은 금방 끌 수 있는 문제이다.

나는 가장 힘들 때 이 말씀을 기억하며 끊임없이 밀려오는 거대한 세파를 이겨낼 수 있는 힘을 얻었다.

> "이르시되 내가 그의 어깨에서 짐을 벗기고 그의 손에서 광주리를 놓게 하였도다 네가 고난 중에 부르짖으매 내가 너를 건졌고 우렛소리의 은밀한 곳에서 네게 응답하며 므리바 물 가에서 너를 시험하였도다. (셀라)"
>
> [시] 81:6~7

예전에 고입 검정고시 공부할 때 가장 복잡한 것이 수학이었다. 과학자나 물리학자는 수학 공부가 필수적인 과목이고 흔히들 킬러 문항 고난도의 공식이 필요하지만 일상생활에서는 +, −, ÷, ×처럼 기본적이고 상식적인 것만 몸에 배어 있어도 그렇게 불편하지 않게 살아가는 데 문제없다.

여러분은 지금 어떠한가? 끝없는 절망과 도저히 빠져나갈 수 없는 암흑 같은 인생이라 할지라도 딱 한 가지 희망의 등불을 가슴에서 끄지 않는다면 기적의 열쇠는 주어지게 된다는 것을 잊지 않기 바란다. 탄광의 갱도가 무너져 16일간 암흑 속에서 물만 먹고도 희망의 끈을 놓지 않았기에 새로운 삶을 살 수 있는 기적도 희망의 등불을 끄지 않았기 때문이다.

나 또한 1950~1960년의 긴 세월을 몸의 장애로 인하여 온갖 악재와 힘든 시간을 겪어야 했던 인생 역경을 믿음으로 극복하여 오늘이라는 선물을 받았다고 생각한다. 지금 누리는 행복이 바로 성공이라 자부한다.

성공이라 하면 무슨 큰 업적을 남겨야 성공이라 할 수 있지만 잔잔하게 주어진 삶에 최선을 다하며 주위를 가꿔 많은 사람에게 또 다른 희망의 꽃을 안겨 줄 수 있다면 그 또한 값지게 얻은 성공한 삶이라 하나님께서 인정해 주시리라 믿는다. 이 세상의 삶은 길어도 100년이지만 영원한 세계가 있어 이세의 삶도 흐트러지지 않게 살아가도록 하는 용기가 되었다. 내 아버지의 집은 한없이 넓고 그의 사랑은 풍요롭고 가히 없도다.

DATE 24:月 · 맑·

오늘 밤 집에서 마지막 밤을 맞는다 이젠 편한 잠
편한 밥 먹기도 이 밤과 내일 아침 한 끼 뿐인
것 같다 하지만 그것은 문제가 못된다 내의 가고는
이미 어떤 어려움도 견뎌낼 마음의 굳은 결의는
서 있어니까 하나 떠나가 되는 것은 내가 그곳에
가는 것은 지금의 이 생활을 연결 시키기 위한 것이
아니라 지금의 이 생활을 종말 시키고 새로운 세계에
서 또 다른 지금보다 좀 더 나은 그리고 보다 더 확
실한 미래를 만들기 위해 내 사랑하는 백모 형제
를 뒤로 남겨 둘 채 떠나려 한다 앞으로 내게
어떤 어려움과 고통이 닥칠지는 아직도 모른다
단지 내가 할수 있는 최선의 한계가 어느 선까지
가느냐 하는 것이다 오늘 밤에는 일찍 자고
모든 것을 잊고 푹 자두자

4月 3日 木 비

벌써 돌릴 틈 없이 근 십 일이 지났다
바보들의 세계 의식이 없는 생활 생각이 정지
된 사람 나도 그들과 같이 묵이고 나도 그들과
의식을 같이 하지 말아니면 단 한시간도 견뎌
디기 못할 것 같다 엄마가 그리고 그 가족들
이 그리고 온운한 가족애가 부쩍 그리워 때로는
눈물기저 젖는다 하지만 그때마다 이를 악물고
새롭게 나자신을 찾으며 가고를 다져본다
그동안 많은 일들을 겪었고 어려운 고비도 많았다
밤 대만 되면 울어 야 했고 안경도 잃어버리고
이 만년필 마저 잃어버렸을 때 정말 집으로
돌아 가고 싶으며기. 오것을 회회 했고 모든 것을
포기 하고 싶고 술을 고 저 기력 마저 상실

3月 14日 土   비

지금 어머니는 어디서 무엇을 하실까
꿈처럼 여행이 ... 오늘따라 날씨 좋나 ...
바들라신 다고 했는데 바람이 부니 걱정이구나
별일 없이 무사히 잘 다녀 오셔야 할텐데
오늘은 무척 피로운 하루였다 아버지께서도
울고 나도 울었다 아버지는 기계 같은 몸으로
생의 삶을 포기 한듯이 술과 한숨과 눈물로서
하루를 보내신다 오늘은 집에 아무도 없었다 단 봉수
아버지와 그리고 나 뿐이였다 그래서 나는 아버
을 조금이라도 마음을 풀어 드리기 위해 이야기도
하며 같이 울기도 하며 안깐힘을 다해 보았지만
헛사였다 저녁 무렵이였나 나와 이야기 끝에
아버지 마음 깊이 숨겨져 있는 말을 하셨다
《너는 밖같에 나가지 않아서 잘 모르겠지만
나는 길을 가다가 소아마비. 절름발이. 또는 너들
기로 해도 손을 못 쓰면 발이 성하고 발을 못쓸
손이 성한 아이들을 볼때 나는 또 길을 가다가도
멍하니 그 아이를 보며 생각에 잠기곤 한다
저 아이였도 부모의 가슴에 한을 심어 주었구나
우리 만열도 저만 큼만 낳아도 얼마나 좋을까
하며 발걸음을 옮기다 내 발은 너의 모가있다
그리고 부모 노릇을 다 못해 미안하다》고 하시
눈물이 글썽 하였다 나는 난생처음 아버지
그런 말을 들이니 나 눈물이 북받쳐 참을 수가
없었다 아버지가 나를 그렇게 까지 생각하시고
계신줄은 몰랐는데 그렇게 까지 생각 하였다
내가 나뿐 놈이였구나 생각하니 더 눈물의 숨
못 하며 으로 쉽어도 한다 그리고 지금 이 일기를
쓰면서 반성 해본다 나의 마음에 자세를 ——

———————— 4月 20日 목 曜日

생에 잊을 수 없는 날이 될것이다 나보다 더 놓은
봉개자가 이땅에 얼마나 많은가 나보다 뛰어난
봉개자도 얼마나 많은가 그럼에도 내가 그 많은
봉사자를 재켜두고 내가 수상자로 선정이 되었나는
것은 정말 행운이다 하나님의 사랑의 축복이다
그렇다 사랑의하나님 감사합니다

작년에는 성대한 식이었는데 이번에는 축소된 느낌이
들었다 해마다 상 받은 사람들을 보면서 언제
나는 저런 상 한번 받아 볼수 있을까 하고 부러워
했는데 설마 내가 그런 상을 받게 되리라고
는 생각도 못했다 오늘 수상자는 6명여 이었다
보사부장관상 하나 대구시장상 둘 대구복지회관
장 상 셋 어머는 내가 상 받는 것을 지켜보면서
눈물을 적셨다 " 어머니 마음에 내가 대견스러
웠으리라 그게 싫러 체육관을 꽉 메운 관중들의
우레와 같은 박수 소리 아직도 생생 하게 들리는
듯 하다 친구들의 하도 나는 안와 기념 사진
도 못 찍고 꽃다발 터나 못 받았지만 좋았다
조금은 쓸쓸하고 외로웠다 다른 사람들은
친척이와 친구다 하며 꽃다발도 사주고
하던데 나는 썰렁했다 그리고 문화방송
취재진 좌로 원으로 와서 취재 하느와
바빴다 취재를 마치고 원장님을 인사 차
꽃과 갔더니 원장님은 이런 얘기를 들려
주었다 보고 듣는 사랑과 훈선을 다해
행동다 실천하는 사람 이 둘중에 어느것이